KB231349

태룡전

김강현 新무협 판타지 소설

FANTASTIC ORIENTAL HEROES

태룡전 1

김강현 新무협 판타지 소설

초판 1쇄 찍은 날 § 2009년 3월 19일
초판 1쇄 펴낸 날 § 2009년 3월 27일

지은이 § 김강현
펴낸이 § 서경석

편집장 § 문혜영
편집책임 § 정서진
편집 § 문정흠

펴낸곳 § 도서출판 청어람
등록번호 § 제1081-1-89호
등록일자 § 1999. 5. 31
어람번호 § 제2-1699호

주소 § 경기도 부천시 원미구 심곡2동 163-2 서경B/D 3F (우) 420-822
전화 § 032-656-4452 팩스 § 032-656-4453
http://www.chungeoram.com
E-mail § eoram99@chollian.net

ⓒ 김강현, 2009

ISBN 978-89-251-1732-4 04810
ISBN 978-89-251-1731-7 (세트)

태룡전
1
천망단(天網團)
FANTASTIC ORIENTAL HEROES
김강현 新무협 판타지 소설
천망단(天網團)
도서출판 청어람

目次

나려타곤(懶驢打滾)? 우리 대주님? 왜? 어떤 분인지 궁금하다고?

흐음, 뭐, 별호 그대로인 분이시지. 나려타곤. 더도 덜도 아닌 딱 우리 대주님을 지칭하는 말일세.

우리 대주님이 가장 좋아하는 게 뭔지 아나? 바로 침상에서 좌우로 데굴데굴 굴러다니는 거야. 그다음으로 좋아하는 게 그렇게 뒹굴다 잠드는 거고.

우리 대주님 방에 딱 들어가는 순간, 뇌리에 나려타곤이라는 말이 스칠 걸세.

뭐? 천망단 일은 언제 하느냐고? 뭐, 이곳에 우리가 할 일이 그리 많기나 하나? 한직 중의 한직 아닌가. 그리고 말이 나왔으니 말인데, 우리 대원들이 워낙 뛰어나니 대주님이 나설 일이 거의 없지 않겠는가.

일단 문노(門老)야 항상 대주님 곁에서 떨어질 생각을 안 하니 제외하고, 우리 천망칠십오대(天網七十五隊)의 홍일점인 백설영 소저만 해도 미고현 근방의 대소사를 모두 관리할 수 있을 정도로 대단하단 말씀이지.

게다가 제갈무군은 또 어떤가? 천기수사라는 별호를 스스로 달아 쓸 정도로 얼굴이 뻔뻔하긴 하지만, 또 그 별호에 걸맞은 능력을 가지고 있잖아?

그리고 우리의 쌍칼을 빼놓을 수 없지. 좌검 하후량과 우검 하후령의 협공은 이 근방에서 당할 자가 없거든.

마지막으로 내가 있지. 내가 누구냐고? 나로 말할 것 같으면, 얼마 전에 이곳 천망칠십오대로 새로 발령받은 연백철이라고 해. 추종술의 달인이라고 할 수 있지. 일단 한 번 찍은 목표물은 절대 놓치지 않아.

아무튼 각설하고, 내가 이곳 미고현에 위치한 천망칠십오대에 온 지도 벌써 두 달이 넘었거든. 그런데 아직도 이해하지 못한 일이 하나 있어. 그게 뭐냐고?

우리 대주 말이야. 대체 뭐 하는 사람일까?

내가 보기엔 아무런 능력도 없이 그저 빈둥거리는 한량인데, 그 쟁쟁해 보이는 대원들이 대주를 너무나 잘 따르거든.

나 같았으면 벌써 뒤집어도 수백 번은 뒤집었을 텐데 말이야.

뭐, 솔직히 말하면 오자마자 한 번 뒤엎을까도 했었어. 그런데 그럴 수가 없더라고. 다들 너무나 당연하게 대주를 받아들이니 나도 저절로 그렇게 되더라니까?

정말이야, 믿어달라고. 내가 쌍칼들한테 쥐어 터지고, 문노한테까지 맞아서 그러는 건 절대 아니야. 정말이라는데도 그러네.

第一章
천망칠십오대

태룡전

미고현 근방을 담당하는 천망칠십오대의 말단 대원인 연백철은 툴툴거리며 천망단 미고현 지부로 향했다. 그의 표정에는 불만이 가득했다.

"쳇, 지들이 나이를 먹었으면 얼마나 더 먹었다고 이딴 잔심부름이나 시키고 말이야. 에잇, 젠장. 쳇쳇쳇."

연백철은 손에 든 은자 한 냥을 던졌다 받았다 하면서 걸어갔다.

근처에 있던 사람들이 힐끗거리며 그를 훔쳐봤다. 아니, 그의 손을 들락거리는 은자를 훔쳐봤다. 하지만 감히 그것에 욕심을 내지는 못했다. 연백철이 어떤 사람인지 잘 아는 탓이었다.

천망단(天網團).

연백철이 속한 조직의 이름이다. 천망단은 무림맹 산하 다섯 무력 조직 중 하나이다.

"젠장, 허울만 좋은 천망단에 들어오는 게 아니었는데."

연백철은 연방 투덜대며 걸음을 재촉했다. 너무 늦으면 또 한바탕 난리가 날 게 뻔하다.

"아우! 대체 내가 왜 대주 밥을 사다 바쳐야 하냐고!"

연백철은 그렇게 외치며 길거리에 떨어진 돌멩이 하나를 걷어찼다. 그렇게 난리를 피우고 나니 마음이 조금 가라앉았다.

"쩝, 얼른 다녀와야지. 무공 수련도 해야 하는데 이딴 걸로 시간을 낭비하고 앉았으니, 원."

연백철은 서둘러 경공을 펼쳤다. 천망단에서 평생을 썩고 싶지는 않았다. 그러려면 부단히 수련해서 실력을 쌓아야 한다. 실력과 실적을 쌓으면 무림맹의 다른 무력 단체로 가는 것도 꿈은 아니리라.

'청룡단!'

연백철의 꿈은 청룡단이었다. 청룡이라는 이름에 걸맞은 푸른 무복에 용이 양각된 멋진 검집, 그리고 그 당당한 모습.

'그렇게만 되면 남은 인생은 완전히 탄탄대로인 거지.'

연백철은 벌써부터 청룡단에 들어가기라도 한 것처럼 기

분이 좋아졌다. 그의 발이 점점 더 빨리 움직였다.

"대주! 밥 왔습니다!"

침상에서 뒹굴던 단유강은 문밖에서 들려오는 소리에 구르던 몸을 바로 뉘였다.

"들어와라."

끼이익.

귀에 거슬리는 소음과 함께 문이 열렸다. 그리고 연백철이 커다란 접시 하나를 들고 들어왔다.

"개코 왔냐."

단유강의 말에 연백철의 얼굴이 사정없이 일그러졌다.

"거, 개코가 뭡니까, 개코가? 연백철이라는 멋진 이름이 있는데."

연백철이 투덜대며 침상 옆에 있는 탁자에 접시를 내려놓았다. 접시에는 김이 모락모락 나는 요리가 담겨 있었다.

"꿍차."

단유강이 몸을 일으켰다. 어찌나 꿈지럭대는지 연백철의 속이 터져 나가기 일보 직전이었다.

"아, 거, 빨리빨리 좀 드쇼. 빨리 그릇 갖다주고 나도 수련해야 하니까."

단유강이 물끄러미 연백철을 쳐다봤다. 연백철은 고개를 획 돌려 버렸다. 벌써 두 달째 보는 대주지만 볼 때마다 못마땅했다.

'어찌 저런 자가 대주가 되었는지, 원. 이거야 얼굴만 반반한 기생오라비 아닌가.'

"쯧쯧, 성질하고는."

단유강은 그 말을 끝으로 식사를 시작했다. 자그마치 은자 한 냥짜리 요리였다. 그것을 힐끗 쳐다보는 연백철의 표정이 더욱 못마땅하게 변했다.

'젠장, 은자 한 냥이면 굶어 죽는 사람 몇을 살릴 수 있는데. 고작 한 끼 식사에.'

연백철은 속으로 구시렁거렸다. 그러다가 이내 고개를 갸웃거렸다. 생각해 보니 이곳 미고현 근방에는 다른 곳엔 으례 있는 빈민촌이 없다. 굶주리는 사람도 거의 없다. 생각보다 살기좋은 곳이었다.

"꺼억! 자알 먹었다."

단유강이 빈 그릇을 내밀자 연백철이 퉁명스럽게 그것을 받아 들었다. 벌써 두 달째 이 짓을 하고 있다. 그리고 그 두 달 동안 대주라는 사람이 수련하는 모습을 단 한 번도 본 적이 없다.

'나려타곤. 정말 누가 지었는지 자알 지은 별호다.'

연백철은 속으로 그렇게 중얼거리며 밖으로 나갔다. 그런 연백철의 모습을 단유강이 물끄러미 바라보다가 이내 침상에 누워 다시 뒹굴뒹굴 굴러다녔다.

"에잇! 젠장! 내 더러워서!"

연백철은 쉴 새 없이 투덜거리며 연무장으로 향했다.

현재 천망칠십오대의 인원은 대주인 단유강까지 합해서 일곱 명이 전부였다. 고작 일곱 명이 머무는 곳의 규모가 대단할 리 없다. 하지만 연무장만큼은 쓸 만했다.

연무장에 도착한 연백철은 자신보다 먼저 와서 수련 중인 두 사람을 발견하고는 탄성을 흘렸다. 그들은 쌍칼, 아니, 하후량과 하후령이었다. 연백철이 보기에 이 두 사람은 정말로 검에 미친 자들이었다.

'휘유~ 무시무시하구나.'

연백철은 잠시 감탄스런 표정으로 두 사람을 바라봤다. 그들이 휘두르는 검의 기세나 위력은 상상을 초월할 정도였다. 하지만 이내 그 역시 신중한 얼굴로 검을 휘두르기 시작했다.

검을 휘두르는 연백철의 눈에 전서구가 날아가는 모습이 보였다.

한참 침상에서 뒹굴던 단유강은 서서히 졸리기 시작했다. 한 시진 정도 뒹굴다 보면 자연스럽게 따라오는 현상이었다. 그렇게 막 잠이 들려던 찰나, 문밖에서 누군가의 목소리가 들려왔다.

"대주, 본 맹에서 연락이 왔습니다."

단유강은 아쉬운 눈으로 뭉그적거리면서 몸을 일으켰다. 막 들어오려던 잠이 깨끗이 달아나 버렸다. 맹이라는 단어와 연락이라는 단어가 가진 힘이었다.

"끄응, 들어와."

단유강의 말에 문이 벌컥 열리며 한 사람이 들어왔다. 백설영이었다. 현재 미고현의 크고 작은 일에서 시작해 천망칠십오대의 거의 모든 일을 도맡아 처리하는 여인이었다.

백설영은 조심스럽게 단유강에게 서찰을 내밀었다. 단유강은 귀찮다는 표정으로 손을 한 번 휘저었다.

"읽어봐."

백설영은 단유강이 당연히 그렇게 할 줄 알았다는 듯 지체 않고 서찰을 읽어 내려갔다.

"천면색귀(千面色鬼) 추적 중. 지원 요망."

사실은 좀 더 길게 쓰여 있었지만 백설영은 단유강의 성격을 잘 아는지라 단순하게 요점만 추려서 읽었다.

"천면색귀? 어떤 놈이지?"

"역용술이 뛰어난 색마입니다. 역용뿐 아니라 무공도 상당해서 꽤 많은 무가의 여식들이 당했다 합니다. 일단 살인을 즐기지는 않아 죽은 사람은 거의 없습니다만……."

백설영이 말을 흐리자 단유강이 눈을 빛내며 그녀를 바라봤다. 그러자 백설영이 조심스럽게 말을 이었다.

"무림맹 순찰당주의 여식이 그에게 당했다고 합니다."

"그래서 난리가 났군."

단유강의 표정이 다시 심드렁하게 변했다.

"그래서 뭘 원한다는 거지?"

"포위망 형성에 일조하랍니다. 칠십사대와 칠십육대가 근처에 와 있습니다. 그들과 연계하여 포위망을 좁히고, 청룡단이 도착할 때까지 도망가지 못하게 잡아두는 역할입니다."

단유강이 가볍게 고개를 끄덕였다.

"시키면 해야지."

단유강의 말이 떨어지기가 무섭게 백설영이 꾸벅 고개를 숙인 후 서둘러 밖으로 나갔다. 일단 대원들을 서둘러 모아야 했다. 출동이 늦어선 안 된다. 이번 전서구에 천면색귀의 대략적인 위치까지 함께 왔다. 그가 도망가기 전에 포위망을 구축해야 하는 것이다.

백설영이 완전히 사라지자, 단유강이 침상에서 내려왔다. 그리고 늘어지게 기지개를 켰다.

"으라차차차차차! 이거 너무 오랜만이구나. 역시 가끔은 움직여 줘야 하나?"

잠시 고민하던 단유강은 이내 고개를 저었다.

"굳이 그럴 필요까지는 없지."

단유강이 어슬렁거리며 밖으로 나갔다.

단유강은 나란히 선 다섯 명의 대원을 슬쩍 둘러봤다. 제갈무군과 하후량, 하후령, 그리고 백설영과 연백철의 모습이 보였다. 문노는 단유강 옆에서 공손한 자세로 서 있었다.

"다 모였으면 슬슬 가지."

단유강의 말이 떨어지기가 무섭게 다섯 대원이 움직였다. 단유강과 문노는 그들이 모두 문을 나선 후에야 느긋하게 뒤따랐다.

경공을 써서 움직이지는 않았지만 빠른 걸음으로 이동했기에 미고현 밖으로 나가는 건 금방이었다. 미고현에서 서창쪽으로 가다 보면 강줄기 하나가 나온다. 천망칠십오대의 목적지는 바로 그곳이었다.

단유강은 강이 보이는 곳까지 이동하고 나서야 걸음을 멈췄다. 물론 다른 대원들은 그가 멈추기 전에 미리 멈춰 섰다. 그들이 앞서서 걸어갔으니 당연했다.

"설영아, 여기가 맞느냐?"

단유강의 물음에 백설영이 고개를 끄덕이며 주위를 살폈다. 포위망을 구성하려면 다른 대(隊)와의 협력이 필수다. 천망칠십오대는 칠십사대나 칠십육대에 비해 인원이 적기 때문에 어쩔 수 없이 그들에게 맞춰 행동할 수밖에 없었다.

"일단 우리가 맡아야 할 부분이 어딘지 확인하는 게 먼저로군."

단유강은 그렇게 말하며 강줄기를 쭉 훑어봤다.

"대충 저기 거북이처럼 생긴 바위에서부터 저쪽에 있는 소나무 근방까지 맡으면 되겠군."

단유강의 말이 떨어지기가 무섭게 대원들이 신속하게 움직였다. 실로 일사불란한 움직임이었다. 다만 연백철만 멀뚱멀뚱 단유강을 바라보고 있을 뿐이었다.

"넌 뭐 하는 거냐?"

단유강의 말에 연백철이 주위를 두리번거리며 다른 대원들이 하는 양을 바라봤다. 연백철을 제외한 네 명은 방금 단유강이 말한 부분을 찾아 빠르게 움직이고 있었다.

'이런 젠장, 그딴 바위가 어디 있어?'

아무리 살펴도 단유강이 말한 거북이 모양의 바위는 보이지 않았다. 더구나 소나무 역시 찾을 수가 없었다. 하지만 대원들은 단유강의 말을 철석같이 믿고 그 바위와 나무를 찾아 움직이고 있었다.

'그걸 찾으라고? 이 와중에?'

연백철의 얼굴에 불만이 어렸다. 단유강은 그런 연백철을 아주 간단히 처리했다. 단유강이 한 일은 아무것도 없었다. 그저 고개를 슬쩍 돌려 옆에 서 있는 문노를 한 번 바라봤을 뿐이다.

문노의 눈에서 시퍼런 불길이 일었다. 연백철은 그 눈을 한 번 보고는 온몸에 소름이 돋았다. 그리고 얼마 전 대주에게 불경을 범했던 죄목으로 문노에게 맞았던 뒤통수와 아랫배, 그리고 허벅지가 떠올랐다. 그저 떠올리기만 했는데도 싸하게 아파왔다.

"우, 움직이면 되잖습니까, 움직이면!"

연백철은 화들짝 놀라 일단 아무 곳으로나 내달렸다. 아무래도 거북이 모양의 바위보다는 소나무를 찾을 확률이 높을 것 같아 그쪽으로 향했다.

연백철이 사라지자 문노가 서둘러 돗자리를 폈다. 단유강은 당연하다는 듯 그 돗자리에 누워 평소 침상에서 하던 일을 계속했다.

뒹굴뒹굴.

연백철은 황당한 얼굴로 멈춰 섰다. 그리고 뒤돌아 방금 달려왔던 길을 바라봤다. 처음 출발했던 곳은 보이지도 않았다. 당연했다. 반 각이나 경공까지 펼치며 달려왔으니 못해도 수백 장은 왔을 테니까. 게다가 중간에 다른 나무도 많아 시야가 제대로 확보되지 않았다.

"뭐야, 이 소나무는?"

그 수많은 나무 사이에 소나무가 한 그루 서 있었다. 소나무는 이곳에서 딱 이거 한 그루였다. 연백철은 멍한 눈으로 소나무를 바라봤다.

"뭐 하고 있는 거냐, 어서 움직이지 않고?"

소나무 옆에는 하후량과 하후령이 서 있었다. 연백철은 그들 역시 소나무를 확인하기 위해 이곳으로 왔다고 생각했다.

그 추측이 맞다는 걸 증명이라도 하듯 하후량이 입을 열었
다.

"난 이곳을 지킬 테니 너희들은 다시 되돌아가며 적당한
곳에 자리를 잡아라."

연백철은 고개를 끄덕이고는 다시 뒤돌았다. 사실 자신이
이곳에서 그냥 쉬고 싶었지만 이들과 다투고 싶지 않았다.
칠십오대에 발령받은 첫날 겪었던 일을 다시 겪고 싶지 않았
다.

'그 기생오라비 대주가 이 근방 지리를 잘 알고 있나 보네.
예상 밖이야.'

연백철은 그렇게 생각하며 발을 더 빨리 움직였다.

단유강은 돗자리에 누워 하늘을 바라봤다.

"새파란 바다에 하얀 조각배가 떠다니는 것 같구나."

누워 있는 단유강의 옆에 서 있던 문노가 빙긋 웃었다.

"오늘따라 기분이 좋아 보이십니다, 공자님."

"그래 보여? 난 평소랑 똑같은데?"

단유강은 그렇게 말한 후, 다시 몸을 뒤척였다. 이번에는
엎드려서 흘러가는 강물을 바라봤다. 물살이 세지도 약하지
도 않아 가만히 지켜보고 있으니 빠져들 것만 같았다.

"하늘이나 강이나 변함이 없구나."

단유강은 그렇게 중얼거리고는 다시 돌아누웠다. 이번에

는 하늘을 보지 않고 곁에 서 있는 문노를 바라봤다.

“우리가 집 나온 지 얼마나 됐지?”

“오 년쯤 되었습니다. 무림맹에 투신해 이곳 미고현에 자리를 잡은 지는 사 년쯤 되었습니다.”

문노의 대답에 단유강은 팔베개를 하고 누워 다리를 꼰 채 발을 까딱였다. 문노는 그런 단유강을 바라보며 말을 이었다.

“지루하지 않으십니까?”

“지루할 틈이 있나. 이렇게 뒹굴기도 바빠 죽겠는데.”

“허허허헛, 그런가요? 꼭 그래 보이지도 않는 것 같습니다만. 허허헛.”

문노의 웃음이 잦아들자, 단유강이 하늘을 바라보며 입을 열었다.

“문노, 집을 나오기 전 이십 년 동안 내 소원이 뭐였는지 알아?”

문노는 대답하지 않고 안쓰러운 눈으로 단유강을 바라봤다. 벌써 수십 번이나 들은 말이다.

“난 지금 충분히 행복해. 이십 년 동안 열심히 했으니 이제 이십 년 동안 이렇게 지내도 되지 않겠어?”

문노가 고개를 끄덕였다. 물론이다. 다른 사람은 몰라도 문노는 단유강이 이십 년 동안 얼마나 지독한 생활을 해왔는지 잘 안다. 하지만 그렇기에 더 안타까웠다.

“어르신들이 보고 싶지는 않으십니까?”

“그분들이야 언제든 다시 볼 수 있는데, 뭐. 내가 문제지.”

단유강은 그렇게 말하며 발을 까딱였다. 한참을 그러고 있다가 갑자기 눈살을 찌푸리더니 천천히 몸을 일으켰다.

“끄응, 그 색마, 위험한 놈인가?”

“글쎄요. 제 기준으로 판단하자면 별 볼일은 없어 보입니다.”

“기준을 거기 맞추면 안 되지. 우리 미고현 사람들을 기준으로 해야지.”

“듣기로는 무림인이든 양민이든 가리지 않고 먹어치우는 몹쓸 놈이라고 합니다. 뭐, 살인은 잘 안 하는 모양입니다만, 아예 안 하는 놈은 아닙니다.”

단유강이 고개를 끄덕이며 한쪽을 바라봤다.

“에휴, 저 멍청한 놈들. 저렇게 유유히 지나가도 모르고 있으니, 원. 우리 애들 반만 쫓아가도 저러지는 않을 텐데.”

“움직이시겠습니까?”

문노의 물음에 단유강이 그를 슬쩍 쳐다봤다. 알면서 왜 묻느냐는 듯한 표정이다. 문노의 얼굴에 부드러운 미소가 드리워졌다. 문노가 허리를 숙였다 펴자 단유강의 모습은 이미 없었다.

“그럼 나도 슬슬 움직여 볼까?”

문노는 그렇게 중얼거리며 거북이 모양의 바위 쪽으로 이

동했다. 그냥 천천히 걷는 듯했는데, 몸이 쭉쭉 앞으로 나아
갔다. 실로 고절한 보법이었다.

　연백철은 가만히 서서 강 쪽을 바라봤다. 그가 맡은 범위는
그의 시선이 미치는 곳까지였다. 하후령이 그렇게 말했으니
그리하면 된다.
　'대단하다는 건 몸으로 겪어서 알고 있었지만 설마 저렇게
넓은 범위를 둘이서 맡겠다고? 그게 가능할까?'
　연백철은 회의적인 표정으로 방금 하후령이 향한 곳을 힐
끗 쳐다봤다. 하후령은 연백철을 이곳에 데려다 주고 자신은
다시 돌아갔다. 지금 연백철이 있는 곳은 단유강이 있는 곳에
서부터 고작 백 장쯤 떨어진 곳이었다.
　'그러니까 그 덜떨어진 대주가 저쪽에 있다는 걸 감안하면
난 고작 사방 오십여 장만 확인하면 된다는 말이지.'
　연백철은 고개를 저었다. 이건 말이 안 되는 일이었다. 혼
자서 수백 장을 맡으려면 기감으로 적을 파악해야 한다는 뜻
이다. 그건 절정을 넘어서는 고수들에게나 해당하는 말이다.
그런 고수가 뭐 아쉬울 게 있어서 이런 곳에 머문단 말인가.
　'그것도 청룡단도 아니고 고작 천망단에. 아니지, 절정을
넘어선 고수라면 청룡단의 부단주도 노려볼 수 있지 않나?'
　거기까지 생각한 연백철은 결론을 내렸다. 지금 이들은 임
무를 제대로 이행할 생각이 없다고 말이다.

‘처음부터 이상하다 했어. 나려타곤 대주가 제대로 임무를 수행할 리 없지. 그러니 이런 곳에서 사 년이나 썩고 있지. 쯧쯧쯧.’

보통 천망단에서 이 년에서 삼 년 정도 대주를 하다 보면 더 높은 자리로 영전을 하기 마련이다. 청룡단이나 백호단으로 가는 것이 일반적이었고, 지닌 능력이 특수하다면 주작단이나 현무단으로 갈 수도 있었다.

비록 일개 단원으로 가는 거지만, 천망단의 대주는 청룡단의 일개 단원보다 훨씬 못한 것이 현실이었다. 지급받는 녹봉의 액수부터 확연히 차이가 났다.

“젠장, 그러니까 편히 쉬다가 청룡단이 오면 뒤치다꺼리나 하라는 뜻이로군.”

연백철은 그렇게 투덜거리며 자리에 주저앉았다. 그렇게 결론을 내리고 나니 굳이 눈을 부라리며 강을 노려봐야 별일 없을 것 같았다.

그렇게 앉아서 하릴없이 흐르는 강을 바라보고 있을 때, 누군가 연백철에게 다가왔다. 연백철은 인기척을 느끼고 고개를 돌렸다. 어느새 그의 눈빛이 강렬해졌다.

자리에서 벌떡 일어서서 검병에 손을 올린 연백철의 눈에 문노의 모습이 보였다.

“뭐야, 문노잖아?”

연백철의 말에 문노의 눈썹이 크게 휘었다.

"너, 며칠 사이에 말이 짧아졌다?"

빠악!

"커억!"

연백철은 뒤통수를 부여잡고 주저앉았다. 문노에게 맞을 때마다 느끼는 거지만 정말로 아팠다.

'젠장, 언제 다가온 거야?

문노가 움직이는 것도 보지 못했는데 어느새 수장에 달하는 거리가 사라졌고, 뒤통수를 맞았다. 생각보다 고수라는 건 알았지만 정말 놀라웠다.

'젠장, 나도 어디 가서 맞고 다니지 않을 정도는 되는데.'

연백철이 아주 하수는 아니었다. 일단 무림맹에 입맹할 수 있다는 자체가 어느 정도 수준에 도달했다는 뜻이다. 비록 천망단이라는 무림맹 최하급 조직이었지만 그곳에 들기도 그리 쉬운 일은 아니었다.

그런데 지금 천망칠십오대에 있는 다른 사람들의 무위는 정말로 놀라울 정도였다. 물론 연백철이 고수가 아니라서 청룡단이나 백호단의 무사들과 비교할 수는 없지만, 아무리 봐도 그들보다 못하다는 생각은 들지 않았다.

'우리 칠십오대는 어째 대주만 빼고 다 고수야.'

연백철이 뒤통수를 문지르며 속으로 투덜대고 있자, 문노가 걸음을 옮기며 말했다.

"집합이다. 대주님이 계신 곳으로 가라."

"예? 그놈이 벌써 잡힌 겁니까?"

"그걸 내가 어떻게 아느냐. 대주님의 명령이니 빨리 가기나 해."

문노는 그 말을 남기고 하후량과 하후령이 있는 곳으로 향했다. 연백철은 그런 문노의 뒤를 잠시 노려보다가 이내 체념한 표정으로 몸을 돌렸다. 대주의 명령이니 들어야 한다. 대주가 무서운 게 아니라, 대주 근처에 있는 자들이 너무도 무서웠다.

'천하의 연백철이 어쩌다가……. 에휴.'

연백철의 입에서 한숨이 새 나왔다.

연백철은 처음 있던 곳에 도착해서 몇 번이나 눈을 비볐다. 믿기 어려운 장면이 보였기 때문이다.

"뭐야? 내가 마지막이라고?"

백설영이나 제갈무군의 경우야 이해할 수 있다. 그들에게 먼저 알리고 자신에게 왔다면 자신이 더 늦게 도착하는 건 당연한 일이니까. 하지만 아무리 생각해도 하후량과 하후령, 그리고 문노가 보인다는 건 이해하기 어려웠다.

'내가 얼마나 열심히 달려왔는데!'

그게 문제가 아니다. 연백철은 누군가 자신을 지나쳐 가는 걸 보지 못했다. 그렇다면 저들은 빙 돌아서 왔거나 연백철이 눈치도 못 챌 정도로 빠르게 지나쳤다는 뜻이다. 연백철이 생각하기에 그건 둘 다 말이 안 되는 일이었다.

'지름길이라도 있는 거야?'

연백철은 멍한 표정으로 자신의 자리에 섰다. 그러고 보니 대주의 모습이 보이지 않았다. 연백철은 두리번거리며 대주를 찾아봤다. 몇 번 두리번거리자 멀찍이서 다가오는 단유강의 모습이 보였다.

단유강은 연백철과 눈이 마주치자마자 걸음을 멈추고 씨익 웃었다. 그리고 손가락을 까딱였다. 연백철은 기가 막혔다.

"그러니까 지금 나보고 오라고?"

연백철의 중얼거림을 들은 대원들은 화들짝 놀라 고개를 돌려 단유강을 바라봤다. 그들의 눈에 경탄이 어렸다. 그리고 서둘러 움직여 단유강 앞에 나란히 섰다.

연백철은 그저 멍한 눈으로 그 광경을 바라봤다.

'귀신에 홀린 느낌이네.'

연백철은 대원들의 자존심이 얼마나 높은지 알고 있었다. 그리고 그들은 그럴 자격이 있다고 생각했다. 그들의 능력은 연백철이 판단하기에 천망단의 대주를 시켜도 전혀 무리가 없을 정도였다. 그만큼 능력도 출중하고 무공도 뛰어났다.

한데 그런 대단한 자들이 대주라면 저렇게 껌뻑 죽으니 알다가도 모를 일이었다.

“안 오냐?”

문노의 말에 연백철이 퍼뜩 정신을 차렸다.

“가, 갑니다! 가요!”

단유강은 연백철이 달려오는 모습을 보며 씨익 웃었다. 참으로 재미있는 자였다. 고작 두 달 만에 다른 대원들의 마음을 조금이나마 열었으니 대단하다면 대단하다 할 수 있었다. 연백철의 전에 있던 대원은 무려 일 년을 함께 있었지만 다른 대원들에 대해서는 손톱만큼도 알지 못했다.

단유강도 마찬가지였다. 연백철이 오기 전까지 단유강의 밥을 가져오던 사람은 문노였다. 때때로 다른 대원들이 번갈아 가져오기도 했다. 하지만 연백철은 칠십오대에 합류한 지 고작 보름 만에 단유강의 밥을 사다 날라야 했다.

‘이번에는 좀 오래 버틸 수 있으려나.’

지금까지 가장 오래 버틴 자가 지난번에 함께했던 주항이었다. 그는 일 년을 버텼다. 그전에 있던 자는 여섯 달, 그전에 있던 자는 고작 한 달 만에 뛰쳐나갔다.

그들은 절대 그냥 그만두지 않았다. 본맹에 단유강에 대한 악담을 찔러 넣었다. 하지만 언제나 그렇듯 아무 일도 벌어지지 않고 넘어갔다. 그들이 단유강을 무너뜨리기엔 단유강이 그동안 이곳에서 쌓아놓은 것이 너무나 많았다.

단유강은 천천히 걸어갔다. 급할 것이 없었다. 이미 모든 것은 다 끝나 있었으니까.

‘이제 밥숟갈을 누구 입에 떠 먹여주느냐가 문제인데……’

근처에 있는 것은 칠십사대와 칠십육대다. 칠십사대의 대주가 바뀐 지 이제 겨우 석 달이었다. 단유강은 결정을 내리고 고개를 끄덕였다. 그와 동시에 방향을 살짝 오른쪽으로 틀었다.

“칠십육대 쪽으로 가십니까?”

백설영이 대번에 물었다. 단유강은 슬쩍 그녀를 한 번 보고는 씨익 웃으며 고개를 끄덕였다.

백설영은 얼굴을 살짝 붉히며 입을 꾹 다물었다. 항상 겪는 미소지만 볼 때마다 가슴이 뛰는 건 어쩔 수 없었다.

“하긴 전당관 그놈도 이 년이나 고생했으니 이제 슬슬 본맹으로 갈 때가 되었지.”

문노가 받아치자, 제갈무군이 크게 고개를 끄덕이며 그 말을 또 받았다.

“전 대주까지 하면 이번에 일곱 번째로군요.”

연백철은 그들의 말을 이해하기 어려웠다. 뭐가 어떻게 돌아가는지 몰라 어리둥절한 표정으로 다른 대원들을 번갈아 쳐다봤다. 하지만 아무리 봐도 모르는 걸 알 수는 없었다.

그들은 그렇게 대화를 나누며 천천히 걸어갔다, 천망칠십육대가 있는 쪽으로.

"어이! 전 대주!"

단유강이 손을 번쩍 들며 전당관을 불렀다. 전당관은 단유강을 발견하고는 마주 손을 흔들어주었다.

"이게 누구야, 나려타곤 아니신가. 여긴 웬일이지?"

나려타곤이라는 단유강의 별호는 사람들이 종종 놀려먹기 위해 쓴다. 하지만 정작 본인은 그 별호를 너무나 마음에 들어했기에 애초에 놀림이 성립되지 않았다.

"보자마자 그렇게 칭찬을 해주니 몸 둘 바를 모르겠는데?"

"하하하핫! 여전하군. 그래, 무슨 일이야? 엉덩이 무겁기로 유명한 우리 나려타곤 단 대협께서 이 먼 곳에 다 오고 말이야."

사실 미고현 근방에서 합동으로 포위망을 형성했기에 먼 거리는 아니었다. 하지만 단유강을 아는 사람이라면 단유강이 어지간해서는 움직이지 않는다는 걸 잘 알고 있었다. 전당관은 칠십육대에서 이 년이나 굴렀기에 단유강에 대해 꽤 알고 있었다.

"포위망을 좀 더 효과적으로 구성하면 어떨까 해서."

단유강의 말에 전당관이 고개를 갸웃거렸다.

"포위망에 대한 것은 본맹으로부터 받은 지시 아닌가. 그걸 우리 임의로 바꿀 수야 없지. 막말로 그랬다가 천면색귀가 포위망을 빠져나가기라도 하면 정말로 큰일 아닌가."

"아아, 본맹의 지시를 무시할 생각은 없으니까 염려 말라고. 다만 조금만 보강을 하고 적극적으로 나서보자는 거지.”

“적극적으로?”

“그래. 전 대주도 슬슬 본맹으로 가려면 좀 더 적극적으로 움직이는 게 좋지 않겠어?”

본맹이라는 말에 전당관의 귀가 솔깃해졌다. 사실 천망단에 속한 대부분의 무사들은 본맹의 정예무사가 되는 것이 꿈이었다. 일단 본맹의 무사단에 들어가면 훨씬 더 고강한 무공을 배울 수 있고, 뛰어나지는 않지만 상당히 효과가 좋은 영단도 하사받는다. 단숨에 비상할 수 있는 것이다.

“그럼 어떻게 하자는 말인가?”

단유강은 나뭇가지 하나를 들고 바닥에 슥슥 그림을 그렸다. 이 근방의 지형을 대략적으로 표현한 그림이었다. 전당관은 그것을 보며 눈을 빛냈다. 꽤 정확한 그림이었다.

‘아무리 나려타곤이라도 사 년을 이 근방에서 지냈으니…….’

그림을 완성한 단유강은 나뭇가지로 몇 군데를 콕콕 집었다.

“여기랑 여기, 그리고 여기가 내 감을 자극한단 말이지. 어때? 함께 살펴볼 의향 있어?”

전당관은 단유강의 말에 어이가 없다는 듯 멍한 표정을 지었다. 그리고 몇 번이나 방금 단유강이 짚은 부분을 확인했다. 분명히 누군가 숨어 있을 수도 있는 곳이긴 했다. 하지만 그뿐이었다. 천면색귀가 포위망을 뚫지 않는 한 그곳으로 갈 수는 없었다.

"지금 천면색귀가 포위망을 뚫었다고 주장하는 건가?"

단유강이 고개를 끄덕였다.

"당연하지. 천면색귀가 고작 천망단이 만든 포위망을 뚫지 못할 것 같아? 그놈이 무서워하는 건 천망단이 아니야. 청룡단이지."

전당관은 그 말을 반박할 수가 없었다. 천면색귀는 비록 색마지만 무공만큼은 상당했다. 천망단 정도가 어떻게 해볼 수 있는 수준이 아니었다.

그래서 이번 임무도 그저 포위망을 구성해 천면색귀를 압박하고 추적하는 정도였다. 그와 정면에서 마주치지 않도록 주의하라는 당부가 임무와 함께 내려올 정도였다.

"어때? 생각 있어?"

전당관은 고개를 저었다.

"그래, 자네 말대로 그곳에 천면색귀가 숨어 있다고 치지. 하면 우리 능력으로 그놈을 잡을 수 있을 것 같은가?"

"당연하지."

전당관은 너무도 간단히 대답하는 단유강의 말에 멍한 표정을 지었다. 천면색귀는 고작 천망단의 두 대주가 힘을 합해 잡아낼 수 있을 만한 사람이 아니었다.

"천면색귀의 몸이 지금 멀쩡할 것 같아? 자그마치 청룡단에 쫓기는 몸이라고.”

전당관은 그 말에 슬그머니 욕심이 생겨났다. 하지만 이내 그 욕심이 조금씩 사그라졌다. 청룡단이 뒤쫓는다고 해서 반드시 부상을 입는 건 아니다. 만일 찾았는데 멀쩡하면 거기서 인생 끝이었다.

그렇게 전당관이 욕심을 접는 순간, 단유강의 말이 이어졌다.

“솔직히 말하면 그 근방에서 꽤 커다란 흔적을 발견했거든.”

“흔적?”

“대량의 피를 흘린 자국이더라고. 그렇지?”

단유강이 제갈무군을 쳐다보며 묻자, 제갈무군이 크게 고개를 끄덕였다.

“그렇습니다. 제가 봤으니 확실합니다.”

단유강이 어떠냐는 눈빛으로 전당관을 바라봤다. 전당관의 얼굴이 홍분으로 달아올랐다.

“뭐 하고 있나, 어서 가지 않고!”

전당관이 앞장서자, 단유강은 빙긋 웃으며 그 뒤를 따랐다. 단유강의 뒤로 천망칠십오대 여섯 대원이 천천히 걸음을 옮겼다.

연백철은 멍한 표정으로 단유강과 제갈무군을 번갈아 쳐다봤다. 그런 흔적을 발견했는데 왜 굳이 포위망을 구성했단 말인가. 그리고 아무리 부상이 심하다 해도 상대는 천면색귀다. 절정까지는 못해도 거의 그에 근접한 고수였다.

'그런 자를 쉽게 상대할 수 있을까?'

연백철은 쉴 새 없이 고개를 갸웃거리며 일행을 따라갔다.

일행이 도착한 곳은 작은 굴 앞이었다. 동굴 앞에는 확실히 핏자국이 잔뜩 깔려 있었다.

"어때? 거의 확실하지?"

단유강의 말에 전당관이 침을 꿀꺽 삼키며 고개를 끄덕였다. 아무리 큰 부상을 입었다지만 그래도 절정을 바라보는 고수다.

'이건 거의 도박이잖아.'

만일 부상이 극심하면 이길 수 있다. 하지만 그렇지 않다면 죽을 게 확실하다. 전당관은 단유강을 슬쩍 쳐다봤다.

"자네가 먼저 확인해 보는 게 어떤가?"

"내가? 뭐, 그러지."

단유강은 자신있게 동굴로 다가갔다. 그를 바라보던 사람들 중 딱 두 사람만 두근거리는 심장을 주체하지 못했다.

"대, 대주! 자, 잠깐만 기다리쇼!"

연백철은 자신도 모르게 소리쳤다. 단유강은 무슨 일이냐는 듯 고개를 돌려 연백철을 바라봤다. 연백철은 한숨을 푹 내쉬었다. 그리고 단유강의 얼굴을 바라봤다.

'젠장, 생긴 건 정말 잘생겼네.'

단유강의 얼굴은 누가 봐도 엄지를 치켜세울 정도로 미남이었다. 남자치고는 얼굴선이 약간 고운 편이었지만 그게 남자다운 이목구비와 맞물려 굉장한 매력을 뿜어냈다.

하지만 전혀 강해 보이지가 않았다. 연백철은 차라리 자신이 가는 것이 나을 거라 판단했다. 다른 건 몰라도 눈치 하나는 자신있다. 눈치껏 살피다가 무슨 일이 생기면 피하면 그만이다.

"내가 가겠소. 하니, 여기서 잠시 기다리쇼."

연백철의 말투는 상당히 불경했다. 만일 평소였다면 그 말투 하나로 문노나 하후 형제들에게 죽도록 맞았을 것이다. 물론 제갈무군이나 백설영도 한 손 거들었을지도 모른다. 하지만 그들은 아무런 밀도 없이 연백철을 삔히 바라보기만 했다.

연백철은 성큼성큼 걸어갔다.

"내가 제법 눈치가 빠르니까 아무래도 대주보다는 낫지 않겠소?"

연백철의 말에 단유강의 눈빛이 깊어졌다. 연백철이 막 단유강 옆을 지나치려는 순간 단유강이 그에게 말했다.

"앞으로는 대주님이라고 불러라."

단유강의 말에 연백철이 잠시 멈칫했다. 하지만 이내 고개를 끄덕였다.

"뭐, 그렇게 하겠수."

연백철은 그 말을 남기고 동굴로 걸어갔다. 그의 등을 바라보는 단유강의 눈가에 미소가 걸렸다.

천망칠십오대의 나머지 대원들은 놀란 눈으로 단유강과 연백철의 뒷모습을 번갈아 쳐다봤다. 그들은 알고 있었다. 단유강이 방금 전에 한 말이 무엇을 의미하는지 말이다.

"난 저 말을 듣기 위해 이 년이나 걸렸는데……."

제갈무군의 입에서 푸념이 흘러나왔다. 다른 대원들 역시 공감 가득한 눈으로 연백철을 바라봤다. 연백철은 어느새 동굴 입구에 서 있었다.

슬그머니 안을 들여다보던 연백철은 순간 등줄기를 훑고 지나가는 소름에 급히 주저앉았다.

핑!

연백철의 머리가 있던 곳으로 뭔가가 공기를 찢으며 날아갔다. 연백철은 황급히 뒤로 뛰었다.

"으헉!"

연백철이 방금 있던 곳에 작은 비수 하나가 꽂혔다. 연백철이 더 뒤로 물러나자, 동굴 안에서 사람 하나가 튀어나오며 연백철을 덮쳤다.

"천면색귀다!"

전당관은 그렇게 외치며 달려들었다. 천면색귀는 온몸이 피투성이였다. 움직임도 자연스럽지 못했다. 마치 관절에 뭔가를 박아놓은 듯했다.

‘저 정도면 할 수 있다!’

전당관은 연백철을 막아서며 천면색귀를 향해 검을 휘둘렀다. 이대로 혼자 천면색귀를 잡으면 본맹으로 가는 건 기정사실이 되어버린다.

“하아압!”

전당관의 입에서 거센 기합이 터져 나왔다. 그의 검이 날카로운 기운을 흩날리며 천면색귀의 목을 파고들었다.

천면색귀는 전당관에게 목을 내주는 순간 눈을 부릅뜨고 단유강을 노려봤다. 천면색귀의 오른손의 뻥 뚫린 작은 구멍에서 끊임없이 피가 흘러나왔다. 방금 전 전당관을 향해 날리려던 죽음을 각오한 일격이 실패로 돌아간 이유였다.

“끄으으.”

천면색귀의 입에서 가래 끓는 소리가 흘러나왔다.

털썩.

천면색귀가 바닥에 쓰러지자, 전당관은 멍한 눈으로 그를 바라봤다. 그러다가 갑자기 검을 든 손을 하늘로 번쩍 들어올렸다.

“으아아아! 내가 잡았다! 내가 천면색귀를 잡았어!”

전당관의 외침이 산을 쩌렁쩌렁 뒤흔들었다.

잠시 후, 천면색귀를 쫓아온 청룡단 무사들이 그곳에 들이닥쳤다.

단유강은 자신이 본 사실을 그대로 얘기해 주고는 다시 미

고현으로 돌아갔다. 돌아가는 그에게 전당관이 고마운 표정
으로 연신 인사를 했다. 단유강은 그저 몇 번 웃어주고는 돌
아섰다. 단유강은 모든 공을 전당관에게로 돌렸다. 천면색귀
가 있는 곳을 찾은 것에서부터 그를 물리친 것까지.

　그렇게 미고현을 뒤숭숭하게 만들었던 작은 사건 하나가
끝났다. 청룡단의 무사 하나를 추가하며.

第二章
나려타곤

太龍傳

태룡전

호북 무한에는 무림맹이 있다. 현재 무림맹은 거의 전 무림을 아우른다고 해도 과언이 아닐 정도로 거대했다.

무한에 있는 무림맹은 그 역사가 수백 년이 넘는다. 오래전에는 정협맹이라는 현판을 달았고, 무림맹으로 바꿔 단 후로 수백 년이라는 시간이 흘렀다. 그 오랜 세월 동안 갖은 우여곡절을 겪어왔다. 사라진 전각도 많고 새로 지은 전각도 부지기수였다. 그리고 몇 번이나 장원을 증축해 그 규모도 어마어마했다.

그렇게 무림맹은 호북 무한에서 천하를 움켜쥐고 있었다.

무림맹주인 일검단천(一劍斷天) 혁무길은 집무실에서 최근 해결된 사건에 대한 보고를 받는 중이었다.

"죽었다니 잘되었군. 일단 시신은 순찰당주에게 가져다주도록 하게."

맹주의 말에 보고를 하던 청룡단주 적사광이 고개를 숙였다.

"이미 그렇게 조치를 취했습니다."

"잘했군. 그래, 천망단의 대주가 죽었다고?"

"그렇습니다. 단원들이 도착했을 때는 이미 목이 꿰뚫린 상태였다 합니다."

혁무길은 턱을 쓰다듬으며 고개를 갸웃거렸다.

"천면색귀가 그렇게 약했던가?"

"그렇지 않습니다. 만일 그랬다면 우리 청룡단이 그렇게까지 애쓸 필요도 없었을 것입니다."

"그래, 내 말이 그 말일세. 천면색귀의 무공이 절정 급이라고 했던가?"

"절정에 못 미치는 걸로 알려졌지만, 실제로 겪어본 자들의 말을 들어보면 절정을 넘어섰다고 합니다."

"그를 죽인 천망단의 대주는 어떻던가?"

"일류에 간신히 발을 들인 정도였습니다."

일류와 절정의 차이는 하늘과 땅 차이이다. 일류고수 수십 명이 한꺼번에 덤벼도 절정고수가 마음만 독하게 먹으면 모조리 죽일 수 있다. 더구나 일대일이라면 절정고수의 옷깃도 스치지 못한다.

"당시 상당히 큰 부상을 입은 상태였습니다. 아마 그래서 이길 수 있었던 것 같습니다."

혁무길은 적사광의 말에 고개를 저었다.

"아니지. 아무리 부상이 심했다 하더라도 고작 일류에 간신히 발을 들인 정도로는 절정을 넘어선 고수를 당할 수 없어. 자넨 그렇게 생각하지 않는 겐가?"

적사광은 대답을 하지 못했다. 사실 그 역시 그렇게 생각했다. 청룡단의 부단주쯤 되려면 절정을 훌쩍 넘어서야 한다. 그리고 적사광처럼 단주가 되려면 그보다 더욱 강해야 한다.

만일 청룡단의 부단주가 목숨이 막 넘어갈 정도로 극심한 부상을 입었다 하더라도 천망단의 대주가 덤비면 그 하나쯤은 죽일 수 있을 것이다. 그건 확신이었다.

"시신은 제대로 살펴봤나?"

"모든 상처를 확인하고 기록했습니다."

적사광은 그렇게 답하며 품에서 서류 하나를 꺼냈다. 사인(死因)을 비롯해 몸에 났던 모든 상처, 그리고 위를 조사해 그전에 무엇을 먹었는지까지 모두 기록된 서류였다.

혁무길은 그것을 자세히 살폈다. 그의 눈썹이 몇 차례나 꿈틀거렸다.

"대체 누가 이 지경으로 만들어놨나?"

혁무길의 물음에 적사광은 그저 고개를 숙이는 수밖에 없었다. 청룡단과 천면색귀가 몇 번 부딪치긴 했지만 거의 싸우지 않았다. 천면색귀는 도망치는 데 급급했다. 처음에야 몇 번 무기를 섞었지만 나중에는 푸른 옷만 봐도 줄행랑을 쳤다.

"뭔가 이상하지 않나?"

적사광은 입을 다물었다. 그 역시 이상하다고 생각했다. 하지만 아무것도 남은 게 없었다. 그리고 결과적으로는 천면색귀를 처리했다. 어느 하나 잘못된 건 없었다.

"아무래도 예감이 좋지 않아. 천면색귀를 이렇게 만든 고수를 반드시 찾아야겠어. 현무단과 주작단에 연락을 넣어주게. 이자가 죽은 곳이 사천이라고 했나?"

"예. 사천의 미고현 부근입니다."

적사광은 맹주의 얼굴을 한 번 살핀 후 설명을 덧붙였다.

"천망칠십오대의 관할입니다."

"어차피 감찰도 해야 하지 않나? 겸사겸사 처리하라고 하게."

"알겠습니다."

청룡단주 적사광은 정중히 포권을 취한 후 물러갔다.

그가 완전히 사라지자, 그때까지 아무런 말도 하지 않고 옆에 가만히 서 있기만 하던 사마자문이 조용히 입을 열었다.

"혹시 마교 쪽을 의심하십니까?"

"가능성을 배제하지 않을 뿐일세."

“수백 년 동안 조용한 곳을 굳이 건드리실 필요는 없다고 생각합니다.”

혁무길은 사마자문의 말에 고개를 끄덕였다. 그건 너무나 당연했다.

“나도 굳이 건드릴 생각은 없네. 하지만 그냥 손 놓고 있을 생각도 없네. 오랫동안 움직이지 않았다고 계속 그러리라는 보장은 못하지 않나. 오히려 지금쯤 슬슬 움직일 때가 된 건 아닌지 걱정일세.”

사마자문은 혁무길의 말에 가볍게 고개를 끄덕이며 미소를 지었다. 그 역시 같은 생각이었다. 맹주의 생각을 듣고 나니 마음이 든든해졌다.

“제가 그동안 조심스럽게 준비한 것이 있습니다.”

혁무길이 의아한 표정으로 사마자문을 바라봤다. 사마자문은 은은한 미소를 띤 채 말을 이었다.

“마교의 동태를 살피려면 특별한 수련을 받은 자들이 필요하지 않겠습니까?”

혁무길의 눈이 살짝 커졌다.

“이름은 비룡단(飛龍團)이라고 지었습니다. 맹주님의 명이 떨어지기만을 기다라고 있습니다.”

“비룡단? 마음에 드는 이름이군.”

“직접 보시면 더욱 마음에 드실 것입니다.”

혁무길이 웃으며 크게 고개를 끄덕였다. 표정은 지극히 만족스러웠다.

"좋아, 당장 만나보지."

혁무길의 말이 떨어지기가 무섭게 집무실 앞쪽에 수많은 인기척이 나타났다. 혁무길은 놀란 눈으로 손을 휘저었다.

혁무길의 손길에 문이 활짝 열렸다. 사마자문은 그 광경에 눈을 빛냈다.

집무실 밖에는 서른 명의 사내가 도열해 있었다. 하나같이 깊은 눈빛을 가졌고, 몸의 기척이 있는 듯 없는 듯 희미했다.

"아주 좋군. 대단해. 군사가 직접 키운 겐가?"

"이들이라면 마교의 동태를 확실히 파악할 수 있을 것입니다."

혁무길이 고개를 끄덕였다. 허락의 의미였다. 그와 동시에 서른 명의 비룡단이 꺼지듯 사라졌다. 순식간에 기척이 멀어지며 희미해지더니 이내 깨끗이 사라졌다. 혁무길은 진심으로 감탄했다.

"상당하군. 하지만 조심해야 할 걸세."

"물론입니다."

고개를 숙이는 사마자문의 눈이 다시 한 번 빛을 발했다.

연백철은 불만이 가득한 얼굴로 걸음을 옮겼다. 괜히 고생만 했다. 게다가 목숨을 잃을 뻔했다. 천면색귀의 공격은 정말로 무시무시했다. 만일 감으로 피하지 않았다면 분명히 죽었을 것이다.

"그렇게 개고생을 해서 밥을 지어주면 뭐 해? 남한테 다 퍼주는데."

연백철이 툴툴대자, 단유강이 씨익 웃으며 옆으로 다가갔다. 그리고 연백철의 어깨에 팔을 걸쳤다.

"왜? 청룡단에 들어가고 싶어서?"

단유강의 말에 연백철의 얼굴이 붉으락푸르락해졌다.

"그걸 말이라고 하쇼! 천망단 무사들 중에 청룡단에 가기 싫어하는 사람이 한 명이라도 있는 줄 아쇼?"

연백철이 소리치자 단유강이 한 손으로 귀를 후비적거리며 대꾸했다.

"여기 여섯 명이나 있잖아."

연백철은 순간 말문이 막혔다. 그리고 앞에서 걸어가고 있는 다섯 사람의 뒤통수를 한 번씩 쳐다봤다. 생각해 보면 칠십오대는 정말로 이상한 것투성이였다.

청룡단 무사들이 아무리 대단하다고 해도 절정의 수준이 될 수는 없었다. 절정고수가 되면 이미 부단주나 단주 급이라고 봐야 했다. 청룡단 무사들의 수준은 일류의 중간을 조금 넘는 수준이었다.

물론 그 정도만 해도 대단한 고수다. 보통 천망단의 대주 급이 일류에 간신히 발을 들인 정도고, 천망단의 보통 무사들이 이류의 중반에 조금 못 미치는 정도이니 그들의 입장에서 보면 청룡단 무사는 하늘에서 노니는 자들이라 할 수 있었다.

하지만 그래 봐야 일류다. 연백철이 보기에 이곳 칠십오대의 대원들은 일류에서도 꽤 높은 수준인 듯했다. 물론 연백철의 무공 수위가 이류의 끝자락에 있으니 제대로 알아보지는 못한다. 하지만 눈썰미라는 게 있다.

'내 눈썰미가 또 아주 끝장이지.'

연백철은 눈을 가늘게 뜨며 다른 대원들을 하나하나 눈여겨 살폈다. 아무리 살펴도 이들은 이곳에서 세월이나 죽이고 있을 사람들이 아니었다. 분명히 뭔가가 있었다.

"그렇게 노려보면 뭐가 나와?"

단유강의 말에 연백철은 퍼뜩 정신을 차렸다. 그제야 자신의 목에 걸쳐진 단유강의 팔이 느껴졌다. 왠지 무거웠다.

"쩝, 거, 이제 이 팔 좀 치우쇼. 누가 보면 아주 친한 사이인 줄 알겠네."

"큭큭큭큭."

단유강은 연백철의 말에 킥킥대고 웃으며 팔에 더욱 힘을 줬다.

"캑캑! 이, 이거 치우란 말요! 아, 거, 진짜! 컥컥컥!"

"으하하하핫!"

단유강의 유쾌한 웃음소리가 미고현에 쩌렁쩌렁 울렸다.

단유강은 침상에서 뒹굴 방향을 바꾸며 연백철을 힐끗 쳐다봤다. 오만상을 쓰고 자신을 노려보는 얼굴이 보였다.

"왜? 너무 잘생겨서 질투라도 나?"

"끄응."

연백철은 고개를 돌려 단유강의 눈을 피했다. 뭐라고 대꾸라도 하고 싶지만 그저 입을 다물었다. 말이 헛나오거나 감정을 다스리지 못해 욕이라도 하게 되면 뒷일을 감당할 수 없었다.

'후우, 내가 지금 여기서 이럴 때가 아닌데.'

지금은 한창 수련에 매진해야 할 때다. 하지만 그럴 수가 없었다. 평소에 문노가 하던 일을 지금 연백철이 하고 있었기 때문이다.

'대체 내가 왜 저런 게으름뱅이의 시중을 들어야 하느냐고.'

불평불만은 속으로.

연백철은 그 철칙을 철저히 지켰다. 연백철은 점점 타들어가는 속을 억지로 달래며 단유강이 뒹구는 모습을 바라봤다.

그렇게 얼마나 시간이 지났을까. 단유강이 스르륵 잠들었다. 연백철은 한숨을 내쉬며 그 모습을 가만히 지켜봤다. 자리를 떠날 생각은 하지도 못했다. 얼마 전에도 그런 일이 있었는데, 자리를 뜨기가 무섭게 문노가 달려와 뒤통수를 때렸다. 그때 맞은 자리에 아직도 혹이 만져졌다.

반 시진쯤 지나자 단유강이 잠에서 깼다. 막 잠에서 깼는데도 단유강의 표정은 쌩쌩했다. 마치 한잠도 안 잔 것 같았다.

'젠장, 저건 좀 부럽네.'

단유강의 얼굴은 꽃이 질투를 할 정도로 아름다웠다. 남자의 얼굴에 아름답다는 표현을 쓰는 건 좀 이상하지만 그래도 그 단어가 가장 단유강의 얼굴을 잘 표현하는 말이었다.

'저러니 지나갈 때마다 여자들이 눈을 못 떼지.'

가끔은 남자들도 단유강의 얼굴에 감탄해 눈을 못 뗄 때가 있었다. 연백철도 단유강을 처음 봤을 때는 그랬다. 그가 이런 게으름뱅이라는 걸 알기 전까지만 말이다.

"아직도 청룡단에 들어가고 싶으냐?"

연백철은 갑작스런 질문에 약간 당황했다. 하지만 이내 퉁명스런 표정으로 고개를 끄덕였다.

"당연하지 않습니까. 천망단에 있는 사람들치고 청룡단에 들어가기 싫은 사람이 어디 있습니까?"

연백철은 억지로 존대를 했다. 대주에게 그러기는 정말 싫지만 어쩔 수 없었다. 다른 건 몰라도 더 이상 문노에게 맞는 건 진짜 싫었다. 너무 아팠다. 아프기만 한 게 아니라 그 고통이 상당히 오래갔다.

"여기 있지 않느냐."

연백철은 뭐라 대꾸를 하려다가 입을 다물었다. 생각해 보면 너무 이상한 일이었다. 아직 백설영과 제갈무군의 실력은 파악하지 못했지만, 하후량과 하후령, 그리고 문노의 실력은 어느 정도 파악했다.

물론 완벽히 파악한 건 아니었다. 연백철의 눈썰미가 아무리 뛰어나다고 하더라도 기본적으로 자신보다 고수를 파악할 때는 오차가 클 수밖에 없었다. 하지만 그런 걸 감안하고 봐도 그 세 사람은 청룡단에 충분히 들어가고도 남을 정도로 강했다.

'그런 자들이 뭐가 아쉬워서 이런 대주 밑에서 굽실거리는 거지?'

아무리 생각해도 이해할 수가 없었다. 연백철은 단유강을 힐끗 쳐다봤다. 여전히 침상에서 뒹굴고 있었다.

'이해할 수가 없단 말이야.'

연백철은 지난 두 달 동안 단유강이 수련하는 모습을 한 번도 본 적이 없다. 아무리 고수라 하더라도 지나치게 오랜 기간 동안 수련을 쉬면 감을 잃기 마련이다. 그렇게 조금씩 약해진다. 한데 고작 천망단의 대주가 그렇게 오랜 시간 동안 수련을 쉬면 몸이 제대로 남아나겠는가?

'게다가 그게 두 달이 아니라는 게 중요하지.'

얼마 전에 백설영으로부터 충격적인 말을 들었다. 그녀 역시 단유강이 수련하는 모습을 한 번도 본 일이 없다고 했다. 그리고 문노가 그것을 확인해 줬다. 단유강은 천망단의 대주가 된 이후로 단 한 번도 수련을 한 적이 없었다. 그 기간이 무려 사 년이었다.

‘사 년이면 절정고수라도 몸이 다 녹슬겠다.’

물론 연백철의 생각은 좀 달랐다. 절정에 이르면 굳이 눈에 보이는 수련을 할 필요는 없다. 하지만 가끔 몸을 풀어주는 것이 좋다. 그렇게 기름칠을 해줘야 다급한 상황에서 제 실력을 발휘할 수 있으니까.

‘그러고 보면 문노도 마찬가지인데…….’

문노 역시 한 번도 수련하는 모습을 본 적이 없다. 하지만 그 외의 다른 대원들은 수련을 정말로 열심히 한다. 청룡단에 갈 것도 아니고 여기 남아 있을 거면서 굳이 그렇게까지 열심히 수련하는 이유를 찾을 수 없었다.

여러모로 연백철이 이해하기 어려운 사람들이었다.

‘내가 과연 여기서 버틸 수 있을라나 모르겠네.’

연백철이 속으로 그런 생각을 하고 있을 때, 단유강의 눈빛이 깊어졌다.

“공만 세우면 청룡단에 갈 수 있을 것 같으냐?”

“물론입니다. 천면색귀 정도면…….”

“청룡단에 가면 잘살 수 있을 것 같으냐?”

연백철은 자신있게 고개를 끄덕였다.

“당연한 말을 하십니까. 꿈에 그리던 청룡단이 되었는데 못사는 게 말이 됩니까?”

“가봐야 약한 놈은 도태된다.”

연백철은 이를 악물었다. 자신은 도태되지 않을 자신이 있었다. 일단 청룡단이 되고 나면 무공과 영단을 하사받는다. 그걸 기반으로 조금만 노력하면 단숨에 위로 치고 올라갈 수 있다. 그렇게 죽어라 노력하면 단주는 몰라도 부단주까지는 노려볼 수 있지 않겠는가.

"눈빛은 좋네. 하지만 세상 일이 눈빛만으로 해결되는 건 아니지."

단유강의 말에 연백철이 눈을 풀었다. 그 말이 옳다. 세상 일은 눈빛만으로 되지 않는다. 그리고 반드시 노력만으로 모든 게 결정되지 않는다. 운이라는 것도 필요하고, 여러 가지 요인이 필요하다. 예를 들면, 돈이라든가 배경이라든가.

"쯧쯧, 그렇다고 눈이 죽으면 될 일도 안 되지. 최소한 눈빛이라도 살아 있어야 기회가 오면 잡지. 안 그래?"

연백철은 순간 속에서 천불이 났다. 이랬다저랬다, 대체 어느 장단에 맞추란 말인가. 하지만 더 열 받는 건 그게 틀린 말이 아니라는 점이었다. 자신은 그저 단유강의 말에 이리저리 휘둘리고 있을 뿐이었다.

"끄응, 대체 원하는 게 뭡니까?"

"배고프다. 밥 가져와라."

연백철은 어이없다는 얼굴로 단유강을 바라봤다. 단유강이 손가락을 튕기자, 은자 하나가 날아왔다. 연백철은 반사적으로 그것을 잡았다.

"빨리 다녀와라. 배고프니까."

연백철은 고개를 절레절레 저으며 밖으로 나갈 수밖에 없었다.

단유강은 그런 연백철의 뒷모습을 바라보며 빙긋 웃었다.

연백철은 객점에 앉아 요리가 나오기를 기다렸다. 사실 천망칠십오대는 자체적으로 숙수를 고용할 입장이 아니었다. 고작 일곱 명뿐인데 숙수를 고용하면 배보다 배꼽이 더 커진다. 대신 그들에게는 일정액의 식비가 지급된다.

"고작 점심에 매일 은자 한 냥을 쓰다니, 대체 돈이 얼마나 많은 거야?"

연백철이 중얼거리자, 마침 요리를 가져오던 점소이가 빙긋 웃으며 말했다.

"모르셨습니까? 우리 미고현에서 단 대주님이 제일 부자라는 걸. 그분 덕분에 경기가 항상 활발합죠."

점소이의 말에 연백철이 고개를 갸웃거렸다.

"우리 대주님이 부자인 거랑 여기 경기가 활발한 거랑 무슨 관계인데?"

"단 대주님께서 돈을 팍팍 써주시는 덕분에 미고현에 돈이 넘쳐 나지 않겠습니까? 그 돈이 돌고 또 도니 경기가 활발할 수밖에 없습죠."

딴에는 일리가 있는 말이다. 하지만 대체 고작 천망단의 대주가 무슨 돈이 그리 많아 현의 경기를 좌우할 정도란 말인가.

점소이는 그런 연백철의 궁금증을 들여다보기라도 한 듯 말을 이었다.

"조 앞에 단가 포목점 보이십니까?"

연백철이 고개를 끄덕였다. 단가 포목점은 항상 이곳에 들를 때마다 지나치는 곳이다. 한 달 보름하고도 며칠을 더 왕복했으니 당연히 눈에 익었다. 그렇게 고개를 끄덕이던 연백철의 눈이 갑자기 커졌다.

"설마!"

"그 설마가 맞습죠. 단 대주님의 점포입니다요. 그 외에도 많습죠."

점소이의 말에 연백철은 문득 미고현 내에 있는 상가들의 이름을 떠올렸다. 그중에 단가 포목점과 비슷한 상호를 가진 곳이 몇 군데 더 있었다.

"그럼 단가라는 이름을 가진 곳은 다 우리 대주님 거란 말이냐?"

"이를 말입니까요. 이곳 미고현에서 단 대주님만큼 많은 점포를 가진 사람은 없습죠."

그제야 좀 이해가 갔다. 연백철이 눈으로 보고 확인한 것만 해도 네 군데가 넘는다. 그중에는 기루도 있다. 그러니 매일 은자 한 냥이나 하는 고급 요리를 점심으로 때울 수 있는 것이다.

"그리고 설마 이 요리가 진짜 은자 한 냥짜리라고 생각하시는 건 아니겠지요?"

점소이의 말에 연백철은 입을 다물었다. 생각해 보면 말도 안 되는 액수다. 아무리 고급 요리라고 하지만 이런 객점에서 파는 요리가 한 접시에 은자 한 냥이라니. 하지만 이제 좀 이해가 갔다. 단유강은 그저 돈을 쓰는 것뿐이었다.

'젠장, 심부름 값도 안 주면서.'

부자라고 하니까 갑자기 배알이 살짝 뒤틀렸다. 아무리 수하라지만 공짜로 이렇게 부려먹으면 안 되는 법이다. 아무 관계도 없는 객점에는 이렇게 돈을 팍팍 뿌리면서 말이다.

"쳇."

연백철은 점소이가 내미는 요리를 받아 들고 객점 밖으로 나갔다. 나가자마자 단가 포목점이 보였다. 상당히 규모가 큰 포목점이었다.

"젠장."

연백철은 신경질적으로 걸음을 옮겼다. 오늘따라 단가라는 이름이 붙은 점포가 자주 눈에 띄었다. 연백철은 그때마다 젠장이라는 말을 내뱉으며 걸음을 빨리 했다.

"나가자고요?"

연백철은 경악한 눈으로 단유강을 바라봤다. 단유강은 점심으로 가져온 요리를 깨끗이 먹어치운 후 갑자기 자리를 털

고 일어났다. 그리고 밖으로 나가겠다고 말했다. 당연히 연백
철로서는 놀랄 수밖에 없었다.

"갑자기 왜요? 또 무슨 임무라도 떨어진 겁니까?"

단유강은 놀라는 연백철을 가만히 바라봤다.

"임무가 없으면 나가면 안 되는 거냐? 내가 누구라고 생각
하는 거냐?"

연백철은 입을 다물었다. 딴에는 맞는 말이다. 하지만 지
난 두 달간 단유강이 움직이는 모습을 본 건 딱 한 번이었다.
천면색귀가 나타나지 않았다면 그나마도 없었을 것이다.

"가자."

연백철의 혼란스러워하는 얼굴을 뒤로하고 단유강이 문을
나섰다. 그의 걸음은 힘차고 기개가 넘쳤다. 절대로 평소에
침상에서 뒹굴기만 하는 사람으로 보이지 않았다. 마치 이름
높은 대협의 분위기가 술술 풍겼다.

"미치겠구나."

연백철은 고개를 저으며 단유강의 뒤를 따랐다.

단유강은 미고현에서 가장 번화한 거리를 느긋하게 걸어
갔다. 연백철은 그 뒤를 따르며 조심스럽게 주변의 눈치를 살
폈다. 과연 사람들이 단유강을 어떻게 생각하는지 분위기를
확인하고자 함이었다.

'의외인데?'

의외로 단유강의 인기는 꽤 높았다. 여자들이 좋아하는 거야 이해할 수 있었다. 단유강의 얼굴은 같은 남자가 보더라도 질투가 활활 타오를 만큼 잘생겼으니까. 아니, 잘생겼다는 범주를 넘어섰으니까.

하지만 지나가면서 보이는 모든 사람이 단유강을 좋아하고 있었다. 저런 자연스러운 분위기는 누가 시킨다고 해서 만들어지는 것이 아니다. 눈치가 빠른 연백철은 그것 하나만은 확실히 알 수 있었다.

단유강의 목적지는 미고현에 있는 전장이었다.

천하전장(天下錢莊).

무림맹이 직접 경영하는 전장이다. 천망단은 천하전장의 지부에서 석 달에 한 번씩 각 대(隊)를 운영하기 위해 필요한 경비를 지급받는다.

'그럼 그렇지.'

연백철은 살짝 한숨을 내쉬었다. 오늘이 바로 천망단의 운영비를 지급받는 날인 것이다. 그 돈에는 대원들의 석 달치 급여와 천망단이 사용하는 작은 장원의 운영비, 그리고 대원들의 식비가 포함되어 있다.

천하전장은 이름 그대로 천하 곳곳에 지부가 있었다. 하지만 모든 현에 다 들어가는 것은 아니었다. 미고현처럼 비교적 규모가 큰 곳에만 존재했다.

그렇기에 전장이 없는 곳에서 근무하는 천망단은 미고현

처럼 큰 곳으로 굳이 이동해서 돈을 받아와야 했다.

"이게 누구야? 나려타곤 아니신가!"

연백철은 갑자기 들려오는 목소리에 고개를 번쩍 들었다. 전장에 막 들어서려다 단유강을 보며 얼굴에 비웃음을 한껏 걸친 채 서 있는 사내가 보였다.

'뭐야, 저놈은?'

연백철은 괜히 기분이 나빠졌다. 단유강이 나려타곤이라는 별호를 오히려 즐기고 있다는 걸 알긴 하지만 그래도 다른 사람에게 그 말을 들으면 기분이 좋지 않았다.

"하 단주는 여기 웬일이야?"

그는 천망칠십사대의 대주인 하운형이었다. 아직 대주가 된 지 얼마 되지 않았지만 단유강에 대해서는 아주 잘 알고 있었다. 함께 일하는 대원들이 하는 얘기를 한마디씩만 들어도 충분했다.

"보면 모르나?"

하운형은 그렇게 말하며 천하전장의 현판을 슬쩍 바라봤다. 그 역시 단유강과 마찬가지의 이유로 이곳에 온 것이다. 그는 단유강과 연백철을 번갈아 쳐다보며 말을 이었다.

"여기저기에서 돈을 뜯어 쓴다는 소문이 자자하던데, 굳이 이런 쥐꼬리만 한 운영비는 받아서 뭐 하려고 왔나?"

그 말에 연백철이 폭발했다. 더 이상 참아줄 수가 없었다. 연백철이 막 뭐라고 말하며 나서려는 찰나, 단유강이 슬쩍 한

발 앞으로 걸어가 연백철의 앞을 가렸다. 그것이 어찌나 절묘했는지 연백철은 순간적으로 아무런 말과 행동을 할 수 없었다.

'뭐, 뭐지, 이건?'

연백철은 당황한 눈으로 단유강을 바라봤다. 그저 한 걸음 걷는 것만으로 자신을 제압한 것이다. 어찌 놀라지 않겠는가.

'설마! 우연이겠지.'

단유강이 한 것은 아무것도 없었다. 그저 한 걸음 걸었을 뿐이다. 그 한 걸음에 호흡을 빼앗겼다. 연백철은 혼란스러운 눈으로 단유강의 등을 바라봤다.

"내 밥값이야."

단유강은 그렇게 당당히 말하고는 전장 안으로 들어갔다. 연백철은 그런 단유강을 멍한 눈으로 바라봤다. 그리고 고개를 돌려 하운형을 쳐다봤다.

하운형은 어이없다는 눈으로 단유강이 사라진 정문을 멍하니 바라봤다. 잠시 후, 단유강이 작은 보퉁이 하나를 들고 나왔다. 그리고 하운형의 옆을 지나면서 들으라는 듯이 말했다.

"적당히 해먹는 게 좋을 거야. 꼬리가 길면 밟히는 법이거든."

단유강의 말에 하운형의 얼굴이 붉으락푸르락해졌다. 하지만 뭐라 대꾸하지는 못했다. 그저 잠시 단유강의 뒷모습을 노려보다가 이내 고개를 저으며 전장 안으로 들어갔다.

“대주, 그게 무슨 말입니까?”

“대주님.”

“에잇! 대주님. 무슨 말이냐고요.”

“뭐가 말이냐?”

“정말로 여기저기서 돈을 뜯어냈습니까?”

“누가? 저놈이?”

연백철은 순간 말문이 막혔다. 하지만 단유강은 술술 말을 이었다.

“천망단에게 지급되는 돈이 얼마인지 아느냐?”

“그, 글쎄요.”

“넌 석 달에 얼마나 돈을 받느냐?”

“은자 여섯 냥이요.”

천망단의 급여는 한 달에 은자 두 냥이다. 사실 그 돈이 적지는 않다. 은자 한 냥이면 쌀을 두 섬이나 살 수 있는 돈이다.

“그럼 다시 묻자. 대주인 나는 얼마나 받을 것 같으냐?”

“그, 글쎄요. 여, 열 냥?”

“훗, 너랑 똑같다.”

“예?”

연백철은 진심으로 놀랐다. 그리고 다시 한 번 결심했다. 역시 천망단에서는 미래가 보이지 않으니 청룡단으로 가야만 한다고 말이다.

"천망단을 유지하려면 생각보다 돈이 많이 드는 법이다. 고작 일곱 명인데도 말이다. 한데 칠십사대는 우리보다 인원이 세 배나 많지."

단유강은 더 이상 말하지 않았다. 하지만 연백철은 충분히 알아들었다. 그리고 고개를 끄덕였다. 충분히 이해할 수 있었다. 하지만 받아들일 수는 없었다.

"그래서 대주도 그렇게 누군가에게 돈을 뜯어내셨소?"

"대주님."

"젠장! 대주님! 그러니까 말 좀 해보란 말이오!"

단유강이 걸음을 멈추고 고개를 돌려 연백철을 바라봤다. 연백철은 단유강의 깊은 눈빛에 흠칫 놀라 자신도 모르게 한 걸음 뒤로 물러섰다.

"말이 또 짧아졌다?"

단유강의 말이 떨어지기가 무섭게 연백철의 뒤통수에 불이 일었다.

빠악!

"커억!"

연백철은 눈이 튀어나올 정도로 놀랐다. 뒤통수를 부여잡으며 고개를 돌려 보니 어느새 문노가 손을 털며 서 있었다.

"허, 고놈 머리 한번 단단하다. 손바닥이 다 얼얼하네."

문노는 뒤통수를 문지르며 눈을 크게 뜬 연백철의 눈앞에 얼굴을 바짝 갖다 대고 말했다.

"앞으로 말조심해라."

연백철은 고개를 빠르게 끄덕였다. 안 그러면 죽을 것만 같았다. 연백철이 고개를 끄덕인 순간, 문노의 모습이 사라졌다. 마치 원래 처음부터 그곳에 없었던 것 같았다.

"뭐, 이런……."

연백철은 인상을 한 번 구기고는 자리에서 일어났다. 뒤통수가 아팠지만 하려던 말은 끝까지 해야 직성이 풀릴 것 같았다.

"그래서 대주님도 더러운 돈을 받으셨느냔 말입니다."

연백철은 조금 공손한 어투로 다시 물었다. 단유강은 그런 연백철을 흥미로운 눈으로 바라봤다.

"그게 그렇게 중요한 일이냐?"

"내겐 그렇습니다."

단유강은 그런 연백철을 보며 빙긋 웃었다. 그리고 가타부타 말을 하지 않고 다시 걸음을 옮겼다. 연백철은 속이 터져 나갈 것처럼 답답했다.

"아니, 대답을 안 해주고 그냥 가면 어쩝니까!"

"으하하하핫!"

단유강의 유쾌한 웃음소리가 허공에 울렸다. 연백철의 불만 가득한 외침이 뒤따랐다.

"아, 대답 좀 해보라니까요!"

"여긴 어딥니까?"

연백철은 완전히 포기한 얼굴로 물었다. 단유강은 사람들 눈에 안 띄게 숨어 있었다. 연백철도 단유강을 따라 그 뒤에 숨은 상태였다. 담장이 그리 높지 않아 허리를 한껏 숙여야 했다.

"뭐 하시냐고요."

연백철이 다시 묻자, 단유강이 손가락 하나를 들어 입을 가렸다.

"쉿, 조용히."

연백철은 입을 다물 수밖에 없었다. 단유강은 담장 뒤에 숨어 누군가를 몰래 살피고 있었다. 그 사람을 따라 여기까지 왔으니 정확했다. 염소수염을 한 사내였는데, 걸음걸이나 여러 가지를 보면 무공을 익힌 무림인이 분명했다.

연백철은 주위를 둘러봤다. 미고현에서도 꽤 허름한 집들이 모인 곳이었다. 그렇다고 빈민촌까지는 아니었다. 연백철은 진짜 빈민촌을 본 적이 있었다. 그곳은 사람이 살 만한 곳이 아니었다. 거기에 비하면 여기는 그래도 훨씬 살기 좋은 곳이었다.

쾅쾅쾅!

염소수염이 어느 집 대문을 두드렸다. 잠시 후, 세파에 찌든 중년인 한 명이 나와 염소수염에게 굽실거렸다.

“이러면 곤란하지. 분명히 오늘까지 집을 비우라고 말했을 텐데?”

“제발 한 번만 사정을 봐주십시오. 지금 제 딸아이가 아픕니다. 제발 제 딸아이 몸이 조금 나아질 때까지만 기다려 주십시오. 제발 부탁입니다.”

문 앞에서 거의 절을 하다시피 사정하는 중년인의 모습에도 염소수염은 코웃음을 칠 뿐이었다.

“그런 사정을 내가 왜 봐줘야 하느냐? 나도 좋아서 이런 일을 하는 게 아니다. 내가 주도하는 일도 아니고. 그러니 더는 사정을 봐줄 수 없다. 내일은 그냥 집을 허물어 버릴 테니까 그리 알아라.”

염소수염은 다리에 매달리며 애원하는 중년인을 매몰차게 뿌리친 후 걸어갔다. 중년인은 망연자실한 표정으로 그런 염소수염의 뒷모습을 바라봤다. 염소수염은 그 후로도 몇 집을 더 돌아다니며 같은 짓을 반복했다.

단유강은 끝까지 염소수염을 몰래 미행했다. 연백철은 그 모습을 가만히 지켜보면서 피가 끓어올랐다.

이내 염소수염이 완전히 사라지자, 연백철이 이를 갈았다. 단유강은 그런 연백철을 보며 빙긋 웃었다.

“저 염소수염이 누구인 것 같으냐?”

“누군지는 모르겠고, 협박을 하고 있다는 건 알겠습니다. 으드득.”

“쯧쯧쯧, 이렇게 단순해서야 청룡단은커녕 천망단에서도 살아남기 힘들 거다.”

“그게 무슨 말입니까?”

연백철이 눈을 부라리며 물었다. 연백철은 끓어오르는 화를 어딘가에 풀고 싶었다. 지금은 참고 있지만 조금만 더 건드리면 아무리 대주라도 달려들 듯한 기세였다.

“생각이란 걸 해야 한다는 뜻이야. 저 염소수염은 소검문(素劍門)의 총관이다.”

“소검문?”

별로 들어본 적이 없는 이름이다. 하지만 연백철은 신중하게 귀를 기울였다.

“저들이 무슨 협박을 했는지는 들었지?”

“그 나쁜 놈이 집을 비우고 나가라고 하지 않았습니까!”

“그래, 왜 집을 비우라고 했을까?”

“그야… 왜 그랬을까요?”

“으하하핫!”

단유강은 유쾌하게 웃었다. 연백철과 함께 있으면 꽤 즐거웠다. 최근에는 이렇게 자신을 즐겁게 했던 사람이 거의 없었다. 뭔가 새로웠다.

“소검문에서 저 집들을 다 샀으니 이제 그만 나가라고 하는 것 아니겠느냐?”

“……!”

연백철은 입을 다물었다. 만일 그렇다면 자신이 나서서 분노할 이유가 없다. 아니, 명분이 없다. 분명 눈앞에 벌어지는 일은 가슴이 활활 타버릴 정도로 분한데, 그것을 저지할 명분이 없으니 너무나 답답했다.

"자, 그럼 다음 문제. 소검문이 왜 저 집들을 다 샀을까?"

연백철은 이번에도 아무런 대답을 할 수 없었다. 그리고 스스로 자신은 진짜 머리가 나쁜가 보다 하고 생각했다. 단유강은 빙긋 웃으며 답을 해줬다.

"아까 허문다는 말을 들었지?"

연백철이 고개를 끄덕였다. 분명히 허문다는 말을 몇 번이나 들었다.

"집을 다 허물고 새로 뭔가를 지으려 하는 거다. 그게 무엇일까?"

이번에는 연백철도 어렴풋이 뭔가를 알 수 있었다.

"서, 설마 지부를……?"

단유강이 기특하다는 듯 미소 지으며 고개를 끄덕였다.

"맞다. 소검문은 지금 지부를 세우려는 것이다. 이곳 미고현에. 자, 왜 이곳에 지부를 세우려는 걸까?"

그 정도야 충분히 알 수 있었다. 이곳에 지부를 세우면 뭔가 이득이 있기 때문 아니겠는가. 연백철은 그 이득이 무엇인지도 쉽게 알 수 있었다. 그것은 돈이었다.

'그러고 보니, 미고현에는 아직 별다른 문파가 없구나. 우

리를 빼면.'

무림맹의 천망단이야 처음부터 무림문파와는 근본이 다르니 그들을 무림문파라 할 수는 없었다. 그러니 엄밀히 말하면 문파가 하나도 없는 게 맞다. 연백철은 갑자기 의아한 생각이 들었다.

'미고현은 꽤 큰데…….'

미고현은 다른 현에 비해서도 규모가 상당했다. 게다가 경기가 활발해 돈이 넘쳐 났다. 그러니 무림맹에서 천하전장의 지부까지 둔 것 아니겠는가.

그런 규모의 현을 수많은 무림인들이 그냥 내버려 뒀다는 게 정말로 이상했다. 이런 금덩이를 왜 지금까지 그냥 내버려 뒀단 말인가.

"대체 왜 미고현에는 무림문파가 하나도 없는 겁니까?"

연백철은 단유강의 물음에 대답할 생각도 않고 일단 질문부터 했다. 너무나 궁금했다.

"몇 년 전까지만 해도 미고현은 다 쓰러져 가는 곳이었거든. 그들의 관심을 받을 이유가 없었지."

단유강의 말에 연백철의 눈이 커졌다. 그의 뇌리에 오늘 있었던 일들이 마구 스쳐 갔다. 지나가면서 만났던 모든 사람들이 단유강에게 호의적이었다. 그때는 대수롭지 않게 넘겼지만 다시 생각해 보니 지나칠 정도였다.

"이제 슬슬 미고현의 상황이 주변에 알려지고 있으니 날파

리들이 꼬이는 거지.”

단유강이 말은 하지 않았지만 처음 있는 일은 아니었다. 연백철이 오기 전에도 한 번 비슷한 일이 있었다. 물론 그때는 지금처럼 노골적이지 않았다. 그저 탐색의 의미가 훨씬 강했다.

연백철은 가만히 단유강의 말을 듣고 있다가 문득 의아한 표정으로 고개를 갸웃거렸다.

“한데 저들이 들어오면 안 되는 이유라도 있습니까? 사파는 아닌 것 같고, 정당한 방법으로 들어온다면 미고현에도 나쁠 일은 없을 것 같은데…….”

연백철의 말에 단유강이 빙긋 웃으며 손가락 하나를 들어올렸다.

“자, 이제 다시 처음으로 돌아가서. 저들이 과연 정당한 방법으로 저 집들을 모두 사들였을까?”

연백철은 입을 다물었다. 왠지 말을 하면 할수록 바보가 되는 느낌이었다. 일단 곰곰이 생각해 봤다. 과연 정말로 그럴까 하고. 하지만 아무리 생각해도 알 수 없었다.

“저렇게 많은 집을 모조리 샀다. 대충 보기에도 서른 집이 넘는군. 저 집들을 모두 사려면 과연 무엇이 필요할까?”

단유강은 연백철의 눈을 바라봤다. 연백철은 여전히 알 수 없다는 표정으로 단유강을 멍하니 바라보고 있었다.

“돈과 동의지.”

연백철의 멍한 눈에 다시 빛이 돌아왔다.

"저 집들이 아무리 허름해 보여도 그리 헐값에 사들일 수 있는 건 아니다. 게다가 소검문이 그 집들을 하나하나 사들이면 결국 집값이 점점 오르게 되어 있다. 소검문은 분명 단번에 그것을 처리했을 것이다. 안 그러면 소검문의 능력으로 그것들을 살 수가 없거든."

연백철은 묘한 표정으로 단유강을 바라봤다. 말하는 투가 벌써 소검문에 대해 모두 알아본 듯하지 않은가.

'이게 정말로 나려타곤이란 말이야?

나려타곤이라는 별호는 지금의 단유강과는 전혀 어울리지 않았다. 단유강의 눈빛은 날카로웠고, 몸에서는 자연스러운 위엄이 넘쳐 났다. 연백철은 상당히 감탄했다. 설마 이런 모습을 보리라고는 상상도 하지 못했다. 어렴풋이 다른 대원들의 행동이 이해됐다. 물론 완전히 이해한 건 아니었지만.

"자, 이제부터 네게 임무를 내려주마. 네 첫 번째 임무다."

단유강의 말에 연백철이 긴장했다. 무림문파가 관계된 임무다. 그런 임무가 쉬울 리 없었다. 어쩌면 위험할지도 모른다. 연백철은 등줄기를 휘감는 적당한 긴장감에 이를 드러내며 웃었다.

"저 서른 집을 모두 돌면서 그간 소검문과 있었던 일을 모두 조사해라. 어떤 제의를 받았고, 그 제의를 받기 전후에 무슨 일이 있었고, 또 집을 얼마에 팔았으며, 그 돈으로 무엇을 했는지까지 낱낱이!"

연백철은 단유강의 명에 멍한 표정을 지었다. 커다란 둔기로 뒤통수를 맞은 느낌이었다.

"그, 그게 답니까?"

단유강이 진지한 표정으로 대답했다.

"그거면 충분하다. 우습게 보지 말고 성실히 조사해라. 미고현의 미래가 네게 달렸다."

단유강은 그 말을 마지막으로 몸을 돌려 멀어져 갔다. 연백철은 그런 단유강의 뒷모습을 멍하니 바라봤다. 얼마나 그렇게 서 있었을까. 연백철은 결국 고개를 저으며 돌아섰다. 미고현의 미래가 달려 있다지 않은가.

"뭐, 이런 일로 미래가 얼마나 바뀔지는 알 수 없지만."

연백철은 나직이 투덜거리며 눈앞에 늘어선 허름한 집들을 향해 걸음을 옮겼다.

第三章
소검문

태룡전

소검문은 서창에 자리를 잡은 문파다. 서창에는 크고 작은 일곱 개의 문파가 있다. 소검문은 그중에서 중간쯤 되는 문파였다.

사실 서창은 거의 포화 상태였다. 일곱 개나 되는 무림문파가 함께 살아가기엔 너무나 좁았다. 소검문이 미고현으로 눈을 돌린 것은 그 이유가 가장 컸다.

"총관, 어떤가? 일은 잘 마무리했는가?"

소검문주 장현보는 총관의 염소수염을 힐끗 쳐다보며 물었다. 총관은 약간은 얍삽해 보이는 미소를 띠며 자신있게 대답했다.

"물론입니다. 그곳에 있는 서른두 채의 집을 모두 손아귀에 넣었습니다."

"그래? 다른 차질은 없겠지? 미고현의 천망단은 아직 눈치 못 챘겠지?"

"미고현에 있는 천망칠십오대의 대주는 나려타곤이라 불리는 자입니다. 그런 일에 신경을 쓸 위인이 못 됩니다. 혹 알아챘다 하더라도 적당히 찔러주면 그만입니다."

장현보가 고개를 끄덕였다. 당연한 일이다. 천망단으로서도 나쁠 일이 없다. 소검문이 그곳에 자리를 잡으면 지속적으로 부딪칠 수밖에 없고, 그때마다 계속 뇌물을 찔러줄 테니 새로운 수입원이 생기는 셈이다.

"그래, 공사는 언제부터 시작할 수 있겠는가?"

"늦어도 나흘 후에는 시작할 수 있을 듯합니다."

장현보가 만족스런 표정으로 고개를 끄덕였다.

"좋아, 아주 마음에 드는군. 이만 나가보게."

총관은 고개를 깊이 숙인 후 밖으로 나갔다. 총관의 기척이 완전히 사라지자, 장현보가 손가락 하나를 까딱였다. 그러자 그의 앞에 흑의를 입은 사내 하나가 그림자처럼 솟아나 엎드렸다.

"네가 마무리를 해줘야겠다. 아무래도 총관은 너무 물러서 말이야."

"존명."

　대답을 마친 흑의사내가 바닥에 스며들 듯 사라졌다. 장현보는 그 모습을 보고 빙긋 웃었다. 그 웃음은 어딘가 섬뜩해 보였다.
　"아무리 그래도 명색이 정파인데 이상한 소문이 나면 곤란하지. 암."

　연백철은 주먹을 꾹 쥐었다. 어찌나 세게 쥐었는지 손톱이 살을 파고들어 피가 흐를 정도였다. 하지만 그는 아랑곳하지 않고 주먹을 쥔 손에 더욱 힘을 주었다.
　"그게 전부일세. 이제 이곳을 나가야지. 그래도 후회나 원망은 안 남는다네. 빈민촌에서 벌레처럼 살아가다가 이만큼이나마 살게 된 게 어디인가. 뭐, 이젠 그나마도 사라졌으니 다시 처음부터 시작해야 하지만 예전과는 다를 걸세. 이렇게 달콤한 맛을 봤으니 그걸 목표로 더 열심히 살아야지."
　그 말을 한 사람이 젊은 청년이었다면 연백철도 고개를 끄덕이며 장하다고 할 것이다. 하지만 방금 그 말을 한 사람은 주름이 자글자글한 노인이었다. 예순은 훌쩍 넘어 보였다. 어쩌면 며칠 내로 저승사자가 방문할지도 모른다.
　'크윽, 이런 거지 같은 놈들!'
　연백철은 스스로에게 마구 욕을 했다. 어디 나가서 바위에 머리라도 몇 번 처박고 싶은 기분이었다. 자신은 아무것도 모르는 바보 멍청이였다.

'잠시나마 그 버러지들을 정파라고 인정한 내가 미친놈이다.'

그렇게 속으로 분노를 삭이던 연백철은 문득 단유강의 얼굴이 떠올랐다. 단유강이 웃으며 자신에게 이런 임무를 내린 이유를 이제 알 것 같았다.

"말씀 잘 들었습니다, 어르신. 절대 기운 잃지 마십시오. 좋은 세상을 한번 봐야 하지 않겠습니까?"

"허허헛, 어르신은 무슨. 그리고 좋은 세상은 이미 봤네. 지금이 바로 그 좋은 세상 아닌가."

연백철은 노인의 말에 고개를 저었다. 하지만 이내 다시 고개를 끄덕였다. 그렇게 긍정적으로 살면 더 오래 살 수 있을 것이다. 그리고 반드시 보게 될 것이다, 자신이 만들 좋은 세상을.

연백철은 노인에게 인사를 하고 밖으로 나가 온 힘을 다해 달렸다. 그가 향하는 곳은 천망단이 머무는 작고 허름한 장원이었다.

연백철은 어이없다는 얼굴로 멍하니 단유강을 바라봤다. 단유강의 모습은 평소와 조금도 다르지 않았다. 침상에서 이리저리 뒹굴고 있었다.

'설마 내가 서른 집이 넘게 돌아다니는 내내 이렇게 뒹굴고 있었던 건 아니겠지? 그래, 아닐 거야.'

연백철은 아주 조금이나마 생겨났던 대주에 대한 호의가
점점 사라지는 것을 느꼈다.

"대, 대주, 임무를 모두 마치고……."

"대주님."

"예, 대주님. 임무를 모두 마치고 복귀했습니다."

연백철은 속으로 대주님이라는 말을 너무 좋아하는 거 아
니냐며 투덜거렸다. 하지만 겉으로 내뱉지는 못했다. 이 안에
서는 항상 조심해야 한다. 자칫하다간 문노나 쌍칼 형제에게
크게 당할 수도 있다.

단유강은 몸을 빙글 돌려 똑바로 누웠다. 그리고 한쪽 무릎
을 세우고 다른 다리를 그 위에 꼬았다. 단유강의 발이 까딱
였다. 그러자 연백철의 얼굴이 살짝 일그러졌다.

"보고해 봐."

"끄응, 거, 보고는 좀 그래도 제대로 된 자세로 들으면 안
됩니까?"

단유강은 무슨 얼토당토않은 말이냐는 듯한 눈으로 대답
했다.

"제대로 된 자세 잡았잖아. 난 보고는 원래 이 자세로 들
어. 잡소리는 제거하고, 보고 시작."

연백철은 졌다고 중얼거리며 고개를 저었다. 단유강은 정
말 알다가도 모를 사람이었다.

"일단 그곳에 있는 집은 모두 서른두 채입니다. 그 집들은

모두 소검문주의 것이나 다름없습니다.”

연백철은 자신이 그곳에 사는 사람들에게 들은 내용을 기억나는 한도에서 최대한 열심히 설명했다. 단유강은 가만히 누워 발을 까딱이며 그저 듣기만 했다.

이내 보고가 모두 끝났다. 단유강은 깊은 눈으로 연백철을 바라봤다.

“생각보다 머리가 나쁘지 않네?”

연백철이 뒤통수를 긁었다. 난생처음 듣는 말이었다. 사실 스스로는 머리가 좀 모자라다고 여겼다. 그리고 그동안 살며 겪은 일들을 떠올리면 크게 틀린 말도 아니었다. 한데 단유강은 그에게 머리가 나쁘지 않다고 말했다. 과히 나쁘지 않은 기분이었다.

“핵심을 제대로 꿰뚫었어.”

단유강은 그렇게 말하며 씨익 웃었다.

“자, 이제 문제를 내지. 넌 그 집들의 소유가 소검문주의 것이나 다름없다고 했다. 그건 달리 생각하면 소검문주의 것이 아닐 수도 있다는 뜻이지. 맞느냐?”

연백철이 고개를 끄덕였다.

“그렇습니다. 아직 소유가 완전히 넘어가진 않았지만 넘어간 거나 다름없는 집이 다섯 채나 있었습니다.”

“그래, 그들은 소검문에 빚을 지고 있겠지? 원금과 이자가 집값을 훌쩍 넘어서 이러지도 저러지도 못하고 쫓겨날 판이고, 맞느냐?"

"그, 그렇습니다."

"그럼 우리는 어떻게 해야겠느냐?"

연백철은 멀뚱멀뚱 단유강을 바라봤다. 단유강은 씨익 웃으며 손가락 하나를 들어 올렸다.

"이제 두 번째 지시를 내리겠다. 가서 그 다섯 채를 사라. 위치가 군데군데 박혀 있으면 좋겠는데 말이야."

"군데군데 박혀 있습니다. 아마 그 다섯 채의 집을 허물지 않으면 장원을 짓는 건 꿈도 못 꿀 겁니다."

단유강이 만족스런 표정을 지으며 품에서 주머니 하나를 던졌다. 연백철은 얼결에 그것을 받았다. 묵직했다.

"그걸로 그들의 빚을 해결하고 집을 사라. 네 두 번째 임무다. 그 돈을 몽땅 다 써야 한다는 걸 명심하고."

단유강의 말에 연백철이 고개를 갸웃거리며 주머니를 열어봤다.

"으헉!"

연백철은 하마터면 엉덩방아를 찧을 뻔했다. 주머니 안에는 온통 황금빛으로 가득했다.

'대체 이게 얼마야?'

은도 아니고 금이었다. 적어도 금이 스무 냥은 되는 듯했다. 금 스무 냥이면 은으로 사백 냥이다. 이 돈이면 그들의 빚을 모두 갚고도 삼백 냥은 남을 것이다.

"서둘러라. 가는 길에 무군이도 집어가라. 도움이 될 거다."

"아, 예……. 그, 그럼 다, 다녀오겠습니다."

연백철은 허둥지둥 밖으로 나갔다. 갑자기 많은 돈을 봐서 정신을 차리지 못했다.

"하하하핫!"

단유강의 유쾌한 웃음소리가 문밖으로 새 나갔다. 연백철은 붉어진 얼굴로 서둘러 걸음을 옮겼다.

"그나저나 사람을 집어가라니 뭔 말을 그렇게 하냐?"

"……"

연백철은 단유강이 했던 말이 무슨 뜻인지 직접 보고 나서야 이해할 수 있었다.

'이래서 집어가라는 말을 했군. 그런데 대체 어떻게 이러고 있다는 걸 알았지?

연백철은 고개를 흔들어 잡생각을 털어버렸다. 지금은 이렇게 멍하니 있을 때가 아니었다.

제갈무군은 무릎을 세운 채 두 팔로 그것을 꼭 끌어안고 있었다. 얼굴은 무릎 사이에 꽉 끼운 상태였다. 그 불편해 보이는 자세로 꼼짝도 않고 뭔가를 골똘히 생각하는 중이었다. 연백철이 몇 번 말을 걸어봤지만 대꾸도 하지 않았다.

연백철의 눈에 제갈무군의 목 뒤 옷깃에 매달린 끈이 보였다. 마치 손잡이 같았다. 그것을 꽉 잡았다.

연백철은 그렇게 제갈무군을 집어 든 후, 목적한 곳으로 향했다. 제갈무군은 그 와중에도 뭔가를 골똘히 생각했다. 연백철이 걸음을 옮길 때마다 이리저리 흔들리면서.

제갈무군은 목적지에 완전히 도착하고 난 뒤, 반 각쯤 지났을 때 일어났다. 연백철은 그때까지 멍하니 그를 기다려야 했다.

"끄응, 뭐야? 여긴 어디지?"

제갈무군이 주위를 두리번거리며 묻자, 연백철이 한숨과 함께 대답했다.

"후우, 미고현 외곽이오."

"미고현 외곽이라……. 예전에는 빈민촌이었는데 정말 많이 바뀌었군."

제갈무군은 의미심장한 표정으로 고개를 끄덕였다. 그리고 연백철을 바라보며 다시 물었다.

"한데 여긴 왜 왔나? 설마 대주님이 여길 다 허물고 집이라도 새로 지어주라거나 그런 명령을 내린 건 아니겠지?"

연백철이 황당한 얼굴로 제갈무군을 멍하니 쳐다봤다. 제갈무군은 뻔뻔한 표정으로 고개를 슬며시 돌렸다.

"뭐, 아니면 말고."

'이거 천기수사가 아니라 철면수사 아냐?

　연백철이 보기에 제갈무군은 정말로 뻔뻔했다. 하지만 그 뻔뻔함이라는 것이 자신에 대한 믿음에서 나온다는 걸 알고 있기에 한편으로는 부럽기도 했다.

　'이 사람도 나보다는 강하지.'

　연백철은 씁쓸한 표정으로 옹기종기 모여 있는 집들을 바라봤다.

　"대주께서 여기 있는 집 중 다섯 채를 사라고 하셨소."

　제갈무군의 눈이 번쩍 빛났다.

　"다섯 채? 흐음, 굳이 이곳의 집을 왜 사려 하시는 거지? 어디 딴 데서 무림문파라도 하나 들어오려고 하나?"

　연백철은 제갈무군의 말에 흠칫 놀랐다. 제갈무군은 그런 연백철의 반응을 놓치지 않았다.

　"오호, 이거 정말인가 본데? 그래, 어딘가? 천도문(千刀門)인가? 아니면 소검문? 그것도 아니면 흑사방(黑砂幫)?"

　"소, 소검문이오."

　제갈무군이 턱을 쓰다듬었다.

　"흐음, 소검문이라 이거지. 뭐, 별거 아니군. 그럼 일단 안내해라. 돈은 받아왔지?"

　"그, 그렇소만……."

　제갈무군이 손을 내밀었다. 연백철은 하마터면 그의 손에 돈주머니를 넘길 뻔했다. 하지만 품에 손을 넣은 순간, 제갈무군의 눈빛을 보고는 다시 돈주머니를 품에 고이 넣었다.

제갈무군의 얼굴이 있는 대로 일그러졌다.

"뭐야? 내 손 안 보여?"

"보이오."

"그럼 넘겨야지. 그래야 일을 할 거 아냐?"

"이 돈은 대주님이 내게 맡긴 거요. 그러니 끝까지 내가 가지고 있겠소."

제갈무군의 얼굴이 점점 더 험악하게 일그러졌다. 연백철은 그 모습에 흠칫 놀랐다. 하지만 물러서지 않았다. 결국 제갈무군은 한숨을 쉬며 한 발 물러섰다.

"에휴, 안 통하네."

연백철은 그 황당한 반응에 멍한 표정을 지었다.

"제길, 분명히 돈이 남을 텐데. 대주님이 그 돈 다 쓰라고 하셨지?"

연백철이 자신도 모르게 고개를 끄덕였다. 제갈무군은 실실 웃으며 연백철에게 다가갔다.

"으흐흐, 그 돈 조금만 남겨서 나누자. 이곳의 집 다섯 채를 사라고 했으면 적어도 금 스무 냥은 주셨을 텐데, 잘만 하면 각자 한 냥씩은 가질 수 있지. 어때? 구미가 당기지 않아?"

"……"

연백철은 잠시 말문이 막혔다. 어찌 사람이 이리도 천변만화할 수 있단 말인가. 조금 전의 그 악귀 같은 얼굴이 이리도 순식간에 실없는 얼굴로 바뀌니 정신을 차릴 수 없었다. 하지만 그 와중에도 연백철은 열심히 고개를 저었다.

"그럴 수 없소."

제갈무군의 얼굴에서 표정이 싹 사라졌다.

"쳇, 그럼 할 수 없고. 그나저나 너, 말이 너무 짧다고 생각하지 않아?"

"그, 그게 무슨 말이오?"

제갈무군은 주먹을 꾹 쥐어 연백철의 눈앞에서 천천히 흔들었다.

"내가 너보다 나이도 더 많고 이 짓도 더 오래했으니까 선배 대접을 해달란 말이야. 선배는 곧 하늘이지. 알겠냐?"

"아, 알았소."

제갈무군의 얼굴이 악귀처럼 일그러졌다. 연백철은 흠칫 놀라 다시 말을 정정했다.

"아, 알겠습니다."

그제야 제갈무군의 표정이 풀렸다.

"좋아. 앞으로 그렇게 하라고. 자, 그럼 슬슬 가볼까? 안내해."

연백철은 얼떨떨한 표정으로 서둘러 걸음을 옮겼다. 제갈무군이 빙긋 웃으며 그 뒤를 조용히 따라갔다.

제갈무군은 능숙했다. 사야 할 집을 찾아가 거래를 성사시키는 것하며, 그들이 계속 살아갈 수 있도록 조언해 주고 도와주는 것까지 모두 일사천리로 이루어졌다.

일단 다섯 집의 빚을 모두 갚아주기로 하고 집을 샀다. 그리고 그들이 살아갈 수 있도록 일정액의 돈을 건네주었다. 물론 그냥 준 게 아니라 빌려준 것이었다. 소검문처럼 터무니없는 이자가 아닌, 거의 없는 거나 다름없는 저렴한 이자로 말이다.

그렇게 미고현 중심부에서 적당히 살아가다가 나중에 모든 일이 끝나면 다시 집을 돌려주기로 했다. 그들에게 준 돈은 그 당분간 살아가기 위한 돈이었다.

불과 반 시진 만에 다섯 집을 모두 해결한 제갈무군이 연백철을 돌아보며 물었다.

"돈 얼마나 남았어?"

연백철은 주머니를 확인했다.

"금 열 냥이 남았습니다."

"젠장, 뭔 놈의 빚들이 그리 많은지. 자, 그럼 그걸로 이제 뭘 해야겠는지 생각해 봐."

연백철은 갑작스런 제갈무군의 말에 멍한 표정을 지었다. 단유강이 시킨 일은 모두 끝났다. 너무나 깔끔하게 끝나서 더 이상 건드릴 게 없었다.

"돈이 왜 이렇게 많이 남았을까?"

제갈무군의 물음에 연백철은 고개를 갸웃거렸다.

"대주님이 돈을 많이 주셨으니 남은 거 아니겠습니까?"

"그런데 대주님은 그 돈 다 쓰라고 하셨다면서."

"네, 맞습니다. 이거, 다 써야 합니다."

제갈무군이 음흉한 미소를 지으며 슬며시 연백철에게 다가갔다.

"어차피 남은 돈이니까 반씩 나눠서 가지는 게 어때?"

연백철이 화들짝 놀라며 뒤로 물러났다. 절대 그럴 수는 없었다. 그렇게 하기에는 액수가 너무도 컸다. 금 열 냥은 은으로 무려 이백 냥이다.

"에잉, 재미없는 놈."

사실 돈이 이렇게 많이 남은 것은 제갈무군이 다섯 집에 사는 사람들에게 새로운 집을 사주지 않았기 때문이다. 적당한 객잔에서 이곳의 일이 끝날 때까지만 버티는 거라면 그리 큰 돈이 필요치 않다.

"그럼 떡밥이나 좀 더 뿌려볼까?"

제갈무군은 그렇게 중얼거리며 연백철을 바라봤다. 그의 얼굴에 떠오른 음흉한 미소가 더욱 짙어졌다.

"무, 문주님, 면목이 없습니다."

총관이 고개를 푹 숙이자, 장현보는 못마땅하다는 표정으로 고개를 옆으로 돌렸다. 꼴도 보기 싫었다.

"그렇게 자신을 하더니만. 그래, 그놈들이 원하는 게 뭐라고 하던가?"

"금 백 냥을 원한다 했습니다."

장현보의 눈이 찢어질 듯 커졌다.

"금 백 냥? 그걸 지금 말이라고 하는 것이냐!"

금 백 냥이면 은으로 이천 냥이다. 소검문의 일 년 예산이 은 천오백 냥이었다. 금 백 냥이면 조금 빠듯하겠지만 소검문을 일 년 반 동안 운영할 수도 있는 액수였다.

그런 돈을 고작 집 다섯 채를 사는 데 갖다 바칠 수는 없었다. 그렇게 돈을 쓰고 나면 정작 그곳에 장원을 세울 돈이 모자라게 된다. 돈에 여유가 없기 때문에 그런 짓까지 해서 집을 사들일 돈을 아꼈는데, 이렇게 허술하게 돈을 쓸 생각은 전혀 없었다.

"작정을 하고 거길 샀군. 그렇지 않은가, 총관?"

총관은 얼른 고개를 조아리며 대답했다.

"그, 그렇습니다. 제가 도착하자마자 기다렸다는 듯 다섯 집의 빚을 한꺼번에 상환했습니다."

장현보의 눈이 빛났다.

"호오, 그래? 그럼 정말로 계획적이로군. 감히 우리 소검문의 행사에 초를 쳤으니 응당 그에 맞는 대가를 치르게 해줘야지. 안 그런가?"

"지, 지당하신 말씀입니다."

"일단 그놈들 뒤를 알아봐. 섣불리 나섰다가 깨지면 골치 아파지니까."

“예, 그리하겠습니다.”

장현보가 손짓을 하자 총관이 서둘러 물러났다. 장현보는 총관의 뒷모습을 쳐다보며 속으로 혀를 찼다. 아무래도 이번 일이 끝나면 갈아치워야겠다고 생각하며.

단유강은 침상에 누운 채로 보고를 듣고 있었다. 보고를 하는 사람은 당연히 연백철이었다. 제갈무군도 함께 있었지만 그는 그저 연백철이 보고하는 동안 가만히 서 있기만 했다.

보고를 모두 들은 단유강이 제갈무군을 슬쩍 바라봤다. 제갈무군은 고개를 슬며시 돌려 단유강의 눈을 피했다.

“잔머리를 굴렸군. 왜 굴렸는지는 알겠고……. 그놈들이 미끼를 물 것 같아?”

제갈무군은 어색한 표정으로 다시 고개를 돌려 단유강을 바라봤다. 그리고는 연백철의 어깨를 툭툭 두드리면서 입을 열었다.

“물론입니다. 대주님께서는 그저 가만히 누워 계시면 됩니다. 여기 이 친구가 다 알아서 할 겁니다. 암요.”

연백철이 기겁을 했다.

“으헉! 제, 제가요?”

“그럼 네가 하지 누가 하겠느냐? 이 임무가 누구의 것인지 벌써 잊은 거냐?”

연백철은 입을 다물었다. 반박할 말이 없었다. 분명 이번

임무는 자신이 맡았다. 하지만 오늘 대부분의 일은 제갈무군
이 처리했다. 자신은 뭐가 어떻게 돌아가는지도 아직 파악하
지 못했다.

제갈무군이 씨익 웃으며 연백철의 어깨를 두드렸다.

"걱정할 것 없어. 내가 아주 자알 설명해 줄 테니까. 다만,
난 술이 없으면 말이 잘 안 나와서 말이지. 정신도 깜빡깜빡
하고, 잘못하면 말이 헛나와서 엉뚱한 걸 알려줄지도 모르지.
어때?"

"사, 사겠습니다! 당연히 사야죠."

연백철이 울상을 지었다. 오늘 받은 돈은 몽땅 다 썼다. 술
값은 순전히 자신의 돈으로 내야 하는 것이다. 다행히 며칠
전에 받은 은자 여섯 냥이 고스란히 남아 있긴 했지만 제갈무
군의 음흉한 표정을 보고 있으니 불안한 마음이 물씬 들었다.

"이걸로 한잔해라."

연백철은 단유강의 말에 반사적으로 고개를 돌려 그를 바
라봤다. 누런 덩어리 하나가 날아오는 것이 보였다. 연백철의
손이 순식간에 그것을 잡아챘다.

'그, 금!'

금 한 냥이었다. 이거라면 코가 삐뚤어지게 마셔도 남는
다. 연백철의 손이 덜덜 떨렸다.

단유강은 제갈무군을 향해 말했다.

"뭐가 그리 마음에 안 드는지 모르지만 좋은 술 한잔 마시

고 털어버려라."

단유강의 말에 제갈무군이 쓴웃음을 지으며 고개를 끄덕였다. 그리고 정중하게 단유강을 향해 포권을 취했다.

"말씀대로 하겠습니다."

어찌나 정중하고 경건했는지 연백철이 흠칫 놀랄 정도였다. 연백철은 새삼스러운 눈으로 단유강과 제갈무군을 번갈아 바라봤다.

그날, 제갈무군과 연백철은 미고현에서 가장 큰 기루에서 밤늦게까지 술을 마셨다. 두 시진이나 흥청망청했는데도 돈이 남아 가장 큰 주루에 가서 남은 돈을 몽땅 써버렸다.

연백철은 나중을 위해 돈을 좀 남기고 싶었지만, 제갈무군은 절대 그것을 용납하지 않았다. 하지만 덕분에 제갈무군과 많은 이야기를 할 수 있었다.

술자리가 깊어지자, 연백철은 어느새 제갈무군을 형님이라고 부르고 있었다.

"형님, 아까 대주님께서 무슨 말씀을 하신 겁니까? 마음에 안 드는 일이 대체 뭡니까?"

"큭큭큭, 뭐긴 뭐야. 바로 너지."

"예?"

제갈무군은 연백철을 빤히 바라보며 말을 이었다.

"너, 얼마 전에 천면색귀 나왔을 때 대주님이 했던 말 기억

나냐?"

연백철은 무슨 말인지 몰라 고개를 도리도리 저었다. 그러자 제갈무군이 술잔을 단숨에 비운 후 입을 열었다.

"앞으로 대주님이라고 부르라고 했잖아. 기억 안 나?"

"아아… 그거요? 당연히 기억나죠. 그 이후에 얼마나 구박을 받았는데요. 실수로 대주라고 말할라 치면 꼬박꼬박 고쳐 준다니까요."

제갈무군이 쓴웃음을 지었다.

"난 그 말 듣는 데 꼬박 이 년 걸렸다."

연백철이 황당한 얼굴로 제갈무군을 바라봤다.

"대주랑 대주님이랑 뭐가 다른 거요, 대체?"

"다르지. 대주님이라고 부르는 건 내가 그분 밑으로 완전히 들어갔다고 인정하는 거란 말이다. 반대로 생각하면 그분이 날 자신의 아래로 들이겠다고 인정하는 거지. 무슨 말인지 알겠냐?"

연백철은 알쏭달쏭한 표정으로 고개를 갸웃거렸다. 뭔가 이상했지만 아예 이해가 안 가는 건 아니었다.

"그러니까, 자기가 인정하는 사람한테만 존경을 받겠다, 뭐, 그런 겁니까?"

제갈무군이 눈을 빛냈다.

"오호, 너, 머리 나쁘지 않다?"

연백철이 피식 웃었다. 머리 나쁘지 않다는 말을 벌써 두 번째 듣는다. 두 번 들어도 기분은 상당히 괜찮았다.

"형님은 그전에는 대주님이라고 안 불렀습니까? 그럼 뭐라고 불렀습니까? 저처럼 그냥 대주라고 했습니까?"

"나? 대주님이라고 했지."

연백철은 어이없다는 눈으로 제갈무군을 바라봤다. 그럼 대체 그게 무슨 의미가 있단 말인가.

"네가 말하지 않았느냐, 자기가 인정하는 사람한테만 그렇게 말한다고. 그 말을 들은 게 중요한 거지. 정작 뭐라고 부르는지는 상관없지 않겠느냐?"

연백철은 그 말에 조용히 고개를 끄덕였다. 왠지 이해가 어려웠지만 묘하게 수긍이 갔다.

'대주님, 대주님이라……. 그러니까 날 인정했다는 뜻이로군.'

연백철의 입가에 기분 좋은 미소가 그려졌다. 자신을 인정한다는 말을 들으니 점점 기분이 좋아졌다.

"그렇게 실실 웃지 마라. 재수없어지려고 한다."

제갈무군은 그렇게 툭 쏴주고는 다시 술을 한 잔 털어 넣었다.

두 사람은 그렇게 주거니 받거니 밤이 새도록 술을 마셨다.

"문주님, 총관입니다."

소검문의 총관은 서둘러 문주의 집무실로 들어갔다. 머뭇거릴 시간이 없었다.

"그래, 알아봤나?"

"예. 집을 산 놈들의 뒷조사를 하다가 대어를 낚았습니다."

"대어?"

총관이 다급히 말을 이었다.

"일단 집을 산 놈은 무림맹의 천망단입니다. 미고현에 있는 천망칠십오대에 속한 놈들입니다."

장현보의 얼굴이 확 일그러졌다.

"천망단 놈이 무슨 돈이 있어서 그놈들의 빚을 다 갚아준단 말이냐?"

"아무래도 우리 문파의 일이 조금 새 나간 듯합니다."

"끄응, 골치 아프게 됐군."

장현보는 고개를 저은 후, 다시 총관을 바라보며 물었다.

"그럼 대어는 대체 뭔가?"

"천도문도 그곳을 노리고 있습니다."

장현보의 눈이 섬뜩하게 빛났다.

"천도문?"

"천도문에서 다섯 집을 사들이기 위해 천망단의 그놈들과 접촉 중이라 합니다."

장현보는 심각한 얼굴로 팔걸이를 톡톡 두드렸다. 천도문까지 끼었다면 일이 복잡해진다. 미고현이 비록 최근에 발전하고 있다지만 문파 두 개가 나눠 먹을 정도는 안 된다. 둘이 한꺼번에 들어가면 아마 피 터지게 싸워야 할 것이다.

'아니, 들어가기도 전에 한판 붙어야 할지도 모르지.'

"그곳을 포기하고 다른 장소를 알아보는 건 어떠냐?"

총관이 고개를 조아리며 대답했다.

"이미 알아봤지만 적당한 장소가 없습니다. 더 좋은 자리가 몇 군데 있긴 한데 그곳은 사들이기가 만만치 않습니다. 그리고 제대로 된 거래를 통해서 사야 합니다."

장현보는 한숨을 쉬며 고개를 저었다. 그건 곤란하다. 제대로 된 거래를 통해 장원을 산다면 돈이 어마어마하게 들어갈 것이다. 소검문이 휘청거릴 정도로 말이다.

"천도문 역시 자금 사정이 그리 좋지는 않다고 들었습니다."

그 말에 장현보의 눈썹이 꿈틀거렸다.

"그 말은 다섯 채의 집을 사들인 다음에 우리와 싸워서 나머지를 얻겠다는 뜻이로구나."

총관은 대답하지 않고 고개를 조아렸다. 장현보는 그런 총관을 노려봤다.

'대어라고? 대체 뭐가 대어란 말이냐? 저런 멍청한 놈을 총관이라고 두고 있으니.'

"문주님, 조금 무리를 해서라도 반드시 그곳을 차지해야 합니다."

“그곳을 차지하라고?”

장현보는 직감적으로 지금 총관이 하는 말이 바로 그 대어라는 걸 느꼈다.

“지금 그곳을 노리는 건 천도문만이 아닙니다. 흑사방도 노리고 있습니다.”

“흑사방까지?”

장현보의 눈이 커졌다. 다른 건 몰라도 흑사방까지 개입되어 있다면 얘기가 달라진다. 흑사방은 서창에 있는 문파 중 가장 세력이 크다. 성향도 정파보다는 사파에 더 가깝다. 물론 대놓고 사파 짓을 하지는 않기에 무림맹의 눈도 슬쩍 피했고 말이다.

“흑사방이 왜 그곳을 노리겠습니까? 자금의 여유가 우리나 천도문과는 비교도 안 되는 곳인데 말입니다.”

생각해 보면 그렇다. 흑사방은 굳이 그런 허름한 집들을 사서 부수고 장원을 짓는 수고를 하느니 차라리 미고현에서 가장 큰 장원을 바로 사들이면 그만이다. 한데 왜 그런 복잡한 일을 한단 말인가.

“이제부터가 진짜 대어입니다.”

총관은 그렇게 운을 띄운 후, 잠시 뜸을 들였다가 말을 이었다.

“그곳에 뭔가가 있는 듯합니다.”

“뭔가가 있다니, 무슨 뜻인가?”

"그곳이 원래는 빈민촌이었습니다. 한데 미고현에 돈이 풀리면서 자연스럽게 성장했습니다. 원래 있던 집은 다 허물고 땅을 갈아엎은 후, 새로 집을 지었습니다."

총관의 말을 들은 장현보는 더욱 미고현에 욕심이 생겼다. 빈민촌이 그 정도로 발전했다면 앞으로는 얼마나 더 커지겠는가. 지금 그 자리가 딱이었다. 그곳에 자리를 잡으면 번화가에도 가깝고, 앞으로 미고현이 좀 더 커진다 하더라도 충분히 모든 곳에 영향력을 미칠 수 있는 요지였다.

"그 와중에 몇 가지 흔적이 드러났습니다."

"흔적?"

총관이 나직한 목소리로 조심스럽게 입을 열었다.

"그곳에 진(陣)이 설치된 것 같습니다."

장현보의 눈이 화등잔만 해졌다.

"진이라고?"

"그렇습니다. 꽤 오래된 듯합니다. 그걸로 봐서……."

"그곳에 뭔가가 있다는 말이로군. 대체 어디서 그 말을 들은 건가?"

"제가 직접 가서 확인해 봤습니다. 문주님께서도 아시다시피 제가 진법을 약간 공부한 적이 있는지라……."

장현보가 고개를 끄덕였다. 그를 총관으로 받아들인 이유 중 하나가 바로 그 진법에 대한 지식 때문이었으니까.

물론 총관의 수준은 그리 높지 않다. 아주 기초적인 진법

몇 가지를 아는 정도에 불과했다. 하지만 그것만으로도 굉장했다. 그것을 응용해 검진을 두 개나 만들었으니 말이다. 소검문의 힘 중 하나는 바로 그 검진이었다.

"하면 이번에 그곳을 왕래하면서 우연히 발견한 것인가?"

"그렇습니다. 상당히 교묘하게 감춰진 진이라서 이번에 그들의 뒤를 캐기 위해 자세히 살피지 않았으면 아마 발견하지 못했을 것입니다."

"그 얘기는……."

"예. 진의 중심이 되는 곳이 반드시 매입해야 할 다섯 집 중에 있습니다."

장현보는 눈을 지그시 감았다. 섣불리 판단을 내릴 수 없었다. 하지만 충분히 매력적인 이야기였다. 진은 아무 데나 설치하지 않는다. 그리고 함부로 설치하지도 않는다.

"그 진의 규모가 어느 정도나 되는가?"

"그곳을 거의 다 차지할 정도입니다. 장원을 세우는 척하며 담장을 둘러 버리면 아무도 모르게 처리할 수 있습니다."

"상당한 규모로군. 결국 땅을 파고 내려가야 하는 건가?"

"그렇습니다. 땅에 드러난 것만으로는 아직 아무것도 알 수 없습니다. 땅을 십여 척은 파야 실체가 드러날 것 같습니다."

장현보가 턱을 쓰다듬었다.

"흐음, 진이라……."

정말로 심상치 않다. 천도문과 흑사방도 노리는 곳이다. 그들은 분명 뭔가를 알고 있으리라.

"좋아, 그놈들에게 돈을 준다고 해라. 그 집을 우리가 산다."

"알겠습니다."

총관이 기쁜 표정으로 대답했다. 오랜만에 자신의 실력을 보여줄 수 있다고 생각하니 흥분이 되었다. 이번 기회에 자신이 얼마나 중요한 인물인지 문주에게 각인시키겠다고 다짐하며 조용히 물러났다.

총관이 물러나자 장현보는 의자에 몸을 기대고 좀 더 깊이 생각해 봤다.

"문제는 그 진을 총관이 과연 파훼할 수 있느냐로군."

진의 수준이 높으면 총관의 힘으로는 불가능해진다. 하지만 그때도 방법은 있었다. 천도문, 흑사방과 손을 잡으면 된다. 당연히 모든 일은 소검문에서 했으니 가장 큰 이득을 얻는 건 소검문이 될 것이다.

"그렇게만 되면 아주 좋겠는데 말이야."

장현보는 기분 좋은 미소를 머금었다. 꽤 기대가 되었다.

진법에 능통한 자들은 보통 어마어마한 돈을 번 경우가 많다. 그리고 그 돈을 대부분 진을 통해 감춰놓는다.

또한 도둑질에 능한 자들도 마찬가지다. 그들은 누구도 믿지 못하기 때문에 자신만 아는 공간에 진을 설치해 보물을 보관하는 경우가 많다. 물론 능력이 되는 경우에 한해서지만.

어쨌든 어떤 경우라도 나쁘지 않다. 장현보는 꿈에 부풀어 지그시 눈을 감았다.

"금 백 냥을 가져왔네."

소검문의 총관은 그렇게 말하며 주머니 하나를 내밀었다.

연백철은 뚱한 얼굴로 그 주머니를 받아 들었다. 그리고 집의 권리증을 내밀었다.

총관은 그것을 받아 들고 고개를 갸웃거렸다.

"왜 하나뿐인가? 자네가 가진 집은 다섯 채 아니었나?"

연백철이 고개를 저었다.

"내가 가진 집은 이거 하나뿐이오. 천망단에 사람이 나 혼자인 건 아니잖소?"

너무도 뻔뻔히 말하는 연백철의 말에 총관은 붉으락푸르락한 얼굴로 소리쳤다.

"이놈! 아무리 천망단이라지만 너무하는구나! 감히 내게 사기를 치려고 들어!"

사기라는 말에 연백철의 얼굴이 시뻘겋게 달아올랐다.

"사기? 내가 사기를 쳤다고? 이 늙은이가 진짜. 내가 언제 집 다섯 채를 판다고 한마디라도 한 적 있어? 난 그저 금 백 냥에 판다고 말했을 뿐이라고! 그래, 안 그래?"

연백철의 말에 총관은 이를 갈았다. 분명히 그랬다. 하지만 당시의 어감은 분명히 다섯 채를 모두 파는 조건으로 백 냥을 주기로 한 것이었다.

"웃기지 마라, 이놈! 지금 소검문과 해보겠다는 거냐!"

총관의 말에 연백철이 빙긋 웃었다. 그리고 아주 정중한 자세로 물었다.

"지금 우리 무림맹과 전쟁을 벌이겠다는 뜻이오? 그렇게 받아들여도 되오?"

총관은 연백철의 말과 태도에 정신을 차릴 수 없었다.

연백철은 그런 총관을 향해 빙긋 한 번 웃어주고는 밖으로 나가며 손을 흔들었다.

"그럼 거래도 끝났으니 난 이만 가보겠소. 몸조리 잘하시오. 하하하!"

연백철이 밖으로 나가 버리자 총관은 퍼뜩 정신을 차렸다.

"이놈! 어딜 가느냐! 거기 서라!"

총관이 급히 밖으로 따라 나갔지만 연백철의 모습은 보이지 않았다. 총관은 망연자실한 얼굴로 털썩 바닥에 주저앉았다.

"으하하하, 어서 오시오. 기다리고 있었소이다."

소검문의 총관은 자신을 반겨주는 이를 바라보며 이를 갈았다. 하지만 인상을 쓸 수는 없었다. 그저 이를 갈며 억지로 웃음을 만들었다.

"일단 권리증부터 확인해도 되겠소?"

"물론이오. 자, 여기 있소. 확인해 보시오."

제갈무군은 권리증 네 장을 탁자 위에 펼쳤다. 총관은 그것을 꼼꼼히 살폈다. 아무 이상 없었다.

"좋소, 이것을 모두 파는 게 확실하오?"

"물론이오."

제갈무군은 그렇게 대답하며 손을 내밀었다. 그 노골적인 행동에 총관과 혹시 몰라 총관을 따라온 소검문의 무사들이 눈살을 찌푸렸다. 하지만 제갈무군은 얼굴에 철판이라도 댄 것처럼 당당한 얼굴로 내민 손을 흔들었다.

"빨리빨리 합시다. 일단 돈부터 주시는 게 어떻소?"

"끄응."

총관은 품에서 주머니 하나를 꺼냈다. 안에는 황금 백 냥이 들어 있었다.

제갈무군은 그것을 받아 확인하더니 고개를 갸웃거렸다.

"어라? 돈이 좀 모자라는 것 같지 않소?"

총관의 이마에 혈관이 돋아났다.

"뭐가 모자란단 말이오? 분명히 백 냥에 팔기로 하지 않았소!"

"뭔가 착오가 있었던 모양이오. 난 분명히 이거 한 장에 금 백 냥씩이라고 했는데 말이오."

즉, 집 한 채에 백 냥을 받겠다는 뜻이었다. 총관은 입에 거품을 물 뻔했다. 이건 칼만 안 들었지 완전히 도둑놈이나 다름없었다. 하지만 여기서 화를 내서 일을 더 복잡하게 만들기는 싫었다.

"끄응, 우리 소검문의 상황이 그리 좋지 않소. 이것도 상당히 무리해서 구한 돈이란 말이오."

"거야 내가 알 바 아니지 않소. 어제 천도문에서 집 한 채당 금 백십 냥을 불렀는데도 먼저 약속한 의리를 생각해 거절하고 기다렸는데 이런 식이면 피차 곤란하지 않겠소?"

천도문이라는 말을 듣자마자 총관의 눈이 번득였다. 총관은 이를 악물고 품에서 작은 주머니 하나를 더 꺼냈다.

"이게 우리가 할 수 있는 최대한의 한도요. 더 이상은 소검문으로서는 감당할 수 없소."

주머니 안에는 금 오십 냥이 들어 있었다.

제갈무군은 어쩔 수 없다는 표정으로 고개를 끄덕였다.

"뭐, 할 수 없지요. 우리 천망단이 이런 걸로 돈벌이나 하려는 것도 아니고. 처음 거래를 튼 정리도 있으니 이만 팔기로 하겠소."

총관은 제갈무군의 뻔뻔한 말에 피가 머리끝까지 몰렸다. 하지만 초인적인 인내로 그것을 꿋꿋이 참아냈다. 굳이 천망단과 싸워 긁어 부스럼을 만들 필요는 없으니까.

"자, 그럼 난 이만 가보겠소. 부디 좋은 성과 있길 바라겠소이다."

제갈무군은 그 말을 남기고 쏜살같이 사라졌다.

총관과 소검문 무사들은 불똥이 튀어나올 것만 같은 눈으로 제갈무군의 모습이 보이지 않을 때까지 노려봤다.

단유강은 눈앞에 보이는 주머니 두 개를 물끄러미 쳐다봤다. 그리고 고개를 들어 제갈무군과 연백철을 번갈아 바라봤다.

"백 냥씩 두 개니까 이백 냥인가?"

"그렇습니다, 대주. 금 이백 냥이면 아마 소검문이 한동안은 휘청거릴 겁니다."

"휘청거릴 새도 없을 거다. 천도문이 가만히 있지 않을 테니까."

단유강은 그렇게 말하고 연백철을 바라봤다.

"어때? 첫 번째 임무를 무사히 마친 소감이?"

"자, 잘 모르겠습니다. 이런 일을 해도 되는 건지……."

단유강이 고개를 끄덕였다.

"뭐, 그 정도가 딱 좋아. 이놈처럼 너무 타락하는 것도 안 좋지."

단유강의 말에 제갈무군이 발끈했다.

"아니, 대주님. 제가 무슨 타락을 했다고 그러십니까!"

제갈무군의 말에 단유강이 씨익 웃으며 손을 내밀었다.

“내놔.”

“예? 뭘 말입니까?”

“금 오십 냥.”

“헉! 그걸 어떻게?”

“너에 대해선 너보다 내가 더 잘 알지. 안 그래?”

단유강의 미소에 제갈무군이 땀을 삐질삐질 흘렸다. 그리고 어쩔 수 없다는 듯 고개를 저으며 대답했다.

“후우, 알겠습니다.”

“알긴 뭘 알아? 백철아.”

“예, 예?”

연백철은 갑자기 자신을 부르는 단유강을 바라보며 더듬더듬 대답했다. 단유강은 빙긋 웃으며 말을 이었다.

“저놈 거처에 가면 침상이 있을 거다. 그걸 일단 옆으로 치워라. 그러면 팔각형 모양의 패(佩)가 하나 있을 거다. 그걸 좌로 세 바퀴, 다시 우로 두 바퀴, 그다음 좌로 다섯 바퀴를 돌린 후 꾹 눌러라.”

연백철은 단유강의 말을 머리에 새기느라 정신이 없었다. 반면 제갈무군의 안색은 창백해질 대로 창백해졌다.

“그러면 뭔가가 보일 거다. 그중에서 이것과 똑같이 생긴 주머니를 들고 와라.”

연백철은 직감적으로 그것이 황금이 든 주머니일 거라는 걸 알 수 있었다.

"예! 알겠습니다, 대주님!"

연백철은 힘차게 대답하고는 바람처럼 달려나갔다. 제갈무군의 망연한 얼굴이 옆으로 스쳐 지나갔다.

연백철이 사라지자, 단유강이 금이 든 주머니 두 개를 챙겼다. 그리고 제갈무군을 바라보며 물었다.

"진은 제대로 설치했지?"

"예. 걱정없을 겁니다. 아마 그 진을 해체하려면 제 본가에 도움을 요청해야 할걸요? 으하하핫!"

제갈무군은 방금 있었던 일을 모두 잊었다는 듯 신나게 웃었다. 단유강은 그런 제갈무군을 바라보다가 품에서 얇은 책자 하나를 꺼내 던졌다.

제갈무군은 날카로운 기세를 담고 자신에게 날아오는 책자를 가볍게 낚아챘다.

"이크크! 대주님, 절 죽이실 작정이십니까? 하마터면 목이 잘릴 뻔했습니다."

"그 정도도 못 받으면 잘려도 싸지. 안 그래?"

제갈무군이 씨익 웃었다.

"그거야 그렇습니다만……. 이건 무슨 책입니까?"

"네가 노래를 부르던 거."

"헉! 그럼 이게……!"

"그래. 폭뢰연환진(爆雷連環陣)이다."

제갈무군은 이마가 땅에 닿을 정도로 허리를 숙였다.

“가, 감사합니다! 으하하하하!”

“뭐, 돈 대신 주는 거라 생각해. 엄밀히 말하면 제갈세가의 것이기도 하고 말이지.”

“으하하하! 그럼 대주님, 전 이만 가보겠습니다! 으하하하하!”

제갈무군은 단유강의 말을 듣는 둥 마는 둥하며 나가 버렸다. 단유강은 피식 웃으며 침상에 누워 뒹굴기 시작했다.

얼마 지나지 않아 연백철이 주머니를 갖고 도착했다.

“대, 대주님, 가져왔습니다.”

연백철의 눈은 약간 몽롱하게 풀려 있었다. 방금 전에 겪은 일은 그 스스로도 믿기 어려웠기 때문이다.

제갈무군의 침상 밑에 있는 패를 단유강이 시키는 대로 돌리자마자 바닥이 사라져 버렸다. 아니, 바닥이 투명해졌다. 더 놀라운 것은 그 투명한 막에 손을 넣을 수 있다는 점이었다.

원하던 돈주머니를 빼고 나니 바닥이 다시 원래대로 돌아왔다. 연백철은 다시 단유강의 방으로 오는 내내 멍한 눈으로 그 광경을 떠올렸다. 그건 연백철이 처음 겪어보는 기사(奇事)였다.

멍한 눈으로 돈주머니를 내민 연백철을 가만히 보던 단유강이 피식 웃으며 손을 저었다.

“그건 네 거다.”

"예. 예에?"

연백철은 건성으로 대답하다가 단유강이 한 말의 의미를 깨닫고는 화들짝 놀랐다. 얼마나 놀랐는지 자신이 천장에 닿을 정도로 펄쩍 뛰어올랐다는 사실도 모를 정도였다.

"네가 제일 고생하지 않았느냐. 그러니 그건 네 거다. 괜히 도박으로 날리지 말고 잘 쟁여둬라. 무군이한테 도둑맞지 않으려면 설영이랑 친해놓는 게 좋을 거다."

단유강은 거기까지 말하고는 귀찮다는 듯 손을 휘휘 내저었다. 연백철은 멍한 눈으로 그런 단유강을 바라봤다. 그리고는 이내 고개를 꾸벅 숙이고 밖으로 나갔다. 가슴이 터져 나갈 것같이 두근거렸다.

단유강은 침상에 누워 연백철이 밖으로 나가는 모습을 가만히 지켜봤다. 단유강의 입가엔 작은 미소가 머물러 있었다.

第四章

감찰

태룡전

단유강은 사람들이 커다란 담장을 두르는 광경을 멀찍이
서 지켜봤다. 단유강의 옆에는 제갈무군과 백설영, 그리고 연
백철이 있었다. 문노는 어디 갔는지 보이지 않았지만 언제라
도 단유강이 원할 때 나타날 것이 분명했다.

"공사를 꽤 서두르는군."

"뭐, 한시라도 빨리 진 안쪽에 뭐가 있는지 들여다보고 싶
겠지요."

제갈무군의 말에 단유강이 슬쩍 고개를 돌려 그를 바라봤
다.

"확실히 철면수사답구나."

단유강의 말에도 제갈무군은 표정 하나 변하지 않고 단유 강을 바라봤다.

"대주님, 왜 남의 별호를 마음대로 바꾸십니까. 전 철면수 사가 아니라 천기수사입니다."

단유강은 그 말을 가볍게 무시하고 이번에는 백설영을 바라봤다.

"지출이 총 얼마나 되지?"

"서른두 가구의 집을 새로 구해주었고, 그들이 당분간 생활에 지장이 없도록 조치를 취했습니다. 모두 금 오십 냥이 들었습니다."

단유강이 고개를 끄덕였다.

"잘했다. 역시 설영이가 일 하나는 최고라니까."

단유강의 칭찬에 백설영의 뺨이 살짝 붉어졌다. 연백철은 그 모습을 보며 슬며시 고개를 돌렸다. 백설영의 얼굴은 한 번 보면 눈을 떼기가 어려웠기에 아예 보지 않는 게 나았다.

'젠장, 볼 때마다 느끼는 거지만 진짜 예쁘네.'

고개를 돌리는 연백철과 달리 제갈무군은 뻔뻔한 얼굴을 백설영의 얼굴에 바짝 들이댔다.

"뭐야? 얼굴은 왜 붉혀? 이건 너무 빙옥설녀답지 않잖아!"

백설영은 코앞에 제갈무군의 얼굴이 다가왔는데도 무표정한 얼굴로 가만히 보다가 고개를 돌려 단유강을 바라봤다.

"대주님, 베어도 됩니까?"

“응.”

단유강이 촌각도 망설이지 않고 대답하자, 제갈무군은 양 손으로 손사래를 치며 물러났다. 그리고 방금 제갈무군이 있 던 자리에 섬광 하나가 지나갔다.

스각!

“헉! 그, 그만! 알았어! 안 그러면 되잖아!”

제갈무군의 말에도 백설영은 그저 묵묵히 검을 휘두를 뿐 이었다.

스각!

“커억!”

제갈무군은 호들갑을 떨며 연방 이리저리 몸을 피했다.

단유강은 혀를 차며 그 모습을 지켜보다가 이내 고개를 돌 려 다시 공사 현장을 바라봤다.

“결국 집은 다 부수겠군.”

“아마 쉽지 않을 겁니다.”

어느새 다시 다가온 제갈무군이 말했다. 백설영은 언제 검 을 휘둘렀냐는 듯 다소곳한 자세로 서 있었다.

“몇몇 집에 진을 연동시켜 뒀습니다. 아마 진을 조금만 파 헤쳐 보면 암담할 겁니다. 으하하핫!”

제갈무군의 말에 단유강이 빙긋 웃었다. 그 웃음을 백설영 이 바라보며 뺨을 붉혔고, 연백철은 익숙하지 않은 광경을 바 라보며 멍한 표정을 지었다.

소검문은 결국 높고 커다란 담장을 만들었다. 서른두 채나 되는 집을 모두 감쌀 정도였으니 상당히 큰 규모였지만 그들은 순식간에 일을 해치웠다.

그 이후로 무슨 일을 하는지 뻔질나게 그곳을 드나들었다. 공사를 하는 건 절대 아니었다. 미고현에 사는 사람들은 소검문의 담장을 볼 때마다 수군거렸다.

그렇게 시간이 흐르다가 결국 소검문이 두 손을 들었다. 그 이후로 천도문이 끼어들었고, 조금 더 지난 후에 흑사방도 끼어들었다.

그렇게 두 방파가 끼어들고 나니, 미고현에 유입되는 인구가 훨씬 많아졌다. 흑사방과 천도문, 그리고 소검문에서 왕래하는 인원도 상당했고, 소문을 듣고 찾아와 몰래 살피고 가는 사람들도 많아졌다.

덕분에 미고현에 우수수 돈이 풀리기 시작했다.

단유강은 그 모든 것을 파악하며 흐뭇하게 웃었다. 그리고 서른두 채의 집에 살던 사람들이 모두 제대로 자리를 잡았다는 소식을 들은 후에는 더욱 진한 미소를 지었다.

무림맹 천망단에는 다섯 명의 부단주가 있다. 그들이 하는 일은 천하 곳곳에 흩어져 있는 천망단의 각 대(隊)를 돌아다니며 그들이 맡은바 임무를 제대로 이행하는지 감찰하는 것이었다.

부단주 한 명과 부단주 직속 무사 열 명이 함께 움직이는 게 보통이며, 그들은 다른 천망단 무사들과는 달리 무공 수준이 꽤 높았다.

천망단의 부단주 중 한 명인 정여광은 옆을 힐끗 바라봤다. 이번 감찰 임무에는 전혀 예상치 못했던 사람이 셋이나 따라붙었다. 그들이 계속 신경 쓰였다.

지금 따라오는 자들은 청룡단의 부단주들이었다.

아무리 천망단이 다른 무력 단체에 비해 한 수 접어주고 들어간다지만, 단주나 부단주 급에 이르면 얘기가 달라진다. 일단 단주나 부단주가 되면 다른 무력 조직의 단주나 부단주와 똑같은 대우를 받았다.

하지만 세 명이나 되고, 또 그중 한 명은 여자이기까지 하니 신경이 쓰이는 건 어쩔 수 없었다.

"정 부단주님, 칠십오대는 아직 멀었나요?"

청룡단의 부단주 중 유일한 여자인 제갈미미가 묻자, 정여광은 어색하게 웃으며 대답했다.

"이제 거의 다 왔습니다. 한 시진쯤 더 가면 됩니다."

한 시진이라는 말에 청룡당의 세 부단주는 환한 표정을 지었다. 일단 도착한 후, 제대로 씻고 칠십오대의 도움을 받아 천면색귀를 처리한 고수의 흔적을 살피면 모든 일이 끝난다. 더불어 그 고수를 무림맹으로 영입할 수 있다면 더 좋고 말이다.

“조금만 더 서두르죠.”

제갈미미는 한 시진 남았다는 말에 조금 재촉을 했다. 그녀의 재촉은 잘 먹혀들어 일행의 속도를 대폭 올릴 수 있었다.

그들은 그렇게 반 시진하고도 반 각을 더 간 끝에 드디어 미고현에 도착할 수 있었다.

미고현에 들어선 정여광은 놀란 눈으로 주위를 두리번거렸다. 천망단의 감찰은 통상적으로 삼 년에 한 번씩 이루어진다. 이곳 미고현은 삼 년 전과는 천양지차였다.

예전에는 거리에 지나다니는 사람도 그리 많지 않았고, 사람들의 얼굴에서 웃음기를 찾아보기도 쉽지 않았다. 게다가 건물들이 이렇게 크고 화려하지도 않았다.

‘고작 삼 년 만에 이 정도로 바뀌다니……!’

사실 조금만 더 미리 조사를 했다면 어느 정도 미고현에 변화가 생겼다는 건 알 수 있었을 것이다. 무림맹이 운영하는 천하전장의 지부가 바로 미고현에 있었으니까 말이다. 하지만 정여광은 천망단의 다른 부단주들과 마찬가지로 그렇게까지 적극적인 감찰을 하지는 않았다.

‘뭐, 잘하면 받을 수 있는 돈이 좀 늘어날지도 모르겠군.’

정여광은 그렇게 생각하며 씨익 웃었다. 감찰을 온 부단주에게 적당한 뇌물을 바치는 건 당연한 일이다. 삼 년 전에는

다 쓰러져 가는 현이었는 데도 불구하고 이곳에서도 분명히
뇌물을 받았다. 그러니 이번에도 받는 건 당연하다 여겼다.

'그나저나… 저들이 문제로군.'

뇌물을 함부로 받을 수는 없다. 뇌물은 몰래 받아야만 한
다. 그 떳떳하지 못한 일을 하는 데 가장 큰 방해꾼이 바로 함
께 온 청룡단의 부단주들이었다. 그들은 아마 절대 뇌물 따위
는 생각지도 않을 것이다.

정여광은 걱정스런 표정을 지었다.

'이곳의 대주가 좀 눈치가 빠른 자여야 할 텐데……'

그것은 전적으로 이곳 칠십오대의 대주가 판단해야만 한
다. 저들에게 뇌물이 통하지 않는다는 걸 알아채는 것도, 또
몰래 자신에게 뇌물을 바쳐야 한다는 것도 대주가 모두 알아
서 해야 할 일이다.

정여광은 걱정 반, 기대 반의 심정으로 미고현에 위치한 천
망단의 장원으로 향했다.

"오늘쯤 도착할 것 같지 않아?"

단유강은 침상에서 천천히 몸을 일으키며 물었다. 침상 옆
에 서 있던 연백철이 의아한 얼굴로 되물었다.

"예? 뭐가 말입니까?"

"감찰 말이야. 지금쯤 감찰이 올 때가 된 것 같아서 말이
야. 출발했다는 보고는 받았는데……"

연백철은 고개를 갸웃거렸다. 천망단에 무림맹에서 주기적으로 감찰을 한다는 건 알고 있었다. 하지만 그 시기는 딱히 정해진 바가 없고, 감찰을 떠나기 전 어디로 간다고 알려주지도 않는 법이다. 만일 그게 알려진다면 감찰의 의미가 없지 않은가.

"원래 그런 것도 보고를 해주는 겁니까?"

연백철의 물음에 단유강이 혀를 찼다.

"쯧쯧, 아직도 적응하려면 멀었구나. 가만 생각해 보면 너 정말 청룡단에 아주 딱이구나. 고지식하고, 융통성도 모자라고, 생각도 별로 없고."

단유강의 말에 연백철이 환하게 웃었다.

"그게 정말입니까? 대주님이 보시기에 제가 그렇게 청룡단에 어울립니까? 으하하하! 역시 그랬군요. 으하하핫!"

연백철의 웃음에 단유강이 고개를 저었다.

"역시 딱이야."

단유강은 침상에서 완전히 일어나 밖으로 나갔다. 연백철이 웃음 가득한 얼굴로 그 뒤를 따랐다.

밖으로 나가자 백설영이 기다리고 있었다. 백설영은 단유강을 보자마자 공손하게 허리 숙여 인사를 한 후 옆으로 다가가 보고를 시작했다.

"조금 전에 미고현으로 들어섰습니다. 곧장 이리로 오는 중입니다."

"그래? 그럼 다들 모아야지."

단유강의 말이 떨어지기가 무섭게 남은 대원들이 모습을 드러냈다. 제갈무군과 하후량, 하후령 형제, 그리고 문노까지 나타나 나란히 섰다.

단유강은 옆에 서 있던 연백철을 바라보고는 턱짓으로 그들을 가리켰다. 연백철은 금세 그 뜻을 알아차리고 제갈무군 옆에 가서 나란히 섰다.

"좋아, 이제 슬슬 가볼까?"

단유강은 만족스런 표정으로 고개를 끄덕인 후, 장원의 입구로 향했다. 그 뒤로 나머지 대원들이 당당한 자세로 따라갔다.

"허억!"

단유강은 갑자기 들려오는 헛바람 소리에 뒤를 돌아봤다. 제갈무군이었다.

"으, 으어어……!"

제갈무군은 의미를 알 수 없는 소리를 내뱉으며 단유강을 바라보며 외쳤다.

"대주님, 전 이만 가보겠습니다!"

단유강은 물론이고, 다른 대원들도 황당한 표정으로 제갈 무군을 바라봤다. 하지만 제갈무군은 그런 모두의 표정을 싹 무시하고 재빨리 몸을 날렸다.

턱!

"커헉!"

제갈무군은 목에 느껴지는 통증과 압박에 고개를 돌려 목을 움켜쥔 사람을 바라봤다. 문노의 웃는 얼굴이 보였다.

"어딜 그리 급히 가는 게냐? 저어기 본맹 사람들이 오고 있는데 말이야."

"그, 그러니까 임무가 있다고 하고 보내주시면 안 되겠습니까?"

제갈무군이 단유강을 바라보며 애처로운 표정으로 부탁했다. 단유강은 그 모습을 보며 의아한 표정을 지었다. 평소 같으면 그러라고 했을 것이다. 하지만 지금은 왠지 그러고 싶지 않았다. 단유강의 얼굴에 짓궂은 미소가 맴돌았다.

"문노, 잘 잡고 있어."

"허억! 대주님! 안 됩니다! 저기 오는 여자가 제 동생이라고요!"

단유강이 크게 고개를 끄덕였다. 이제야 제갈무군이 왜 이러는지 이해했다. 잠시 고민하던 단유강은 문노를 향해 고개를 끄덕였다.

문노가 손을 놓자 제갈무군이 쏜살같이 사라졌다. 천하제일의 신법을 익힌 사람도 지금의 제갈무군보다는 못하리라.

잠시 후, 감찰단이 도착했다. 그들의 가장 앞에는 정여광이 있었다. 단유강은 정여광을 보며 앞으로 한 발 나서서 포권을 취했다.

"천망칠십오대의 대주인 단유강이오."

단유강의 포권에 부단주인 정여광이 눈살을 찌푸렸다. 대주와 부단주의 차이는 하늘과 땅만큼 거리가 멀다. 지금보다 훨씬 더 깍듯해야만 한다. 하지만 지금 그것을 꼬투리 잡을 수는 없었다. 정여광은 떨떠름한 얼굴로 마주 포권을 취했다.

"천망단의 부단주인 정여광이다."

정여광은 그렇게 말하고는 고개를 들어 칠십오대 대원들을 쭉 훑어봤다. 그리고 눈을 번쩍 빛냈다.

'뭐야, 저 여자는?

정여광의 눈에 백설영의 모습이 보였다. 분명히 지난번 감찰 때는 없던 대원이다. 그때는 여자 대원이 없었으니 분명했다.

'아, 아름답구나!'

그야말로 경국지색이었다. 함께 이곳까지 온 청룡단의 부단주 제갈미미의 미모도 상당했지만 백설영에 비하면 몇 단계 아래였다. 그만큼 백설영의 모습은 아름다웠다. 더구나 백설영은 조금도 외모를 가꾸거나 꾸미지 않았다. 만일 여기서 더 다듬는다면 얼마나 놀라운 일이 벌어질지 상상만 해도 후끈 달아올랐다.

"크험, 험, 험. 자, 일단 우리가 쉴 곳으로 안내해 주게. 자세한 얘기는 그 이후에 하지."

정여광의 말에 단유강이 슬쩍 웃으며 고개를 돌렸다. 단유강의 눈이 향하는 곳은 청룡단의 부단주들이 있는 곳이었다. 정여광은 그제야 그들의 존재를 기억해 냈다. 백설영의 외모에 잠시 넋이 나가 큰 실수를 저지른 것이다.

"이, 이분들은 이번에 중요한 임무를 수행하러 오신 청룡단 분들이시네."

정여광이 급히 그들을 소개하자, 단유강이 그들을 향해 포권을 취했다.

"단유강이라고 하오."

단유강의 태도는 정중하면서도 당당했다. 세 부단주는 눈에 이채를 띠고 단유강을 바라봤다. 그리고 고개를 들어 단유강 뒤에 서 있는 다섯 대원을 하나하나 둘러봤다.

그들이 보기에는 하나같이 특이한 대원들이었다. 한 명은 나이가 예순은 넘어 보이는 노인이었고, 쌍둥이도 있었다. 게다가 한순간 숨이 멎을 정도로 아름다운 여인까지.

'이런 특이한 사람들이 모여 있다니. 천망단은 원래 다 이런가?'

제갈미미는 눈을 빛내며 마지막으로 단유강의 얼굴을 살폈다. 처음 봤을 때도 느꼈지만 정말로 대단한 미남이었다. 그동안 잘생긴 남자를 수도 없이 봐왔지만, 단유강만큼 잘생긴 사람은 한 명도 보지 못했다.

'재미있겠는데?'

하지만 재미도 임무를 완수한 후에 찾아야 한다. 제갈미미는 이번 임무를 그리 대수롭지 않게 여겼다. 천면색귀를 그 지경으로 만든 고수가 아직까지 이곳에 남아 있을 가능성은 그리 크지 않았다.

'대충 주변만 살펴보고 돌아가면 되겠지.'

제갈미미뿐 아니라 다른 부단주들 역시 마찬가지 생각이었다.

"일단 쉴 곳으로 안내해 드리겠소."

단유강이 앞장서자, 정여광을 비롯한 감찰 무사들이 그 뒤를 따랐다. 청룡단의 세 부단주는 느긋하게 그 뒤를 따랐다.

"정말로 허름한 곳이군."

"되도록 빨리 임무를 해결하고 돌아가는 게 좋겠어요."

청룡단의 세 부단주는 배당된 방으로 들어서자마자 그렇게 말했다. 방에는 침상 세 개와 작은 탁자 하나뿐이었다. 침상과 탁자는 낡아 언제 부서져도 이상하지 않아 보였다.

이런 곳에서 긴 시간을 머물 생각은 추호도 없었다. 게다가 제갈미미는 여자인데도 한방에 몰아넣었다. 장원에 남는 방이 거의 없다는 평계를 듣긴 했지만 기분이 좋을 수 없었다.

세 사람은 대충 여장을 풀고 밖으로 나갔다. 원래는 하루 정도 쉬고 움직일 생각이었지만 방을 보고 나니 그런 생각이 깨끗이 사라졌다. 한시라도 빨리 임무를 완수하고 내일 당장이라도 올라가고 싶어졌다.

 청룡단의 부단주들은 그나마 나은 편이었다. 정여광을 비롯한 감찰 무사들은 더 심각한 상황에 직면해 있었다.

 "뭐야? 대체 관리를 어떻게 했기에……."

 정여광의 말에 그를 따라온 문노가 대답했다.

 "처음부터 이 상태였다는 걸 잘 아시잖나. 삼 년 전에도 와 봤으면서 말이야. 장원을 보수할 돈을 지급해 줘야 고치든 말든 할 것 아닌가. 이번 기회에 상부에 보고나 한번 올려주게. 우리가 하는 건 씨알도 안 먹히니, 원."

 문노의 말에 정여광은 기가 차서 대답도 할 수 없었다. 말투도 마음에 안 들었지만, 내용도 심상치 않았다. 자신은 감찰을 하러 왔지 불만 사항을 파악하러 온 것이 아니었다.

 '젠장, 빨리 끝내고 돌아가야겠군.'

 생각해 보니 삼 년 전에도 그래서 감찰을 대충 끝내고 돌아갔다. 당시에도 이와 비슷한 말을 들은 것 같았다. 하지만 정여광은 그런 귀찮은 일을 할 생각이 전혀 없었다. 자신이 매일 이곳에 있어야 한다면 모를까, 고작 하루나 이틀 머물다 돌아갈 것인데 그런 수고를 감내하기 싫었다.

 "됐으니 가서 장부나 가져와."

 정여광이 퉁명스럽게 말하자 문노가 빙긋 웃으며 돌아섰다.

잠시 후, 문노는 필요한 모든 것을 가져와 정여광에게 건넸다. 그 모든 일을 하는 동안 문노의 얼굴에는 한 번도 미소가 끊이지 않았다.

"다들 수고했어."

단유강의 말에 연백철이 씩씩대며 말했다.

"뭐 저딴 놈들이 다 있습니까? 에잇! 진짜!"

연백철이 화를 내는 이유는 백설영 때문이었다. 오늘 이곳에 온 자들은 한 명을 제외하고는 모두 남자였다. 그들의 시선이 백설영에게로 향하는 것은 어찌 보면 너무나 당연했다. 그만큼 그녀는 아름다웠다.

하지만 연백철은 화가 치밀었다. 그들의 시선이 너무나 노골적이었기 때문이다. 게다가 몇몇은 접근해서 음탕한 말을 슬쩍 꺼내기도 했다. 만일 백설영이 말리지 않았다면 당장 달려들었을 것이다.

연백철의 화난 얼굴을 가만히 바라보던 단유강이 물었다.

"널 그렇게 화나게 한 놈들 얼굴이나 이름은 알고 있나?"

"예?"

연백철은 갑작스런 단유강의 말에 멍한 표정을 지었다. 난데없이 이건 또 무슨 말인가. 그들의 얼굴이나 이름을 기억해 무얼 하겠는가.

단유강은 연백철의 멍한 얼굴을 보며 혀를 찼다.

"쯧쯧, 하여간. 하긴, 그게 네 장점인지도 모르지."

단유강은 고개를 돌려 백설영을 바라봤다.

"얼굴이랑 이름 기억해 뒀어?"

백설영은 말없이 품에서 종이 한 장을 꺼냈다. 그 안에는 작은 글씨로 빽빽하게 뭔가가 적혀 있었다. 단유강은 그것을 받아 들고 한 번 주르륵 읽은 후 고개를 끄덕였다.

"좋아, 다음 또 없어?"

단유강은 다른 대원들을 향해 물었다. 하지만 모두 가볍게 고개를 저을 뿐이었다. 이번 감찰은 백설영이 모두의 눈을 사로잡은 덕분에 다른 대원들은 감찰 무사들과 얽힐 기회조차 거의 없었다.

"문노는? 괜찮아?"

"그 종이 안에 다 있습니다."

단유강이 고개를 끄덕였다.

"하긴, 두 놈 빼곤 전부로군."

단유강은 종이를 촛불에 갖다 댔다.

화르륵.

순식간에 타오른 불길이 종이를 집어삼켰다. 남은 것은 허공에 흩날리는 재뿐이었다.

종이가 완전히 타버리자, 누군가 슬며시 방 안으로 들어섰다. 제갈무군이었다.

"잘 끝났습니까?"

제갈무군은 뻔뻔한 얼굴로 그렇게 물었다. 연백철은 어이가 없다는 눈으로 그를 바라봤다. 하지만 다른 모두는 으레 그러려니 하고 넘어갔다. 다만 단유강은 빙긋 웃으며 손가락을 까딱였다.

"대주님, 절 그런 식으로 부르시는 이유가……."

"오면 알 걸 왜 물어?"

"아니, 그렇게 손가락으로 부르시면 꼭 머리가 아파서요. 으하하핫!"

제갈무군의 넉살에도 단유강은 여전히 웃으며 손가락만 까딱였다. 제갈무군은 헤헤 웃으며 단유강의 앞으로 다가갔다.

쾅!

"커억!"

제갈무군은 갑자기 느껴지는 격통에 머리를 쥐어 싸고 주저앉았다.

"내가 이럴 줄 알았다니까! 꼭 이렇게 머리가 아프단 말이야! 크으윽!"

바닥을 몇 바퀴나 데굴데굴 구르고서야 제갈무군이 일어섰다. 그의 얼굴은 어느새 다시 뻔뻔한 표정으로 돌아와 있었다.

"우리 미미 분위기가 어땠습니까?"

"뭐, 나쁘지 않았다. 내일 당장이라도 돌아가고 싶어하는 얼굴이었다.”

제갈무군의 얼굴이 환해졌다.

“그거참, 다행스런 일이군요. 으하하핫!”

제갈무군은 크게 웃다가 갑자기 웃음을 멈췄다. 다른 대원들의 얼굴에 슬며시 미소가 자라났다. 연백철만 영문을 알 수 없다는 표정으로 주위를 두리번거렸다.

“이런 젠장! 전 이만 가보겠습니다!”

제갈무군은 창문을 통해 바람처럼 빠져나갔다. 그 표홀한 신법에 연백철이 멍한 표정을 지었다. 사람의 몸이 저렇게 움직일 수도 있다는 걸 처음 알았다.

그렇게 잠시 시간이 지나자, 밖에서 누군가의 목소리가 들렸다.

“들어가도 되나요?”

제갈미미의 목소리였다. 단유강은 흔쾌히 대답했다.

“물론이오.”

문이 살짝 열리고 제갈미미를 비롯한 청룡단 부단주들이 안으로 들어왔다. 그들은 안에 들어서자마자 눈살을 찌푸리며 방 안을 둘러봤다.

“꽤 괜찮은 방이로군. 이런 방을 놔두고 우리에게 그따위 허름한 방을 내주다니!”

육원검이 투덜거렸다. 그는 그렇게 말하며 방 안을 둘러보다가 침상을 발견했다.

"호오, 침상 한번 대단하군. 고작 천망단의 대주는 이렇게 좋은 침상에서 자고, 나 같은 청룡단의 부단주는 삐걱거리다 못해 언제 주저앉을지 모르는 침상을 써야 한다니, 좀 말이 안 된다고 생각하지 않나?"

육원검은 그렇게 말하며 단유강을 노려봤다. 하지만 단유강은 아무렇지도 않다는 표정으로 대답했다.

"침상이 좋지 않으면 제대로 못 자는 체질이라서."

단유강의 말에 육원검의 표정이 살짝 일그러졌다. 그렇게 뒷말을 잘라먹으니 마치 반말을 들은 듯한 기분이 들었다.

'이놈이!'

육원검이 노려봤지만 단유강은 꿈쩍도 안 했다. 굳이 이런 자들을 위해 자신의 방을 비워줄 생각은 전혀 없었다. 어차피 하루만 지나면 갈 사람들이 아닌가.

하지만 육원검은 쉽게 포기하지 않았다. 이 방에 백설영만 없었어도 포기했을지 모른다. 하지만 이쪽을 빤히 보고 있는 그녀의 눈 때문에 물러설 수가 없었다.

"고작 천망단의 대주가 내 명을 거부한다는 건가?"

단유강은 육원검을 가만히 쳐다보다가 고개를 끄덕였다.

"좋소, 그럼 내기를 해보는 게 어떻겠소?"

"내기?"

평소라면 웃기지 말라고 손부터 올라갔겠지만, 지금은 백설영이 보고 있었다. 내기를 회피하는 옹졸한 남자가 되긴 싫었다. 육원검은 결국 고개를 끄덕이고 말았다.

"좋다, 마음이 바다와 같은 내가 한발 양보하지. 그래, 무슨 내기를 하자는 거냐?"

단유강이 빙긋 웃으며 품에서 작은 비수 하나를 꺼냈다.

"이걸 던져서 저기 보이는 나무를 맞추면 되는 아주 간단한 내기요."

육원검은 단유강이 손가락으로 가리키는 곳을 바라봤다. 열린 방문을 통해 멀찍이 떨어진 나무 한 그루가 보였다. 거리가 어림잡아 십여 장은 되어 보였다.

"훗, 고작 저 거리에 있는 나무를 맞춘 다음 생색을 내겠단 말이냐?"

육원검은 기가 막혀서 코웃음을 쳤지만 이어지는 단유강의 말에 안색이 변해야 했다.

"비수를 던지는 건 내가 아니라 당신이오."

육원검은 사납게 얼굴을 일그러뜨렸다. 이건 자신을 무시하는 말이었다. 고작 십 장 떨어진 곳에 있는 나무에 비수 하나 못 박아 넣는다면 감히 청룡단의 부단주 자리에 있을 수 있겠는가. 청룡단의 부단주가 되려면 최소한 절정 급 이상의 무위를 가져야 한다.

잠시 단유강을 노려보던 육원검은 갑자기 뭔가가 떠올랐다는 듯 안색이 밝아졌다.

'아하, 이제 보니 이놈이 내게 방을 양보해 주고 싶어서 이

러는 거로구나. 그냥 물러나자니 자존심이 상하겠고, 그러지
않으려니 후환이 두렵고. 이거 생각보다 여우 같은 놈이로군.'
　육원검은 그렇게 결론을 내리고는 비수를 받아 들었다.
　"좋다, 내가 저 나무를 맞추면 군말없이 물러나야 한다."
　"물론이오. 당신도 저 나무를 맞추지 못하면 다시는 이런
일로 날 귀찮게 하지 말아야 하오."
　단유강의 말에 육원검의 얼굴이 다시 한 번 일그러졌다. 하
지만 이내 얼굴을 펴고 한기가 뚝뚝 묻어나는 눈으로 단유강
을 노려봤다.
　'이놈, 어디 두고 보자.'
　육원검은 비수를 슬쩍 들어 올렸다.
　"잘 봐라!"
　피슉!
　육원검의 손에서 비수가 날아갔다. 바람을 가르는 소리와
함께 날아간 비수는 십여 장 밖에 서 있는 나무의 옆을 아슬
아슬하게 가르며 지나갔다.
　육원검의 눈이 화등잔만 해졌다. 이건 있을 수 없는 일이었
다.
　'이런 말도 안 되는! 내가 이런 실수를 하다니!'
　하지만 이미 배는 떠나 버렸다. 육원검은 입을 다물고 침중
한 표정으로 고개를 돌렸다.
　"젠장."

나직이 내뱉는 말이 모두의 귓가에 들려왔다.

그때까지 흥미로운 눈으로 상황을 지켜보던 제갈미미와 또 다른 청룡단의 부단주인 강원손은 놀란 눈으로 육원검과 단유강을 번갈아 바라봤다. 그들이 보기에도 육원검의 실수가 분명해 보였다.

강원손은 눈살을 찌푸렸다. 이대로는 청룡단의 위신이 땅에 떨어지게 생겼다. 또한 초롱초롱한 눈으로 상황을 모두 지켜본 백설영의 모습이 자꾸만 마음에 걸렸다.

"나도 그 내기에 낄 수 있나?"

강원손이 나서자 제갈미미가 살짝 눈살을 찌푸렸다. 왠지 좋게 보이지 않았다. 하지만 자신이 나서서 말릴 수는 없었다. 지금 나서서 말리면 강원손의 자존심을 건드리게 될지도 몰랐고, 그녀 역시 청룡단의 위신을 생각했다.

단유강은 씨익 웃으며 품에서 비수 하나를 꺼내 그에게 내밀었다.

"말리진 않겠소."

단유강의 말이 너무나 미묘했기에 강원손과 제갈미미의 눈이 동시에 못마땅하게 변했다.

강원손은 탁, 소리가 날 정도로 거칠게 비수를 받았다. 말이 받은 거지, 사실상 거의 빼앗다시피 했다. 하지만 단유강은 아무렇지도 않은 얼굴로 가만히 그의 손을 바라봤다.

"바로 던지도록 하지."

강원손은 일말의 주저도 없이 비수를 날렸다. 사실 이 거리에서 저렇게 큰 목표를 맞추지 못한다는 건 청룡단의 일반 무사들조차 부끄러워해야 할 일이었다.

피슉!

강원손의 손에서 비수가 날아갔다. 바람을 가르는 소리가 날카롭게 귀를 울렸다. 그리고 강원손의 얼굴에 경악이 떠올랐다. 이번에는 강원손뿐 아니라 제갈미미의 얼굴에도 마찬가지의 표정이 떠올랐다.

이번에도 비수는 조금 전 육원검이 던진 비수와 똑같은 자리로 빗나갔다. 똑같은 실수를 두 번 연달아 하는 건 있을 수 없는 일이었다.

강원손의 얼굴이 사정없이 일그러졌다. 그리고 무서운 눈으로 단유강을 노려봤다.

"비수에 대체 무슨 짓을 한 거냐!"

단유강은 의아한 눈으로 그를 바라봤다.

"그게 무슨 소리인지 모르겠소만……."

이번에는 육원검이 나섰다. 그 역시 강원손의 말에서 뭔가를 깨달았다. 처음부터 비수에 뭔가 속임수를 썼음이 분명했다. 그것을 발견하지 못한 시점에서 이미 내기에 진 거나 다름없었지만 그들은 그것을 인정하지 못했다.

제갈미미는 고개를 저었다. 아무리 비수에 속임수가 있었다 하더라도 이미 상황은 끝났다. 더 이상 이러는 건 오히려 청룡단의 위신에 먹칠을 하는 셈이 된다.

"이제 그만들 하세요."

제갈미미의 말에 육원검과 강원손이 멈칫했다. 하지만 육원검은 그냥 멈출 수 없었다.

"어디 네놈도 한번 던져 봐라. 네놈이 맞추면 흔쾌히 인정하지."

단유강은 그 말에 빙긋 웃으며 품에서 비수를 꺼냈다. 그리고 가볍게 나무를 향해 던졌다.

피슉!

텅!

보지도 않고 던진 비수가 나무에 깊이 박혔다. 육원검은 그것을 보고는 회심의 미소를 지었다.

"후훗."

육원검이 몸을 날려 나무에 박힌 비수를 단숨에 뽑았다. 그리고 다시 방으로 돌아왔다.

"이번에는 이것을 이용해 다시 내기를 하는 게 어때? 이번에는 우리 둘 다 나무에 맞추면 이기는 걸로 하지."

육원검의 말에 강원손이 크게 웃으며 고개를 끄덕였다.

"으하하핫! 그런 수가 있었군. 어떠냐? 할 의향이 있느냐?"

그렇게 묻는 두 사람의 얼굴에 비웃음이 한껏 그려졌다. 단유강은 빙긋 웃으며 고개를 끄덕였다.

"두 사람 다 할 필요는 없을 듯한데……."

단유강의 중얼거림을 들은 육원검과 강원손의 안색이 변했다. 두 사람은 단유강을 죽일 듯 노려봤다. 은은한 살기가 흘러나와 방 안을 휘감았다.

제갈미미는 그 광경에 내력을 담아 외쳤다.

"그만해요! 대체 이게 무슨 짓이죠? 얼마나 더 청룡단의 이름을 더럽혀야 직성이 풀리겠어요?"

제갈미미의 외침에 육원검과 강원손은 황급히 살기를 거둬들였다. 그리고 약간 멋쩍은 표정으로 제갈미미를 바라봤다. 하지만 단유강이나 방 안에 함께 있던 다른 대원들은 바라보지도 않았다. 그저 백설영을 한 번 바라보며 약간 음흉한 미소를 지은 게 다였다.

단유강이 다시 나섰다.

"포기할 생각이라면 비수를 돌려받고 싶소만……."

단유강의 말에 육원검과 강원손의 안색이 다시 변했다. 그리고 육원검은 피식 웃으며 비수를 든 손을 들어 올렸다.

"네놈이 한 말이니 나중에 딴소리나 하지 마라."

피슉!

비수가 바람을 가르며 날아갔다. 그리고 처음과 똑같은 자리를 꿰뚫고 지나갔다.

육원검이 멍한 표정을 지었다. 이번에는 절대 실수할 이유가 없었다. 한데 이게 어찌 된 일이란 말인가. 강원손 역시 마찬가지였고, 제갈미미 또한 똑같았다.

"어, 어찌 이럴 수가……."

단유강은 그런 청룡단원들을 바라보며 씨익 웃었다. 그 웃음은 마치 약간의 비웃음을 담고 있는 듯 보였다. 하지만 세 사람은 그 어떤 대응도 할 수 없었다. 지금 벌어진 일은 비웃음을 당해도 싼 일이었다.

"내기는 끝난 걸로 알겠소. 앞으로 방에 대한 불만은 일절 받지 않겠소."

단유강의 말이 그들의 금 간 자존심을 완전히 박살 내버렸다.

"후우, 어쩌다 일이 이렇게 되었는지 모르지만, 일단 제가 사과를 하죠. 방금 가신 두 분의 일은 부디 마음에 두지 말아 주세요."

제갈미미의 사과에 단유강의 눈빛이 살짝 빛났다. 하지만 그것은 나타난 것보다 훨씬 빠르게 사라져 버렸다.

"벌써 잊었소."

단유강의 말에 제갈미미가 살짝 한숨을 내쉬었다. 하지만 이내 모든 일을 털어버리고는 본격적으로 입을 열었다.

"우리가 임무를 수행하는 데 도움을 주셨으면 해요."

단유강은 흔쾌히 고개를 끄덕였다.

"원래 천망단이 하는 일이 그런 거니 당연한 일이오."

제갈미미는 그래도 미안한 표정을 감추지 못했다. 단유강의 말은 다시 말하면, 천망단은 청룡단이나 백호단과 같은 무림맹의 주요 무력 조직의 뒤치다꺼리나 하는 존재라는 뜻이기도 하다.

"일단 천면색귀가 싸운 흔적을 찾으려 해요."

"그야 어렵지 않은 일이오. 지금 당장이라도 가능한데, 가 보겠소?"

단유강의 말에 제갈미미가 미소를 지으며 고개를 끄덕였다.

"그래주시면 감사하고요."

단유강은 고개를 돌려 아직도 방 안에 서 있는 대원들을 둘러봤다.

"음, 백철이가 제일 적격이겠군."

연백철은 자신을 부르는 말에 화들짝 놀라서 주위를 둘러봤다. 그리고는 썩은 미소를 지으며 고개를 끄덕였다. 문노가 갈 리도 없고, 백설영을 보내자니 마음이 안 좋다. 그렇다고 쌍둥이 쌍칼이 그런 일을 한다고 생각하니 전혀 어울리지가 않았다.

'이런 젠장, 이거 완전히 뒤치다꺼리 전문가가 된 느낌이잖아.'

연백철이 속으로 그렇게 투덜거리고 있을 때, 제갈미미가 묘한 미소를 띠며 단유강을 빤히 쳐다봤다.

"대주의 도움을 받는 건 안 되나요?"

제갈미미의 말에 단유강이 살짝 미간을 찌푸리며 고개를

갸웃거렸다.

"으음, 지금 이 시간은 침상에서 굴러야 할 시간인데……. 뭐, 갑시다. 엄밀히 따지면 남도 아니니."

단유강의 말에 제갈미미가 눈을 빛내며 물었다.

"그게 무슨 말이죠? 남이 아니라니."

"어차피 다 같은 무림맹의 식구라는 뜻이오. 왜? 내 말이 잘못되었소?"

단유강이 너무나 자연스럽게 받아치자 제갈미미는 약간 꺼림칙하긴 하지만 의혹을 접을 수밖에 없었다.

"갑시다."

단유강이 먼저 밖으로 나가자, 제갈미미는 방 안에 있던 대원들을 향해 미안한 미소와 함께 살짝 고개를 숙였다.

"전 먼저 가보겠어요. 오늘 있었던 일은 부디 마음에 두지 말아주세요."

제갈미미는 그 말을 남기고 단유강을 따라 서둘러 움직였다. 두 사람의 기척이 완전히 사라지자, 문노가 흐뭇한 표정으로 고개를 끄덕였다.

"거참, 똑바른 소저로군. 오라비랑은 달라도 너무 달라."

문노의 말에 남은 네 사람의 고개가 크게 위아래로 움직였다.

第五章
진법

태룡전

단유강은 제갈미미를 데리고 천면색귀를 처리한 동굴로 향했다. 그곳은 미고현에서 그리 멀지 않은 곳이었기에 금세 도착할 수 있었다.

"여긴가요?"

"저 동굴 안에서 천면색귀가 튀어나왔소."

제갈미미는 단유강이 손가락으로 가리키는 곳에 있는 동굴을 힐끗 본 후, 고개를 한 번 끄덕이고는 유심히 근처를 살폈다.

사실 청룡단에서 세 명의 부단주가 왔지만 실질적으로 대부분의 일을 처리할 사람은 제갈미미였다. 육원검과 강원손은 만일의 상황에 대비해 함께 왔을 뿐이다.

두 사람의 무공이 제갈미미보다 뛰어나기 때문에 여차할 때는 큰 도움이 될 것이다. 하지만 평소에는 아무런 도움이 안 된다. 오히려 짐이나 되지 않으면 다행이었다. 제갈미미가 이렇게 혼자서 나선 데에는 그런 이유가 있었다.

제갈미미는 동굴 앞을 유심히 살폈다. 작은 흔적 하나도 놓치지 않으려 세심하게 돌 조각 하나까지 살폈다.

동굴 앞에는 아직도 핏자국이 조금 남아 있었다. 당시 칠십육대와 칠십사대의 대원들이 너무 대충 정리를 했기 때문에 흔적이 여기저기 남아 있었다.

제갈미미는 눈을 빛내며 이곳저곳 살피더니 이내 동굴 안으로 쑥 들어갔다. 단유강은 근처 바위에 걸터앉아 그녀가 하는 양을 가만히 지켜보다가 이내 평평한 바위를 찾아 그 위에 누웠다.

무릎을 세워 다리를 꼬고 발을 까딱이며 하늘을 바라보니 흘러가는 구름이 보였다. 바람이 구름의 모양을 이리저리 일그러뜨리며 용의 형상을 만들었다. 단유강은 용 모습을 한 구름을 보다가 고개를 돌려 동굴 쪽을 쳐다봤다.

마침 제갈미미가 동굴에서 나오고 있었다. 동굴 안에서는 별로 볼 것이 없었는지 금세 나왔다. 제갈미미는 밖으로 나와 두리번거리며 단유강을 찾았다. 그리고 단유강이 누워 있는 걸 보고는 기가 막힌다는 표정을 지었다.

"지금 뭐 하시는 거죠?"

"뒹굴뒹굴. 내 취미요."

"참 고상한 취미를 가지고 계시는군요. 전 이 흔적을 따라 저쪽으로 갈 건데 안 따라오실 건가요?"

제갈미미의 말에 단유강이 고개를 힐끗 돌려 그녀의 손가락이 가리키는 방향을 바라봤다. 그리고는 여전히 발을 까딱이며 대답했다.

"오래 걸리지 않을 것 같으니 다녀오시오."

단유강의 말에 제갈미미는 뭐 저런 사람이 다 있나 하는 표정으로 그를 노려봤다. 하지만 이내 체념한 표정으로 고개를 절레절레 저었다. 어차피 여기까지 안내해 준 것만으로 단유강이 할 일은 끝난 것이다. 나머지는 전적으로 제갈미미 자신이 해야 할 일이었다.

"그럼 맘대로 해요."

제갈미미는 고개를 홱 돌리고는 바닥에 난 흔적을 따라 천천히 걸음을 옮겼다.

그녀가 찾은 흔적은 천면색귀의 발자국이었다. 만일 평소의 그였다면 절대 남기지 않았을 흔적들이 잔뜩 있었다. 아마 큰 부상을 당해서 운신이 불편했기에 남은 흔적들이리라.

'이쪽 길을 통과해서 동굴로 갔다고? 이건 좀 이상한데? 아무리 부상 중이라 정신이 없다지만 이렇게 눈에 훤히 보이는 곳에 흔적을 남길 정도로 멍청한 자가 결코 아닌데……'

　하지만 누군가에게 쫓겼다면 충분히 가능한 일이다. 한데 그럼 더 이상하다. 여기까지 쫓아왔는데, 고작 동굴에 숨은 천면색귀를 못 찾아 돌아갔다는 건 말이 되지 않는다.

　"이상해……."

　제갈미미는 고개를 갸웃거리며 계속 흔적을 뒤쫓았다. 흔적은 근처의 숲으로 이어져 있었다.

　"일단 여기서 싸웠나?"

　핏자국이 여기저기 흩어져 있었다. 그리고 그밖에도 몇 가지 흔적이 더 있었다. 제갈미미는 그 흔적들을 면밀히 살폈다. 그리고는 심각한 표정을 지었다.

　"아무래도… 굉장한 고수인 것 같은데? 천면색귀가 거의 반항도 못한 것 같아."

　제갈미미는 놀랍게도 당시의 상황을 비슷하게 유추했다. 그리고 다시 흔적을 따라 동굴 쪽으로 향했다. 동굴 근처에는 단유강이 여전히 바위 위에 누워 발을 까딱이고 있었다. 그 모습을 보니 괜히 부아가 치밀었다.

　"이봐요!"

　단유강이 고개를 슬쩍 돌려 제갈미미를 바라봤다. 제갈미미는 양손을 허리에 척 올리고는 말을 이었다.

　"아무리 그래도 너무한 거 아니에요? 좀 도와줄 수도 있잖아요!"

　단유강은 심드렁한 표정으로 대꾸했다.

“그래, 내가 뭘 어떻게 도우면 좋겠소?”

제갈미미가 턱을 살짝 치켜들고 득의한 표정으로 대답했다.

“그냥 제 뒤를 좀 따라다녀요. 혹시 알아요? 무슨 일이라도 생길지?”

제갈미미의 말에 단유강은 피식 웃었다. 자신은 천망단의 대주에 불과하고 제갈미미는 청룡단의 부단주다. 보통 청룡단의 일반 무사가 천망단의 대주보다 조금 강한 정도이니 무슨 일이 생기더라도 별 도움은 안 될 것이다.

“내가 따라간다고 도움이나 되겠소?”

“당연하죠. 당신 얼굴을 보고 있으면 머리가 팽팽 돌아가서 아무리 어려운 문제도 풀 수 있을 것 같은데요?”

제갈미미가 그렇게 말하며 빙긋 웃자, 단유강은 다시 고개를 원래대로 돌려 하늘을 바라봤다.

“일없소.”

제갈미미는 단유강의 태도에 멍한 표정을 지었다. 아무리 그래도 자신이 이렇게까지 하는데 저런 식으로 나오리라고는 생각도 못했다.

“야! 정말 이럴 거야?”

제갈미미의 말이 조금 험악해졌다. 하지만 단유강은 표정 하나 변하지 않고 대꾸했다.

“그럼 소저도 나와 내기를 해보겠소?”

내기라는 말에 제갈미미의 눈이 반짝 빛났다. 사실 너무나 궁금했다. 아까 육원검과 강원손과의 내기를 대체 어떻게 이길 수 있었는지 알고 싶었다. 육원검과 강원손은 그녀보다 강하다. 한데도 그 커다란 나무를 맞추지 못했다.

'그건 내가 눈을 감고 던져도 맞출 수 있을 것 같은데 말이야.'

실제로 단유강은 보지도 않고 던져 맞췄다. 그게 정상이다. 웬만큼 무공을 익혔다면 그쯤은 해줘야 한다. 그런데도 육원검과 강원손은 그 간단한 걸 실패했다. 분명히 그 안에 감춰진 뭔가가 있었다.

"나하고도 비수 던지기로 내기를 할 건가요?"

제갈미미가 흥미를 보이자 단유강이 슬며시 몸을 일으켰다. 그리고 턱을 쓰다듬으며 생각에 잠겼다. 그 모습이 어찌나 그림 같은지 제갈미미는 한순간 말을 잃어버렸다.

'내가 남자의 모습을 보고 감탄할 일이 있을 줄이야.'

평소에 무림맹에 있으면서 이름 높은 무가나 문파의 제자들을 엄청나게 만났다. 그들 중에는 정말로 얼굴로 이름이 높은 사람들도 많았다. 그런 자들을 수도 없이 만났으니 웬만큼 잘생긴 사람들도 그녀의 눈에 찰 리 없었다. 한데 단유강은 그런 사람들과는 차원이 달랐다.

"이런 건 어떻소?"

단유강이 완전히 일어나 근처에 있는 나뭇가지 하나를 들

어 올렸다. 그리고 바닥에 사람이 한 명 들어가 서 있을 정도
의 동그라미를 그렸다.

"이 안에 들어간 사람을 열을 셀 동안 밖으로 나가게 하는
거요. 당연히 힘으로 하면 곤란하니 원 안에 있는 사람에게
손을 대선 안 되고 말이오. 어떻소?"

단유강의 말에 제갈미미가 눈살을 찌푸렸다.

"그 말은 장풍으로 당신을 날려 버리란 말인가요?"

단유강이 뺨을 긁적였다.

"흐음, 확실히 그건 곤란하겠군. 한데 소저는 장풍으로 날
날려 버릴 수 있는 거요?"

제갈미미가 오만한 자세로 고개를 끄덕였다.

"당연하죠. 거리만 가까우면……!"

제갈미미는 말을 하다 말고 눈을 크게 떴다. 단유강이 동그
라미를 하나 더 그렸기 때문이다. 이번에는 처음 그린 곳에서
오 장쯤 떨어진 곳이었다.

"그럼 한 사람은 여기 들어가면 되겠군."

제갈미미가 멍한 표정을 짓자, 단유강은 방금 그린 동그라
미 안으로 들어갔다.

"먼저 밖으로 나간 사람이 지는 거요."

단유강의 말에 제갈미미의 눈썹이 위로 치켜 올라갔다.

"좋아요!"

제갈미미 역시 원 안으로 들어갔다. 하지만 그 이후에 무엇

을 해야 할지 몰라 머뭇거렸다. 이 거리라면 장풍으로 상대방을 밀려나게 하는 건 불가능했다.

'그래도 혹시 모르니까.'

제갈미미는 한껏 내력을 끌어올렸다. 그리고 그것을 손바닥으로 모아 터뜨렸다.

"하압!"

날카로운 기합 소리와 함께 그녀의 손바닥에서 거센 기운이 몰아쳤다.

쉬아악!

그렇게 뿜어져 나온 기운이 단유강을 향해 날아갔다. 하지만 그것은 중간쯤에서 허공으로 흩어졌다. 오 장은 장풍으로 도달하기엔 너무나 먼 거리였다.

"아! 그러고 보니!"

제갈미미가 짓궂은 표정을 지었다. 장풍까지도 필요없다. 기를 날카롭게 만들어 날리는 건 맨손으로도 충분했다. 그렇게 위협을 하면 피하지 않고는 배기지 못할 것이다.

제갈미미의 손으로 내력이 흘러들어 갔다.

"다치고 싶지 않으면 피하시는 게 좋을 거예요."

제갈미미는 그렇게 말하며 강하게 손날을 휘둘렀다.

쉬각!

날카로운 기운이 단유강을 향해 날아갔다. 그 기운은 오 장이라는 거리를 뚫고 단유강의 지척에 이르렀다. 하지만 단유강은 전혀 당황하지 않고 손을 들어 그것을 후려쳤다.

펑!

그렇게 날카로웠던 기운이건만 단번에 부서졌다. 제갈미미는 입술을 깨물었다. 자신이 잘못 생각했다. 오 장이라는 거리는 결코 만만하지 않았다.

'아무리 천망단이라도 그 정도 공격을 막지 못한다는 건 말이 안 되지.'

제갈미미는 고민에 빠졌다. 그녀가 그렇게 고민에 빠져들었을 때, 단유강이 빙긋 웃으며 입을 열었다.

"혹시 제갈세가의 분이시오?"

제갈미미는 건성으로 고개를 끄덕였다. 지금은 방법을 강구하느라 단유강의 말을 들으며 생각할 정신도 없었다. 그녀가 제갈세가 사람이라는 건 무림맹 내에서도 꽤 유명한 얘기였다. 제갈미미는 제갈세가에서도 촉망받는 후기지수였다.

"그럼 제갈무군이라는 사람을 아시오?"

제갈미미의 모든 생각이 멎었다. 그녀의 눈가가 파르르 떨렸다. 제갈미미는 고개를 들어 단유강을 바라봤다. 단유강은 신비로운 미소를 머금고 있었다.

"아까 자신이 제갈무군이라 주장하는 사람을 봤는데……."

"그 사람이 어디 있죠?"

"으음……. 지금쯤 미고현을 나갔을라나? 아까 북쪽으로 가는 건 봤는데 말이오."

단유강의 말이 끝나기가 무섭게 제갈미미의 신형이 미고현 북쪽으로 향했다.

"소저! 내기는 어떻게 할 거요!"

단유강이 물었을 때는 이미 제갈미미의 신형이 보이지도 않았을 때였다. 하지만 제갈미미는 반사적으로 대답했다.

"당신이 이겼어요!"

그녀는 너무 다급한 나머지 단유강의 목소리가 바로 옆에서 말한 것처럼 선명했다는 걸 깨닫지 못했다. 소리를 지른 것도 아닌데 말이다.

단유강은 사라지는 제갈미미를 바라보다가 이내 천천히 걸음을 옮겼다. 바위에 너무 오래 누워 있었더니 푹신한 침상이 그리워졌다.

"가서 두 시진만 뒹굴다 자야겠군."

단유강의 입가에 미소가 맴돌았다.

정여광은 건성으로 종이 뭉치를 넘겼다. 칠십오대에 관한 모든 자료를 확인하는 데 걸린 시간은 반 시진에 불과했다. 칠십오대는 정말로 아무것도 없는 곳이었다.

"쯧쯧, 정말로 털어봐야 먼지밖에 나올 것이 없군."

미리 근처에 있는 천하전장에 사람을 보내 그곳에서 언제 얼마나 돈을 받았는지도 알아왔다. 그리고 눈앞에 있는 장부와 비교를 해봤다. 아주 정확히 일치했다.

　"특별히 더 갖다 쓴 것도 없고……. 하긴 뭔가를 더 갖다 썼다면 장원을 이따위로 관리하진 않았겠지."

　정여광은 기분 나쁜 듯 툴툴거렸다. 뭔가 꼬투리를 잡고 싶은데 건수가 없었다.

　"흐음, 그럼 일단 미고현을 한번 둘러볼까?"

　벌써 감찰 무사들은 미고현을 뒤지고 있었다. 정여광도 이제 슬슬 나가서 보고도 듣고 자신도 직접 둘러보며 꼬투리를 잡아야 했다.

　정여광이 밖으로 나가자 문노가 슬그머니 나타났다.

　"쯧쯧, 어째 감찰 무사 중에 제대로 된 놈이 하나도 없는지, 원……."

　문노는 방 안에 흩어져 있는 종이 뭉치들을 꼼꼼히 챙겼다. 잘 보관해 두지 않으면 나중에 무슨 꼬투리를 잡을지 모른다. 아마 정여광은 이 방에 자신이 보던 종이 뭉치가 있었는지도 기억하지 못할 것이다. 이미 관심에서 사라져 버렸으니 말이다.

　"뭐라고? 하나도 없다고? 그게 말이 되느냐? 어찌 비리 하나 저지르지 않고 천망단을 운영할 수 있단 말이냐!"

　정여광의 호통에 감찰 무사 하나가 대답했다.

　"천망단에 대한 사람들의 믿음이 너무나 강합니다. 설사 있다 하더라도 찾기가 쉽지 않을 듯합니다.”

정여광은 인상을 찌푸렸다. 이래서야 많은 뇌물을 받기 어렵다. 이런 상태에서 자칫 욕심을 부리다가는 자신까지 위험해질 수 있었다. 그건 곤란하다. 어디까지나 안전하게 돈을 긁어모아야 하는 것이다.

“안 되면 어쩔 수 없지만……. 일단 조금 더 뒤집어봐라. 여기는 뒷골목 파락호들도 없단 말이냐?”

“있긴 합니다만…….”

“그럼 그놈들을 족쳐 봐!”

감찰 무사들이 고개를 숙이고는 다시 흩어졌다. 정여광은 씩씩거리며 그 광경을 바라보다가 이내 몸을 돌려 미고현의 중심부로 향했다. 부하들이 못하면 자신이라도 건져야 할 것 아닌가.

미고현 중심부로 향하던 정여광의 눈이 한순간 번득였다. 번화가를 걷고 있는 백설영을 발견한 것이다.

“호오, 여기에 있었군.”

그가 짜증나고 화난 이유 중 하나가 바로 백설영이었다. 자신이 감찰 업무를 보는 동안 천망단의 대원 하나가 보조를 해 줘야 하는데, 정여광은 분명히 백설영을 원했다. 하지만 막상 온 사람이 문노였으니 화가 날 만도 했다.

“이보시게, 백 대원.”

정여광은 일부러 대원이라는 말을 강조했다. 자신의 명에 순순히 따르라는 뜻을 내포한 것이다. 그의 부름에 백설영이 살짝 고개를 돌렸다. 정여광은 갑자기 아래로 욕망이 쏠리는 걸 느꼈다.

'말로 표현이 불가능할 정도로구나. 저 색기와 미모를 가지고 고작 이런 곳에서 썩고 있다니, 안타깝기 그지없구나.'

정여광은 서둘러 백설영 옆으로 다가갔다. 그리고 은근한 표정으로 말을 이었다.

"이런 곳에서 무엇을 하고 있는 겐가?"

"현을 둘러보고 있었습니다."

백설영의 목소리는 차가웠다. 하지만 정여광이 듣기에는 그저 옥구슬이 굴러가는 것만 같았다. 목소리도 예뻤다.

"내가 보기에 백 대원은 이런 곳에서 썩을 사람이 아닌 듯하네. 어떤가? 내가 조금만 힘을 쓰면 본맹으로 갈 수도 있을 듯한데. 생각이 없는가?"

백설영은 단호히 대답했다.

"없습니다."

마치 칼로 자르는 듯한 대답에 순간 정여광이 머쓱한 표정을 지었다. 하지만 아름다운 여인이 이러니 그조차 매력으로 다가왔다.

"커험. 뭐, 생각이 없다면 할 수 없지만……. 그래도 주작단 정도는 충분히 넣어줄 수 있는데 말일세. 내가 조금 지켜보니 백 대원의 능력이 그쯤은 되는 것 같아 정말로 아쉬워서

그러네. 이렇게 훌륭한 인력을 이런 곳에서 썩히는 것이야말
로 무림맹의 큰 손실 아니겠는가. 허허헛."

백설영은 정여광의 말에 아예 대답조차 하지 않고 묵묵히
걸음을 옮겼다. 정여광은 그 이후에도 몇 번이나 백설영을 꼬
드겼지만 백설영은 한 번도 고개를 끄덕이지 않았다.

'이것참, 꼬드기기가 쉽지 않군.'

하지만 그래서 더 안달이 났고, 매력적으로 보였다. 그리고
더 마음에 들었다. 정여광이 어떻게 하면 백설영을 꼬일 수
있을까 고민하고 있을 때, 감찰 무사 한 명이 황급히 달려왔
다.

정여광은 대번에 인상을 썼다. 이런 좋은 분위기를 망치려
는 게 눈에 훤히 보이니 좋게 보려고 해도 그럴 수가 없었다.

"부단주님, 보고드릴 사항이 있습니다."

"무슨 일이냐?"

"아무래도 서창에 있는 몇 개 문파들이 이곳에서 움직이고
있는 듯합니다."

정여광의 눈이 번득였다. 드디어 꼬투리를 잡을 가능성이
발견되었다. 정여광은 의미심장한 눈으로 고개를 돌려 백설
영을 바라봤다. 하지만 백설영은 전혀 당황하거나 하지 않았
다.

'훗, 아무것도 모르는 척하는군. 그래 봐야 얼마 남지 않았
다. 내 너를 내 발밑에서 마음껏 몸부림치게 해주마.'

정여광은 속으로 그렇게 중얼거린 후 방금 보고한 무사를
바라봤다.

"더 자세히 말해봐라."

"미고현에 무기를 소지한 자들이 많아 조금 알아보니 서창
에서 활동하는 자들이었습니다."

정여광이 다시 고개를 돌려 백설영을 바라봤다.

"이에 대해 뭔가 할 말이 없으신가, 백 대원?"

백설영은 무미건조한 말투로 입을 열었다.

"소검문, 천도문, 그리고 흑사방입니다. 이곳 외곽에 장원
을 짓고 있습니다. 그리고 그런 걸 보고해야 할 의무는 없습
니다."

백설영의 말에 정여광이 입을 다물었다. 딴에는 맞는 말이
다. 천망단은 그저 이 근처에서 무림맹의 행사가 있을 때 돕
거나, 아니면 정보를 수집해 정기적으로 무림맹에 보고를 하
는 의무가 있을 뿐이었다.

"하지만 이 사항을 보고받은 기억은 없는데 말일세."

"이미 보고를 올렸습니다. 저들이 활동한 것은 며칠 되지
않았습니다. 그리고 아직 미고현에 자리를 잡았다고 확신할
수도 없습니다."

백설영의 딱 부러지는 대답에 정여광은 더 할 말이 없었다.
하지만 그것을 보고 나니 더욱 욕심이 생겼다. 예쁜데다가 넘
치는 색기를 가지고 있고, 그것도 모자라 똑똑하기까지 하다.

정여광은 백설영을 보며 몇 번 입맛을 다셨다. 하지만 이내 몸을 돌렸다.

"가자. 일단 그놈들이 세우고 있다는 장원으로 한번 가보자. 어차피 별일은 아니겠지만."

정여광이 앞서자 감찰 무사가 백설영을 한 번 힐끗 바라봤다. 그 잠깐의 순간에 백설영의 머리끝부터 발끝까지 좌악 훑은 무사는 음흉한 미소를 머금으며 정여광의 뒤를 급히 따라갔다.

백설영은 잠시 서서 그들의 뒷모습을 차가운 눈으로 노려보다가 다시 걸음을 옮겼다.

소검문의 문주인 장현보는 심각한 얼굴로 앞에 부복한 사내를 바라봤다. 온통 흑의로 몸을 두른 사내는 가늘게 떨고 있었다.

"실패했다고? 지금 그걸 말이라고 하는 거냐? 고작 그딴 놈들을 죽이는 것도 못했다고?"

"죄송합니다. 역부족이었습니다."

"역부족?"

장현보는 갑자기 등줄기에 소름이 돋았다.

"설마 피해를 입은 것이냐?"

장현보가 키운 살수는 모두 일곱이었다. 현재 부복한 사내는 그 살수들을 이끄는 자였다.

"모두 죽었습니다. 저는 움직이지 않았기에 간신히 살 수 있었습니다."

장현보는 도저히 믿을 수가 없었다. 자신이 키운 일곱 살수의 능력을 누구보다 잘 알고 있기에 더 믿기 어려웠다. 그들은 마음만 먹으면 장현보 자신이라도 암수를 피할 수 없을 정도의 실력을 가졌다. 개개인의 무공은 모자라지만 암살 능력 하나만은 정말로 대단했다.

한데 그런 그들이 모두 죽고 한 명만 달랑 돌아왔다는 말을 어찌 믿을 수 있단 말인가. 게다가 목표물은 그저 양민이었다. 무공의 무 자도 모르는 자들이었다. 그중에는 애도 있고 노인도 있다.

"하면 얼마나 죽였느냐? 설마 한 명도 못 죽이고 돌아온 건 아니겠지?"

흑의사내는 더욱 고개를 깊이 조아렸다. 할 말이 없었다. 이번 임무는 그냥 실패가 아니었다. 아주 완벽할 정도의 실패였다.

장현보의 안색이 변했다.

"하면 넌 왜 그냥 이리로 돌아온 것이냐?"

장현보의 말에 흑의사내가 걱정하지 말라는 듯 급히 입을 열었다.

"전 그들의 이목에 걸려들지 않았습니다. 그저 누군가 움직이는 모습을 멀리서 지켜봤을 뿐입니다. 저 혼자 있던 것도

아니고, 주루의 삼층에서 지켜봤기에 절대 알 수가 없습니
다."

장현보는 그제야 안도의 한숨을 내쉬었다. 하지만 약간의
불안감은 남아 있었다.

"알았다. 넌 이만 돌아가라. 그리고 대체 누가 그들을 암중
에서 도와 네 수하들을 죽였는지 알아내라. 이번 일은 여기서
포기다."

"존명."

사내의 모습이 꺼지듯 사라졌다.

장현보는 눈살을 찌푸리며 사내가 방금 전까지 부복하고
있던 자리를 바라봤다.

'쯧쯧, 일을 완전히 그르쳤군. 아무래도 소문을 막을 수는
없겠어. 평판에 더 신경을 쓰는 수밖에.'

이번 일이 대충 마무리되면 미고현에 완전히 자리를 잡을
것이다. 한데 만일 소검문에 대해 좋지 않은 소문이 많이 나
면 앞으로의 활동에 지장을 받는다. 장현보가 염려한 것은 바
로 그 점이었다.

처음의 목표는 소검문이 장원을 짓기 위해 빚더미에 앉혔
던 자들을 은밀히 없애 버리는 것이었다. 아무도 눈치 채지
못하는 새에 처리했다면 가장 효과적인 방법이 되었을 것이
다. 하지만 이젠 너무 늦어버렸다. 지금의 상황에 그들이 죽
어 나가면 가장 먼저 소검문이 의심을 받을 것이다.

"그나저나……."

장현보는 손으로 이마를 짚으며 고개를 저었다. 그의 앞길에 놓인 난제는 그것만이 아니었다. 실제로 가장 큰 문제가 남아 있었다. 그것은 바로 진의 해체였다.

"끄응, 세 문파가 모두 힘을 합했는데도 지지부진이니……."

진을 모조리 감싸는 커다란 담장을 두르고 총관이 나서서 진을 연구해 봤지만, 그것은 총관이 어찌할 수 있는 진이 아니었다. 그래서 결국 천도문과 흑사방을 함께 끌어들였다. 돈도 많이 모자랐고, 힘도 부쳤기에 어쩔 수 없었다.

그렇게 두 문파를 끌어들였는데도 진의 해체는 지지부진했다. 근방에서 진법의 대가라 알려진 몇몇을 초빙해 함께 연구하고 있었지만 전혀 진도가 나가지 않았다.

그렇게 장현보가 한참 동안 고민에 고민을 거듭하고 있을 때, 문밖에서 총관의 목소리가 들려왔다.

"문주님, 저 총관입니다."

"들어오게."

장현보는 문을 열고 다급히 들어오는 총관을 조금 못마땅한 눈으로 바라봤다. 그도 그럴 것이, 총관이 어리바리하게 행동한 탓에 천망단의 애송이들에게 금을 무려 이백오십 냥이나 빼앗기지 않았는가.

"크흠, 그래, 무슨 일인가?"

장현보는 헛기침 한 번으로 얼굴에 드러난 못마땅한 기색을 지우고 총관에게 물었다. 총관은 장현보의 표정을 살피며 조심스럽게 입을 열었다.

"최근 천망단에 감찰이 나왔다고 합니다."

장현보의 얼굴이 일그러졌다.

"감찰? 그래서? 우리와 있었던 일을 고자질이라도 하라는 말인가? 내가 내 얼굴에 침을 뱉으란 말인가?"

장현보의 말에 날카롭게 선 날을 느꼈는지 총관이 당황하며 손사래를 쳤다.

"아, 아닙니다. 전 그 감찰단에 청룡단의 부단주들이 섞여 있다는 걸 알려드리려⋯⋯."

"그게 우리와 대체 무슨 상관인가?"

"그중에 제갈미미라는 여인이 있다고 합니다."

"제갈미미?"

"제갈세가의 여식이지요. 세가 내에서도 재능이 뛰어나 앞으로 제갈세가를 빛낼 가능성이 가장 높은 후기지수로 알려져 있습니다."

그제야 장현보의 표정이 조금 풀렸다. 그리고 눈에 호기심과 열망이 깃들었다.

"그래? 제갈세가 하면 진법을 빼놓을 수 없긴 하지."

"그렇습니다. 제갈미미는 그 제갈세가 내에서도 진법에 관한한 손가락에 꼽는 실력을 가지고 있다고 합니다."

“그래? 흐음.”

장현보는 고민에 빠졌다. 아마 자신이 직접 나서서 부탁하면 쉽게 거절하지는 못할 것이다. 그리고 진에 빠진 사람들이 대부분 그러하듯 뭔가 새로운 진이 나타나면 그것에 대해 연구하고 싶어지는 게 당연하다.

하지만 문제는 비밀을 더 이상 유지할 수 없게 된다는 점이었다. 그곳에서 무엇이 나올지는 모르지만 대단한 진이 설치된 걸로 봐서 결코 평범하지는 않을 것이다.

제갈미미가 개입하게 된다면, 즉 무림맹이 끼어드는 것과 마찬가지가 된다. 결론적으로 소검문에 돌아올 이득이 현저히 적어진다.

고민은 그리 길지 않았다. 장현보는 고개를 끄덕였다.

“좋아, 내가 한번 부탁해 보지. 자네는 천도문과 흑사방에 알리게.”

“알겠습니다.”

총관이 서둘러 나가자 장현보는 즉시 몸을 일으켰다. 하루라도 빨리 그 일을 해결하고 싶었다. 아직 그리 늦은 시간은 아니니 지금 가도 괜찮을 듯했다.

“뭐, 어차피 그게 해결되면 난 그 자리에 우리 문파의 지부를 세우면 되니까.”

그렇게 된다면 지금 손해 본 것을 오랫동안 지속적으로 보충할 수 있게 된다. 어느 쪽이든 소검문에는 이득이었다. 거기까지 계산한 장현보의 입가에 득의의 미소가 머물렀다.

단유강은 장원 뒤쪽 으슥한 곳으로 향했다. 연무장을 지나쳐서 가야 하기 때문에 보통은 아무도 가지 않는 곳이었다. 나무가 몇 그루 심어져 있어 그 뒤로 가면 연무장을 지나쳐도 잘 보이지 않았다.

단유강이 그곳으로 들어서자 하후량과 하후령 형제가 동시에 허리를 숙이며 인사를 했다. 단유강은 고개를 끄덕이며 인사를 받고는 두 사람 앞에 늘어서 있는 여섯 구의 시체를 확인했다.

"뒤는 알아봤어?"

"소검문인 듯합니다."

"소검문?"

"이들의 수장으로 보이는 자를 뒤쫓았는데, 소검문주가 머무는 객잔의 후원으로 들어가는 걸 확인했습니다."

천도문주와 흑사방주는 서창에 있지만 소검문주는 미고현에 있었다. 진을 해체하는 데 가장 공을 들이는 사람이 바로 소검문주 장현보였다.

단유강은 고개를 끄덕였다. 이 정도는 충분히 예상했다. 그래서 하후량과 하후령에게 소검문에 의해 쫓겨난 사람들을 지키라고 명령했다.

"소검문은 정파 아니었나?"

“정파가 맞습니다.”

“뭐, 하는 짓을 보니 정파보다는 사파에 가깝군. 일단 내버려 둬. 꿈이 길어야 절망도 깊을 테니까.”

“예, 알겠습니다.”

하후량과 하후령 형제가 공손히 포권을 취하자 단유강이 돌아서며 말했다.

“잘 태워서 소검문주에게 보내줘.”

단유강은 그 말을 남기고 걸음을 옮겼다. 하후량과 하후령 형제는 단유강의 명을 이행하기 위해 분주히 움직였다.

제갈미미는 씩씩대며 천망단원이 머무는 장원으로 돌아왔다. 단유강의 말을 듣고 미고현 북쪽으로 가봤지만 제갈무군의 그림자도 발견하지 못했다. 근처 사람들에게 물어봤지만 아무것도 알아낼 수 없었다.

제갈미미는 곧장 단유강의 방으로 향했다.

쾅!

문짝이 부서져라 열어젖힌 제갈미미는 황당한 눈으로 단유강을 바라봤다. 단유강은 침상에 누워서 이리 뒹굴, 저리 뒹굴 하고 있었다.

“이봐요!”

제갈미미의 외침에 단유강이 침상 구르기를 멈추고 똑바로 누워 무릎을 세우고 다리를 꼬았다. 그의 발이 까딱였다.

제갈미미는 어이가 없다는 눈으로 그 모습을 가만히 바라봤다.

"지금 나랑 장난하자는 건가요?"

"내가 뭘 그리 잘못했기에 남자가 머무는 방에 말도 없이 함부로 들어오는 거요?"

단유강의 유들유들한 말에 제갈미미의 얼굴이 붉으락푸르락해졌다. 제갈미미는 방 안으로 한 발 들어서며 문을 닫았다.

"당신, 분명히 우리 오라버니가 북쪽으로 가는 걸 봤다고 했죠? 그런데 가보니 없네요? 아무런 흔적도 찾을 수 없던걸요?"

"한데 그걸 왜 내게 와서 따지지?"

단유강의 말에 제갈미미가 눈을 치켜떴다.

"지금 그걸 말이라고 하는 건가요?"

"난 사실대로 말했을 뿐인데, 자기가 흔적을 못 찾고서 왜 내게 따지는 건지 모르겠군."

제갈미미는 너무나 흥분한 나머지 단유강이 은근슬쩍 말을 놨다는 것도 알아채지 못했다. 그만큼 많이 화가 난 상태였다.

"그리고 북쪽으로 간 지가 언제인데 아직까지 그곳에 있다고 믿은 이유도 모르겠군. 내가 본 게 아침나절이니까 아마 세 시진은 넘은 것 같은데."

제갈미미가 입을 떡 벌렸다. 정말 제대로 당한 느낌이었다.

"가, 가, 감히 날 농락해?"

단유강이 제갈미미의 눈을 똑바로 바라봤다. 제갈미미는 그 순간 흠칫 놀라 입을 다물었다. 왠지 단유강과 눈을 마주치니 더 화를 내는 게 바보 같은 느낌이 들었다.

"아무튼 내기에는 내가 이겼으니 앞으로 날 끌고 다닐 생각은 버리는 게 좋을 거요."

단유강의 말이 이어지자 제갈미미는 그제야 뭔가를 깨닫고 멍한 표정으로 단유강을 바라봤다. 정말 제대로 당했다.

'거짓말이었던 거야?'

모든 것이 내기를 이기기 위한 거짓말이라고 생각하니 너무나 허탈했다. 제갈미미는 다리가 풀릴 뻔했다.

단유강은 그런 제갈미미를 보며 빙긋 웃었다.

"내가 거짓말을 했다고 생각하는 모양이군. 아까 한 말은 진짜였소. 나중에 혹시라도 또 보면 그때는 바로 알려주겠소."

단유강의 말에 제갈미미는 혼란스러운 표정을 지었다. 하지만 결국은 고개를 꾸벅 숙이고 말았다.

"고마워요. 그럼 다음에는 꼭 부탁드려요."

제갈미미는 그렇게 대답하고는 힘없이 밖으로 나갔다. 단유강은 그녀가 나가는 모습을 끝까지 지켜보다가 이내 턱을 쓰다듬으며 중얼거렸다.

"정말로 무군이랑은 많이 다르군. 재미있는 오누이야."

단유강은 한 번 피식 웃고는 다시 침상을 뒹굴었다. 그리고 반 시진 후, 스르륵 잠이 들었다.

제갈미미는 자신의 거처로 돌아가자마자 누군가의 방문을 받았다. 아니, 방문한 사람이 그녀의 거처 앞에서 기다리고 있었다. 다름 아닌 소검문의 문주 장현보였다.

장현보는 제갈미미를 보자마자 정중히 포권을 취했다.

"서창에서 소검문을 이끌고 있는 장현보라 하오."

장현보의 정중한 인사에 제갈미미는 약간 당황하며 마주 포권을 취했다.

"청룡단의 부단주인 제갈미미예요. 한데, 무슨 일이신가요?"

제갈미미의 물음에 장현보가 잠시 머뭇거리다가 입을 열었다.

"실은 도움을 청하고자 왔소."

장현보는 의아한 표정의 제갈미미에게 사정을 자세히 설명했다. 제갈미미는 그의 말을 듣는 내내 시시각각으로 표정이 변했다. 그리고 더 생각할 것도 없다는 듯 흔쾌히 고개를 끄덕여 버렸다.

"좋아요. 가죠. 언제 가면 되는 거죠?"

제갈미미는 무공보다 오히려 진법을 훨씬 더 좋아했다. 그런 그녀에게 있어 이건 절대 놓칠 수 없는 기회였다.

장현보는 제갈미미의 허락에 몇 번이나 포권을 취하며 고마워했다.

"감사하오. 정말로 감사하오. 이번 일에 우리 소검문의 사활을 걸었는데 일이 잘 풀리지 않아 고민하고 있는 차였소. 만일 제대로 진만 해체해 주신다면 사례는 정말 톡톡히 하겠소."

장현보는 그렇게 말하고는 서둘러 제갈미미와 함께 진이 설치된 곳으로 향했다.

그리고 그곳에서 정여광과 감찰 무사들을 만났다.

"공자님, 이제 슬슬 일어나시지요."

문노의 말에 단유강이 슬며시 눈을 떴다. 그러자 문노가 조용히 말을 이었다.

"일이 조금 복잡해지고 있습니다."

"복잡해져?"

"무군이의 동생이 진이 설치된 곳으로 갔습니다."

단유강이 피식 웃었다.

"왜? 소검문주가 와서 사정이라도 했어?"

"잘 아시는군요. 맞습니다. 그리고 가는 길에 감찰 무사들까지 만난 모양입니다."

단유강은 흥미롭다는 표정으로 턱을 쓰다듬었다.

"호오, 재미있게 흘러가는데? 무군이는 안 되겠고… 설영이는 어디 있지?"

"방금 돌아왔습니다. 표정이 뭔가 안 좋아 보이는 게 무슨 일이 있었던 모양이더군요."

"설영이보고 한번 가보라고 해."

"그렇게 하겠습니다. 한데 혼자 보내도 되겠습니까? 세 문 파가 함께 모여 있는 곳인데 자칫 일이 생기기라도 하면……."

문노의 말에 단유강이 씨익 웃었다.

"그럼 단체로 초상 치르는 거지. 설영이가 미쳐 날뛰면 누가 막을 수 있겠어? 철판이 있다면 모를까."

철판은 단유강이 제갈무군을 칭할 때 쓰는 말이다. 제갈무 군은 지금 나설 수 없는 상황이 아닌가. 문노가 조금 심각해 진 표정으로 말했다.

"그럼 일이 훨씬 더 복잡해집니다. 공자님이 세상에 드러 날 수도 있습니다."

"그건 곤란하지. 하지만 설영이라면 괜찮을 거야. 그렇게 걱정되면 문노가 같이 가든가."

"그래도 되겠습니까? 공자님을 보필할 사람이 없어서……. 응? 그러고 보니 백철이는 어디 갔습니까?"

"밥 가지러."

문노의 얼굴이 경악으로 물들었다.

"감찰까지 나왔는데 은자 한 냥짜리 밥을 드신단 말입니까?"

"날 바보로 알아? 감찰 나온 거, 미고현 사람들 다 알아."

문노가 그제야 안심했다는 듯 미소를 지었다.

"그럼 다녀오겠습니다."

문노가 인사를 하자, 단유강이 서둘러 말을 덧붙였다.

"청룡단에서 나온 두 놈, 아직 장원에 있을 테니까 그놈들을 꼬드겨서 같이 움직여. 그게 훨씬 편할 테니까."

문노가 빙긋 웃으며 허리를 숙였다.

"말씀대로 하겠습니다."

문노가 다시 인사를 하고 사라지자, 단유강이 벌떡 몸을 일으켰다.

"그러고 보니 요즘 재미있는 일이 통 없었지? 한번 가볼까?"

말이 떨어지기가 무섭게 단유강이 방에서 나갔다.

잠시 후, 빈 방에서 요리 접시를 들고 망연하게 서 있던 연백철이 괴성을 질렀다.

"으아아악! 대체 날 뭐라고 생각하는 거야!"

연백철의 비명이 장원을 온통 뒤흔들었다. 그리고 장원 한 구석에 숨어 있던 제갈무군과 연무장에서 수련을 하고 있던 하후량, 하후령 형제의 입가에 작은 미소를 만들었다.

第六章
철전 한닢

泰龍傳

태룡전

"크흠, 우리만 쏙 빼놓고 가다니. 이거 정말로 가만있으
면 안 되겠군."

육원검이 불만 어린 어투로 말하자, 나란히 걸어가던 강원
손이 크게 고개를 끄덕였다.

"맞네. 엄연히 함께 임무를 수행하는 처지인데 혼자서 움
직이다니, 이건 우리를 무시하는 거야."

백설영과 문노는 약간 앞에서 그들을 안내하며 피식 웃었
다. 벌써 대충 파악했다. 실제 일은 제갈미미 혼자서 다 하고,
육원검과 강원손은 그저 혹시 모를 일에 대비한 자들일 뿐이
다. 무공은 조금 더 높았지만 전반적으로 그들은 제갈미미의

발끝에도 못 미쳤다.

그렇게 두 사람의 불만과 투정을 들으며 걷다 보니 금세 목적지에 도착할 수 있었다.

"저곳입니다."

백설영이 손가락으로 가리키며 말하자, 육원검이 딴에는 그윽하다고 생각하는 미소를 지으며 말했다.

"소저도 함께 갑시다. 어차피 다 같은 무림맹 식구 아니오. 하하하."

육원검의 느끼한 말에 백설영은 흔쾌히 고개를 끄덕였다. 어차피 그러려고 함께 온 것이었다. 담장 안으로 들어가야 하는데, 당당히 들어가기 위해서는 이들의 힘을 빌리는 게 가장 손쉬운 방법이었다.

육원검과 강원손은 백설영이 고개를 끄덕이자 환한 표정으로 웃으며 앞장섰다.

"하하하! 잘 생각하셨소. 그럼 어서 갑시다."

진이 설치된 곳을 높은 담장으로 둘렀지만, 미고현의 번화가와 가장 가까운 쪽에 커다란 문이 있었다. 나중에 문파의 지부로 쓸 작정으로 만들었으니 너무나 당연했다.

문 앞에는 소검문의 무사 두 명이 날카로운 눈을 번득이며 지키고 서 있었다. 그리고 담장을 따라 돌며 혹시 담을 넘으려 시도하는 자가 없는지 감시하는 무사도 꽤 여럿이었다.

문을 지키는 두 무사는 육원검과 강원손이 다가오자, 긴장한 표정으로 막아섰다.

"무슨 일이십니까?"

"난 무림맹 청룡단의 부단주 육원검이라고 하네. 우리 부단주 중 하나가 이리로 들어갔다는 얘기를 듣고 찾아왔네."

육원검의 말에 무사가 크게 당황했다. 설마 청룡단의 또 다른 부단주가 찾아오리라고는 전혀 생각도 못했다. 무사는 당황한 표정을 서둘러 지웠다.

"일단 안에 기별을 넣겠습니다. 잠시만 기다려 주십시오."

무사가 안으로 들어갔다가 다시 나오는 데는 그리 오랜 시간이 필요치 않았다. 당연히 육원검을 비롯한 네 사람은 별다른 일 없이 담장 안으로 들어설 수 있었다.

"호오, 특이하군."

육원검은 안으로 들어서자마자 그렇게 중얼거렸다. 안의 모습은 정말로 특이했다. 허허벌판에 집 세 채가 서 있고, 수십 개의 기둥이 서 있었다.

"왜 다 부수지 않고 저렇게 남겨놓은 거지? 기둥을 보아하니 전각을 짓기에는 터무니없이 짧은 것 같은데 말이야."

"전각을 짓지 않고 작은 집을 지으려나 보지."

육원검과 강원손은 그렇게 대충 주위를 둘러보며 영양가 없는 대화를 나누었다. 그 와중에도 두 사람은 번득이는 눈으로 사람들을 찾고 있었다.

"저기 있군."

　강원손이 한쪽을 가리키며 말하자 육원검이 고개를 돌렸다. 그곳에는 다섯 명의 사람이 모여 있었는데, 제갈미미의 모습도 보였다.

　"어이! 제갈 부단주!"

　육원검이 한 손을 번쩍 들며 외치자, 제갈미미가 고개를 돌려 두 사람을 확인하고는 살짝 눈살을 찌푸렸다. 도움은커녕 방해만 될 것이 뻔한 사람들이 둘이나 왔으니 기분이 좋을 리가 없었다.

　"두 분도 오셨군요."

　육원검과 강원손은 단숨에 제갈미미 앞에 도착했다.

　"하하! 혹시 무슨 일이라도 생기면 어쩌려고 이렇게 혼자 움직이시는 거요. 앞으로는 꼭 함께 다닙시다. 하하하하!"

　육원검이 그렇게 말하자, 제갈미미는 한숨을 내쉬며 고개를 끄덕였다. 지금은 말싸움이나 하고 있을 때가 아니었다.

　"한데 지금 무엇을 하고 있는 거요?"

　"이곳에 설치된 진을 살피고 있어요."

　"진?"

　육원검과 강원손의 눈이 휘둥그레졌다. 설마 진이 설치된 곳이라고는 전혀 생각도 못했다. 그저 제갈미미가 다른 문파 사람들과 함께 갔다고 하기에 왔을 뿐이다. 혹시라도 뭔가 떡고물이라도 떨어지지 않을까 해서 말이다.

　한데 난데없이 진이라니, 이건 예상외의 소득이었다.

“그래, 무슨 진이오?”

“아직 거기까지는 알아내지 못했어요. 다만, 뭔가를 보호하기 위한 진인 것은 분명해요. 정말로 대단한 진이에요.”

대단한 진이 뭔가를 보호하고 있다는 말에 육원검과 강원손의 눈이 빛났다. 그리고 그 말을 함께 듣고 있던 소검문의 문주인 장현보와 천망단의 부단주인 정여광의 눈이 탐욕으로 번들거렸다.

“그래, 풀 수는 있겠소?”

육원검이 호기심 가득한 눈으로 묻자, 제갈미미가 빙긋 웃었다.

“일단 해봐야 알죠.”

제갈미미가 그렇게 말했지만 이곳에 있는 사람들 중 두 사람을 제외하고는 절대 그녀가 실패할 리 없을 거라 믿었다. 제갈미미는 제갈세가나 무림맹 내에서도 상당히 유명한 진법의 대가였다.

모두 그렇게 관심을 표하고 있을 때, 백설영이 입을 열었다.

“하면 일단 무림맹으로 보고를 해야겠군요.”

백설영의 말에 좌중이 찬물을 끼얹은 듯 조용해졌다. 분위기가 순식간에 싸늘해졌다. 특히 소검문주 장현보는 얼굴이 창백해질 정도로 놀랐다.

만일 무림맹에 이 일을 알리면 이곳에서 나오는 것들을 온전히 소유하기가 어려워진다. 만일 마공 비급이라도 나오면 그 순간 그 외의 모든 것들까지 함부로 손댈 수 없게 된다. 그리고 설사 비급이 없다 하더라도 이런 일이 공론화되면 수많은 맹수들이 뜯어먹기 위해 덤벼들 것이다.

'그건 안 되지. 벌써 여기에 돈을 얼마나 쏟아부었는데!'

장현보는 독기 어린 눈으로 백설영을 노려봤다. 하지만 오래 보고 있을 수가 없었다. 그녀를 보고 있으니 잠차 독기가 풀려 나갔다. 그리고 강렬한 소유욕이 찾아들었다. 장현보는 깜짝 놀라 고개를 돌렸다. 이건 지금 상황에서 정말로 필요없는 감정이었다.

장현보를 도와준 것은 천망단의 부단주인 정여광이었다.

"굳이 이런 개인적인 일을 보고할 필요가 있나? 무림맹이 그렇게 한가한 곳도 아니고 말이야."

"개인적인 일이 될지 아닐지는 결과를 봐야 알 수 있는 거 아닐까요? 만일 이 진으로 보호하고 있는 것이 마공서라면 어쩌시겠습니까? 그게 아니라 혹시 강시라도 보관하고 있다면 어쩌실 건가요?"

백설영의 말에 정여광이 당황스런 표정으로 한발 물러섰다.

"서, 설마 그럴 리가 있겠는가. 난 그저……."

백설영의 말은 결정타나 다름없었다. 그럴 가능성이 조금이라도 있다면 무림맹에 보고하는 것이 옳다. 하지만 아무리 봐도 이곳에 마공서나 강시가 있을 것 같지는 않았다.

"아무리 봐도 이곳에 마공서나 강시가 있을 것 같지는 않은데 말이야. 혹시 상고의 기인이 남긴 무공 비급이라면 모를까."

육원검이 기대에 찬 눈으로 그렇게 말했다. 하지만 백설영은 전혀 그 말에 동조할 생각이 없었다.

"어쨌든 보고를 하는 것은 제 의무입니다. 처음부터 몰랐다면 모를까, 제가 직접 눈으로 확인한 이상 보고를 안 할 수는 없습니다."

백설영의 단호한 말에 장현보가 당황하며 나섰다.

"소, 소저, 이곳은 제 소유의 장원입니다. 한데 무림맹에서 나선다는 것은……."

"무림맹에서 나설지 안 나설지는 일단 보고를 하지 않은 이상 알 수 없습니다. 무림맹에서 그렇게 판단했다면 그냥 놔두겠지요."

백설영의 말에 모두 난감한 표정을 지었다. 사실 이곳에 모인 자들은 모두 크게 욕심이 일었다. 장현보야 말할 것도 없고, 정여광과 감찰 무사들은 진이 있다는 사실을 알았을 때부터 한밑천 잡을 생각을 했다. 그리고 육원검과 강원손은 혹시라도 있을지 모르는 비급에 욕심이 났다.

다만 제갈미미만이 별다른 생각이 없었다. 그녀는 지금 이런 논의가 벌어지는지도 모르고 진을 연구하는 데 여념이 없었다.

"허허허, 백 대원. 원칙이 중요하긴 하지만 세상은 꼭 그런 걸로만 돌아가는 게 아니라네. 허허허."

분위기가 바닥까지 가라앉았을 때 문노가 나섰다. 그러자 사람들은 일말의 희망을 가지고 백설영과 문노를 바라봤다.

백설영은 문노의 말을 듣고 약간 망설이는 기색을 비쳤다. 처음부터 예정된 일이었다.

"하지만……."

"허허허, 일단 잠시 나가 있게. 나가서 머리를 좀 식히고 있게. 그러고 난 다음에 다시 나와 얘기를 해보세."

"문노께서 그리 말씀하시니 따라야지요."

백설영은 그렇게 말하고는 문으로 향했다. 사람들은 모두 놀란 눈으로 문노와 백설영을 번갈아 바라봤다.

"허허허, 제가 손녀처럼 아끼는 아이입니다. 저를 많이 따르지요."

문노의 말에 모두의 안색이 밝아졌다. 그리고 장현보는 문노에게 다가가 덥석 손을 쥐기까지 했다.

"어르신, 제발 부탁드립니다. 이 일에 저희 문파의 사활을 걸었습니다. 부디 없던 일로 해주십시오."

"흠흠, 뭐 어려운 건 아니지요. 내가 말만 하면 아마 그냥 모른 척해줄 겁니다."

"부탁드립니다."

장현보는 그렇게 말하며 품에서 주머니 하나를 꺼내 문노의 손에 쥐어주었다. 문노는 그것을 받자마자 품으로 재빨리 집어넣었다.

"은자 다섯 냥이로군요. 가만있자… 진의 규모를 보아하니 적어도 커다란 전각 하나 정도의 크기를 보호하는 모양인데……."

문노의 말에 장현보의 얼굴이 크게 일그러졌다. 그냥 돈을 달라고 하는 것보다 더 괘씸했다. 하지만 어쩌랴, 칼자루는 이미 문노가 쥐고 있는데.

장현보가 다시 품에서 주머니 하나를 더 꺼냈다. 이게 마지막이었다. 하지만 문노는 그것을 받고도 아직 배가 고픈 표정이었다. 장현보는 할 수 없이 주변에 있는 사람들을 둘러봤다.

결국 정여광이 똥 씹은 표정으로 품에서 주머니 하나를 꺼냈다.

'이런 젠장, 뇌물 받으러 왔다가 뇌물을 바치는구나.'

조금 아깝긴 했지만 흔쾌히 털어버렸다. 결국 훨씬 더 많은 보답을 받게 될 것이 분명했으니까.

문노는 정여광의 돈주머니까지 삼킨 후에야 가볍게 고개를 끄덕였다.

"하면 가서 잘 말하고 오겠습니다. 앞으로도 종종 찾아뵙지요."

앞으로 종종 오겠다는 말을 돈이 모자란다는 말로 알아들은 정여광과 장현보의 안색이 변했다. 이건 욕심이 너무 과했다.

문노는 빙긋 웃으며 말을 이었다.

"그저 따뜻한 밥 한 끼와 술 한잔이면 족합니다. 혹시 제가 도울 일이 있을지도 모르지 않습니까?"

그제야 사람들이 안색을 풀고 고개를 끄덕였다. 문노는 그것을 확인하고는 몸을 돌려 백설영을 찾아 밖으로 나갔다.

"자자, 이렇게 있지 말고 우리 저쪽으로 한번 가봅시다. 일이 어떻게 진행되는지 봐야 할 것 아닙니까."

장현보가 분위기를 환기시키자 모두 고개를 끄덕이고는 제갈미미가 있는 곳으로 향했다. 제갈미미는 사람들이 다가오는 것도 모르고 진을 푸는 데 열중하고 있었다.

'그나저나 저 사람의 입도 막아야 하는군. 이거 갈수록 태산이구나.'

장현보는 고개를 저으며 제갈미미의 뒷모습을 바라봤다. 팽팽 머리 돌아가는 소리가 들리는 것 같았다.

사흘이 지났다. 그때까지도 감찰 무사들은 돌아가지 못했다. 진이 생각보다 견고하고 복잡해서 제갈미미의 능력으로도 쉽게 풀리지 않았다.

진이 풀리지 않았으니 그에 얽힌 자들은 아무도 움직이지 못했다. 제갈미미야 당연했고, 청룡단 무사들 역시 혹시 나올지 모르는 비급에 대한 욕심이 발을 붙잡았다. 정여광은 문노에게 뇌물로 준 돈이 아까워서 움직이지 못했다.

"제갈 부단주님, 좀 어떻습니까?"

제갈미미가 고개를 저었다.

"아직 별다른 성과가 없네요. 일단 진의 축이 두 개라는 것과 꽤 오래된 진이라는 것만 알아냈어요."

"그렇게 오래된 진입니까?"

제갈미미가 고개를 끄덕이며 공터 한가운데 있는 바위를 가리켰다.

"저 바위 보이죠? 저게 진의 축을 가리고 있는 소진(小陣)의 중심이에요. 진의 축은 저 바위 아래에 있다는 뜻이죠."

그 바위는 이곳에 살던 자들 중 가장 나이가 많은 사람도 언제부터 있었는지 모를 정도로 오래되었다. 그리고 그 바위에 대한 몇 가지 전설을 할아버지에게 전해 들었다. 그렇게 대대로 이어져 온 바위에 대한 전설이 몇 개나 되니 상당히 오래되었다는 뜻이다.

"그럼 저 바위를 치워야 한다는 뜻입니까?"

"예. 한데 방법을 모르겠어요. 저 바위가 이루는 진의 요체를 도저히 파악하지 못하겠어요."

제갈미미가 다시 고민에 빠지자, 사람들이 한숨을 내쉬며 고개를 절레절레 저었다. 진법의 천재라고까지 일컬어지는 제갈미미조차 풀지 못하는 진을 누가 풀 수 있겠는가. 하지만 반면 그런 대단한 진으로 보호하는 것이 대체 무엇일지 상상만 해도 정신이 아득해질 정도로 행복했다.

그렇게 그들이 고민하며 한숨짓고 있을 때, 그곳으로 들어서는 일단의 무리가 있었다.

"이곳에 다들 계셨군요."

사람들의 안색이 딱딱하게 굳었다. 문을 통해 들어온 사람은 문노와 백설영, 그리고 단유강이었다. 방금 말을 꺼낸 사람도 단유강이었다.

"대주가 이곳에는 무슨 일이지?"

육원검이 딱딱한 말투로 물었다. 육원검은 단유강에게 그리 좋은 감정을 가질 수 없었다. 내기에서 진 순간부터 그랬다. 분명히 뭔가 속임수가 있는 내기였다. 자신을 속였으니 못마땅할 수밖에 없었다.

"무슨 진이 나타났다고 해서 와봤소."

장현보의 날카로운 눈이 문노에게로 향했다. 문노는 그저 빙긋 웃었고, 단유강이 서둘러 입을 열었다.

"아아, 이미 문노에게 다 들었소. 난 보고할 생각 따위 없으니 걱정하지 않아도 되오."

하지만 아무도 단유강에 대한 의심을 거두지 않았다.

"대주가 진을 보면 뭘 알 수 있긴 한가?"

명백히 무시하는 말이었지만 단유강은 전혀 신경 쓰지 않았다. 그저 빙긋 웃으며 대꾸해 줄 뿐이었다.

"아아, 잘 모르오. 나야 봐도 잘 모르지만, 진법의 대가 한 분을 알고 있소."

진법의 대가라는 말에 장현보가 혹한 눈으로 단유강을 바라봤다. 아무리 대가라도 제갈세가보다야 못하겠지만 그래도 한 사람이라도 힘을 보태면 뭔가 좀 달라지지 않겠는가.

"그분을 좀 소개해 주실 수 있습니까?"

장현보가 다급하게 묻자, 단유강이 고개를 갸웃거렸다.

"소개해 드리는 거야 어렵지 않지만 좀 특이한 분이라서……."

"상관없습니다. 그저 소개만 해주십시오. 사례는 섭섭지 않게 해드리겠습니다."

단유강이 손사래를 치며 말했다.

"아아, 뭔가 좀 오해를 하셨군요. 그런 뜻이 아니오. 그분은 나하고만 연락을 하는 분이오. 게다가 진에 대해서는 꽤 까다로운 분인지라……."

장현보가 답답한 표정을 짓자 단유강이 서둘러 말을 이었다.

"진에 대해 한 번 묻는데 금 백 냥을 받는 분이오."

단유강의 말에 모두의 입이 떡 벌어졌다. 아무리 대단한 진법가라도 이건 너무 심했다. 모두의 눈에 의심이 깃들었다. 중간에서 단유강이 돈을 착복할지도 모른다는 생각이 든 것이다.

 "뭐, 나도 좀 심하다고 생각을 하긴 했소. 하지만 의뢰로 찾는 분들이 꽤 있소. 몇 번 중간에서 다리를 놔드린 적이 있으니……."

 단유강의 말에 사람들이 입을 다물고 각자의 생각에 잠겨들고 있을 때, 어느새 다가온 제갈미미가 단유강에게 물었다.

 "대주님을 통해서만 연락을 한다면 대체 어떻게 진을 푼다는 말이죠? 직접 이곳에 와서 보지도 않고 말이에요."

 사람들의 표정이 확 변했다. 모두의 시선이 단유강에게로 향했지만 단유강은 그저 씨익 웃은 후 자신의 가슴을 탕탕 두드렸다.

 "내가 그림을 좀 그리오."

 제갈미미의 얼굴에 불신의 빛이 떠올랐다.

 "말도 안 돼! 그림만 보고 어떻게 진을 파훼한단 말인가요? 그건 진법의 대가가 아니라 진법의 신이라도 못해요!"

 제갈미미가 확신에 찬 어조로 말하자 단유강이 빙긋 웃었다.

 "확신하오?"

 "확신해요!"

 "그럼 내기라도 하시겠소?"

 내기라는 말에 제갈미미가 움찔했다. 내기에 대한 좋지 않은 기억이 떠오른 탓이다. 하지만 이번만큼은 절대 자신있었다.

"좋아요. 해요."

단유강이 턱을 쓰다듬었다.

"흐음, 그럼 무엇을 걸겠소?"

단유강의 말에 제갈미미가 코웃음을 치며 말했다.

"무엇이든 소원 하나를 들어주기로 하죠. 어떤 것이든."

"호오, 그거 너무 파격적인 것 아니오? 내가 무엇을 요구할지도 모르면서."

단유강이 그렇게 말하며 제갈미미의 얼굴과 몸을 한 번 훑어봤다. 제갈미미는 순간 얼굴이 새빨개졌다.

"사, 상관없어요! 무조건 내가 이길 테니까요! 당신이 졌을 때 무슨 일을 하게 될지나 걱정하세요!"

단유강이 고개를 끄덕였다.

"좋소. 내기는 성립되었다 치고… 하면 이제 금 백 냥을 만드는 일만 남았군."

단유강이 중얼거리자 장현보의 얼굴이 크게 일그러졌다. 뿐만 아니라 정여광과 감찰 무사들, 그리고 청룡단의 두 부단주 역시 인상을 찌푸렸다.

"후우, 잠시 말미를 주시오. 천도문과 흑사방에 연락을 해볼 테니."

장현보는 그렇게 말하고 자리를 떠났다. 남은 자들은 머릿속으로 열심히 손익 계산을 했다. 이대로라면 장현보가 모든 돈을 부담하려고 하진 않을 것이다. 그러면 그들이라도 돈을 보태야 한다. 하지만 그랬을 경우 진을 해체하고 나오는 물건이 좋아야 손해를 보지 않는다.

그들은 진을 둘러봤다. 그리고는 고개를 끄덕였다.

'하긴, 천재 진법가도 못 푸는 절진에 고작 금 백 냥도 안 들어 있을 리가 있나.'

그들의 뇌리에 희망이 들어차기 시작했다. 어쩌면 진을 풀 수 있을지도 모른다.

'만일 못 풀면 저놈을 족치면 되지. 아, 내기라도 해서 안전장치를 마련해 놓아야겠구나.'

모두의 뇌리에 동시에 들어찬 생각이었다.

결국 단유강이 말한 진법의 대가에게 맡기기로 결정했다. 단유강은 결정이 되자마자 즉석에서 담장 안의 상황을 그림으로 그렸다. 단유강의 그림은 정말로 놀라울 정도였다.

"대단한 재능이로군요."

제갈미미는 순수하게 감탄했다. 그도 그럴 것이, 마치 실제 풍경을 그림 안에 고스란히 집어넣은 것같이 생생했다. 실제와 다른 점은 색이 없다는 것 하나였다.

단유강은 그림을 완성한 다음 제갈미미에게 그것을 확인해 보라고 건넸다. 제갈미미는 주변 풍경과 그림을 하나하나 세세히 확인하고서는 고개를 끄덕였다.

“정말로 똑같네요.”

단유강이 빙긋 웃으며 다시 그림을 받아 들었다.

“돈만 주면 당장 다녀오겠소.”

단유강의 말에 장현보가 똥 씹은 표정으로 돈주머니를 내밀었다. 그 안에는 정확히 금 백 냥이 들어 있었다. 단유강은 주머니를 가볍게 들어 올려 무게를 가늠했다. 그걸로 충분했다.

“그럼 다녀오겠소.”

단유강은 휘적휘적 걸어갔다. 남은 사람들은 그런 단유강의 뒷모습을 복잡한 눈으로 바라봤다.

장현보는 일이 생각한 것처럼 진행되지 않아 정말로 속이 바짝바짝 타들어갔다. 처음에는 단숨에 진을 해체하고 그 안에 있는 보물을 혼자 독차지할 생각이었다. 한데 이제는 그것을 몇 조각으로 나눠야 한다.

‘끄응, 손해나 보지 않았으면 좋겠군.’

벌써 들어간 돈이 금으로 삼백 냥에 달한다. 이번에 흑사방과 천도문으로부터 돈을 받긴 했지만 금 백 냥을 몽땅 받을 수는 없었다. 그래서 모자라는 금액을 정여광과 청룡단의 부단주 두 명이 해결해 주었다.

‘쯧, 이젠 완전히 빼도 박도 못하게 되었군.’

천도문과 흑사방에서 끌어온 돈이 금으로 칠십 냥, 그리고 세 사람으로부터 각각 금으로 열 냥씩을 받았다. 고작 금 열 냥이었지만 아마 그들은 그보다 훨씬 많은 대가를 얻어갈 게 분명했다. 이래저래 장현보만 손해였다.

정여광과 감찰 무사들, 그리고 청룡단의 부단주 두 명은 금을 내놓으면서 단유강과 또 내기를 했다. 만일 그림으로 진을 풀지 못하면 자신들이 내놓은 돈의 두 배를 내놓기로 말이다.

그저 일방적으로 단유강에게 불리한 내기였다. 하지만 단유강은 흔쾌히 내기를 받아들였다. 그래서 남은 사람들의 뇌리에 더욱 깊은 기대감을 심어주었다. 모두의 눈빛에 희망과 탐욕이 깃들기 시작했다.

단유강이 돌아온 것은 한 시진이 막 지났을 무렵이었다. 단유강은 손에 그림 한 장을 들고 당당하게 걸어왔다. 그리고 그 그림을 제갈미미에게 내밀었다.

제갈미미는 다급히 그림을 받아 들었다. 마음이 급했다. 어서 진법의 대가라는 사람이 풀어놓은 걸 보고 싶었다.

"…이게 뭐죠?"

"해답."

제갈미미는 어안이 벙벙한 얼굴로 단유강을 바라봤다. 근처에 있는 사람들의 마음이 바싹 타들어갔다. 금 백 냥을 주고 받아온 해답이다. 한데 그게 쓸모가 없으면 정말로 곤란했다.

"정말로 그 진법의 대가라는 분이 그림만으로 풀었단 말입니까?"

　단유강은 대답하지 않고 제갈미미를 바라봤다. 제갈미미
는 곤혹스러운 눈으로 그림을 공개했다.

　그것은 단유강이 그렸던 그림이다. 사람들은 그림을 자세
히 살폈다. 아무리 봐도 처음과 달라진 점이 없어 보였다. 사
람들의 시선이 일제히 단유강에게로 향했다.

　"거기 있지 않소? 거기."

　단유강이 손가락으로 그림의 한곳을 가리켰다. 그것은 기
둥이었다. 자세히 보니 기둥 한가운데에 가느다란 선이 그어
져 있었다. 자세히 살피지 않았다면, 또 그림이 실제와 아주
똑같지 않았다면 절대 알아차릴 수 없을 정도로 가늘었다.

　그나마도 단유강이 짚어줬기에 망정이지 아니었다면 아무
도 못 찾았으리라.

　"대체 이게 뭔가요?"

　"답을 보고도 모르겠소?"

　제갈미미가 살짝 아미를 찌푸렸다.

　"이걸 이대로 자르라는 말인가요? 누군지 믿기도 어려운
사람의 말을 믿고요? 잘못 건드리면 진이 폭주해 이곳에 있는
모든 사람이 위험에 빠질 수 있다는 건 아시나요?"

　"그런 걸 내가 알아야 하나?"

　단유강의 말에 제갈미미의 입이 떡하고 벌어졌다.

　단유강은 제갈미미의 손에 든 그림을 채갔다. 그리고 그림

을 자세히 살피고는 그림이 표시한 기둥으로 걸어갔다.

"기다려요!"

제갈미미가 급히 그 뒤를 쫓았다. 그리고 나머지 사람들 역시 단유강의 앞을 가로막기 위해 황급히 몸을 날렸다. 하지만 단유강이 기둥에 도착하는 게 조금 더 빨랐다.

단유강은 기둥을 손으로 쓰다듬었다.

"흐음, 이쯤인가?"

"기다리라니까요!"

제갈미미가 어느새 도착해 단유강의 손에서 그림을 빼앗았다. 그리고 단유강을 노려봤다.

단유강은 그녀의 눈을 똑바로 바라보며 말했다.

"그 사람과 몇 번 거래를 해봐서 아는데, 조금이라도 위치가 틀리면 곤란해."

그림이 다시 단유강의 손으로 넘어갔다. 제갈미미는 크게 당황했다. 자신이 알아차리지도 못한 사이에 그림을 빼앗겼다. 그녀가 놀란 눈으로 단유강을 바라보자 단유강의 입가에 진한 미소가 걸렸다. 제갈미미는 그 미소를 보고 가슴이 두근거렸다.

'이런! 내가 지금 뭐 하는 거지? 이럴 때가 아닌데! 모두를 위험에 빠뜨릴 수는 없어!'

제갈미미가 다시 단유강에게 뭐라고 하려는 찰나, 단유강의 손이 기둥을 슬며시 밀었다.

스르륵.

마치 원래 분리된 기둥이었던 것처럼 기둥이 매끄럽게 움직였다.

툭.

바닥으로 절반이 떨어졌다. 정확히 그림에 표시된 바로 그 위치가 잘라졌다.

단유강은 고개를 끄덕이며 말했다.

"역시 원래 잘려져 있었군."

제갈미미가 경악한 눈으로 기둥을 바라봤다. 기둥의 단면은 마치 누군가 잘 다듬어놓은 것처럼 매끈했다. 바닥에 떨어진 기둥 역시 마찬가지였다.

그그그궁!

돌 긁히는 소리가 들려왔다. 모두의 시선이 반사적으로 중앙에 있는 바위로 향했다.

"저럴 수가!"

바위가 회전하고 있었다. 굉음과 함께 천천히 회전한 바위는 정확히 반 바퀴를 돌고 멈췄다.

"이제 풀렸소."

단유강의 말에 제갈미미가 멍한 표정으로 중얼거렸다.

"대진(大陣)의 중심을 가린 소진(小陣)이 다시 대진(大陣)에 연결된 구조라니……! 어떻게 이런 말도 안 되는 진을……!"

“자, 이제 내가 할 일은 모두 끝난 것 같군.”

단유강은 그 말을 남기고 그곳에서 나갔다. 아무도 그를 붙잡는 사람이 없었다. 더 이상 필요없는 사람이니 굳이 남아 있어봐야 신경만 쓰인다.

“제갈 부단주, 어떤가? 이제 풀 수 있겠지?”

제갈미미가 자신있게 고개를 끄덕였다.

“일단 진의 중심이 드러난 이상, 나머지는 시간문제예요.”

제갈미미의 자신감이 다시 나락으로 떨어진 것은 그 후 정확히 하루가 지나고 난 뒤였다.

“그러니까 나보고 다시 한 번 그 사람을 만나고 오라는 말이오?”

단유강이 심드렁한 표정으로 묻자, 장현보가 송구스러운 표정으로 고개를 조아렸다.

“부탁드립니다. 정 부단주께서도 애타게 기다리고 계십니다.”

단유강은 턱을 쓰다듬으며 생각에 잠긴 척했다. 어차피 이렇게 될 줄 알았다. 예상했던 것보다 조금 더 빠르긴 했지만 말이다.

‘생각보다 자신의 능력에 대해 제대로 파악하고 있는 모양인데? 그런 점은 철판을 꼭 닮았군.’

“뭐, 내가 조금만 수고하면 될 일이니 그리합시다. 하면 돈은 가져오셨소?"

"여기 있습니다."

장현보는 돈을 내밀며 고개를 깊이 숙였다. 그의 눈이 한순간 번득였다.

이 돈은 청룡단의 부단주들과 정여광, 그리고 감찰 무사들이 모아서 만든 돈이었다. 다행히 근처에 천하전장이 있었고, 무림맹의 무사들은 대부분 자신의 돈을 그곳에 맡겨놓는지라 돈을 마련하는 데는 별문제가 없었다.

다만, 그들이 전장에 맡겨놓은 돈이 많이 줄어들긴 했다. 하지만 아무도 그것에 대해 걱정하지 않았다. 진을 해체하고 나올 보물이면 그것을 몇 배로 메울 수 있을 테니까 말이다.

본래 이성적으로 생각하면 일이 이렇게 되기 전에 발을 빼든가 아니면 다른 방법을 강구하게 된다. 하지만 이미 기세를 타버렸다. 이렇게 된 이상 평소에 아무리 냉철하고 이성적인 사람이라도 제정신을 차리기 어렵다. 도박을 할 때와 비슷했다.

단유강은 일단 돈주머니를 받아 든 후, 자리에서 일어났다.

"갑시다."

단유강은 진이 설치된 곳에 가서 일단 제갈미미부터 찾았다. 제갈미미는 예상대로 풀이 잔뜩 죽어 있었다. 그 모습을 보니 예전 제갈무군을 처음 만났을 때가 떠올랐다.

“일단 정리부터 좀 합시다.”

단유강의 말에 사람들이 분주히 움직였다. 공터 중앙에 있던 바위는 이미 뽑아서 치운 후였다. 그 아래에 위치한 진의 중심은 아직 그대로였다. 그리고 드문드문 기둥 몇 개가 뽑혀 있었다.

‘아예 못 건드린 건 아니군.’

단유강은 그것을 확인하며 고개를 끄덕이고는 품에서 종이 하나를 꺼냈다. 그리고는 능숙한 손놀림으로 그림을 그리기 시작했다.

그저 몇 번 붓으로 쓱쓱 그리자, 순식간에 그림이 완성되었다. 제갈미미는 그 광경을 보며 다시 한 번 감탄했다. 단유강은 처음과 마찬가지로 제갈미미에게 그림을 건네 확인하게 했다.

제갈미미는 꼼꼼히 모든 것을 확인한 후 다시 그림을 건넸다.

“그럼 이만.”

단유강은 그림을 들고 천천히 문을 나섰다.

육원검과 강원손은 서로의 얼굴을 한 번 마주 본 후 고개를 끄덕였다. 그리고 고개를 돌려 정여광에게 눈짓을 했다. 그리고 단유강이 향한 방향으로 조용히 움직이기 시작했다.

그들은 앞으로 또 이런 일이 있을지 몰라 사전에 모의를 했다. 단유강에게 일을 의뢰하고 그 뒤를 쫓기로 말이다.

아무리 진법의 대가라고 하지만 무공까지 대단할 리는 없다. 그리고 혹시 무공을 익혔다 하더라도 절정에 이른 고수 셋을 동시에 상대할 수 있을 리 없었다. 그들은 그렇게 믿었다.

일단 진법의 대가를 무사히 이곳으로 데려올 수 있다면 그때부터는 모든 걱정이 끝이다. 앞으로 더 돈이 들어갈 일도 없을 것이다. 다만 모든 일이 끝났을 때, 진법의 대가에게 조용히 대가를 지불해 주면 된다. 물론 입을 다물겠다는 다짐이 필요하겠지만 말이다.

세 사람은 그런 생각으로 단유강의 뒤를 쫓았다. 단유강은 어디 놀러 가는 것처럼 콧노래까지 흥얼거리며 휘적휘적 걸어갔다. 기척을 드러내지 않고 그 뒤를 따르는 것은 식은 죽 먹기보다 쉬웠다.

단유강은 미고현을 가로질러 지나갔다. 그리고 근처에 있는 숲으로 들어갔다. 나무가 상당히 울창했지만 세 사람이 뒤쫓는 데는 별 무리가 없었다.

그렇게 한참이나 숲으로 들어가던 단유강이 갑자기 걸음을 멈췄다. 세 사람도 당연히 움직임을 멈췄다. 숨소리조차 들리지 않게 조심했다. 하지만 한순간 그들은 동시에 숨을 들이킬 수밖에 없었다.

단유강의 몸이 갑자기 사라진 것이다.

세 사람은 너무나 놀라 단유강이 있던 곳으로 튀어나갔다.

그리고 주변을 살폈다. 하지만 아무리 둘러봐도 단유강의 모습을 발견할 수 없었다. 심지어는 지나간 흔적조차 없었다.

"여기까지는 분명히 흔적이 남아 있는데, 이곳부터는 아예 흔적이 끊겨 버렸군."

"거참, 귀신이 곡할 노릇이군. 이렇게 갑자기 사라져 버리다니……."

세 사람은 주위로 흩어져 단유강의 흔적을 찾았다. 하지만 아무리 찾아도 다른 흔적을 찾을 수가 없었다. 단유강은 말 그대로 숲 한가운데까지 걸어왔다가 그냥 사라져 버렸다.

세 사람은 한 시진이나 헤매다가 허탈한 표정으로 돌아갔다. 실패에 대한 가능성은 아예 생각지도 않았기 때문에 더더욱 심란했다.

그렇게 다시 담장으로 둘러싸인 공터로 돌아온 세 사람은 경악했다. 그곳에는 그들이 그렇게 찾았던 단유강이 서 있었다.

단유강은 세 사람이 나타나자 그들을 바라보며 씨익 웃었다. 세 사람의 눈에는 그것이 마치 비웃음처럼 보였다. 하지만 누구도 그에 대해 뭐라고 말하지 못했다. 입을 여는 순간 자신들이 무슨 계획을 세웠는지 밝혀야 하기 때문이다.

"끄응."

그저 앓는 소리를 내뱉는 걸로 마무리할 수밖에 없었다.

"어떻소? 이건 좀 알아보겠소?"

제갈미미가 어두운 표정으로 고개를 끄덕였다. 이번에도 역시 자세히 보지 않으면 알아보기 어려운 해법이었지만 사전에 겪은 일이 있기에 충분히 확인할 수 있었다.

"하지만……."

제갈미미는 어두운 표정을 버리지 못하고 주위를 둘러봤다. 그림에 나온 대로라면 남은 기둥을 모두 뽑아야 한다. 하지만 그녀가 판단하기에 이곳에 있는 기둥은 하나라도 더 뽑으면 그래도 진이 폭주하게 된다.

"왜? 설마 진법의 대가가 내준 해답을 못 믿겠다는 거요?"

제갈미미는 고개를 저었다. 믿긴 믿는다. 하지만 자신의 생각과 너무나 다르다. 게다가 진법의 대가라는 사람은 그저 그림을 본 것뿐 아닌가. 속속들이 살펴본 자신보다 어쩌면 못할 수도 있었다.

"쯧쯧, 밥을 떠 줘도 받아먹지 못하다니. 아무튼 내 할 일은 끝났으니 난 이만 가겠소. 아참, 그 기둥을 뽑을 때 말이오, 순서가 있다는 건 알고 있소? 혹시나 해서 묻는 건데."

단유강의 말에 제갈미미의 눈이 화등잔만 해졌다. 전혀 생각지도 못했다. 그녀는 다시 한 번 그림을 살폈다. 그리고 그제야 기둥을 뽑는 데 순서가 있다는 걸 알 수 있었다. 기둥을 뽑으라는 표시의 길이가 다 제각각이었다.

'어찌 이따위로……!'

너무 무책임했다. 만일 단유강의 말이 아니었다면 자신은 그냥 기둥을 뽑았을 것이다. 별다른 대안이 없으니 말이다. 하지만 만일 그랬다면 이곳에 있는 사람들은 모두 무사하지 못했을 것이다.

제갈미미의 얼굴에 살짝 분노가 일었다.

"돈을 백 냥이나 받으면서 이렇게 불친절해도 되는 건가요?"

제갈미미의 말에 단유강이 눈을 동그랗게 떴다.

"그걸 왜 내게 따지는 거요? 나중에 직접 만나서 따지든가."

단유강은 그렇게 말하고는 돌아섰다. 제갈미미는 한숨을 내쉬며 고개를 가로저었다.

"후우, 기둥을 뽑죠."

제갈미미는 이제 이 진을 모두 풀었다고 생각했다. 기둥을 모두 뽑기 전까지는 말이다.

"제갈 부단주, 설마 또요?"

제갈미미가 힘없이 고개를 끄덕였다. 지금 그녀는 자괴감으로 가득했다. 진법에 관해서라면 천하제일은 못 되더라도 천하에서 열 손가락 안에는 든다고 자신했다. 한데 그런 자신감이 무참히 깨졌다.

벌써 네 번이나 진법의 대가가 그려준 해법을 받았다. 그런데도 또 막히는 부분이 나왔다. 물론 그동안 그렇게 해서라도 진을 풀어나간 덕분에 그녀는 많은 것을 얻었다. 새로운 세상을 맛봤다. 지금까지 그녀가 알고 있던 진법은 진짜 진법의 겉만 핥고 있던 것에 불과했다. 그 사실을 알아내고 껍질 한 겹을 깬 것만으로도 엄청난 소득이었다.

하지만 그녀를 제외한 나머지 사람들은 그야말로 죽을 지경이었다. 이제는 들어간 돈이 하도 많아 절대 여기서 포기할 수도 없었다. 죽이 되든 밥이 되든 끝까지 가야만 했다.

육원검은 답답한 마음에 한숨을 내쉬며 고개를 저었다.

솔직히 다른 시도를 안 해본 건 아니었다. 진법을 해체하는 데 들어가는 돈이 너무나 많아서 그냥 무작정 땅을 파헤치고 기둥을 부러뜨리기까지 했다.

그렇게 해서 감찰 무사 셋이 심각한 부상을 입었다. 갑자기 진세가 발동해서 그것을 제어하고 진정시키는 데만도 반나절이 걸렸다. 물론 제갈미미가 없었다면 다 죽었을 것이다. 덕분에 그 진이 정말로 무시무시하다는 것을 알았다.

게다가 그렇게 함부로 건드리는 바람에 진이 더 복잡해져서 그 꼬이는 것을 푸는 데만 금 백 냥이 들었다.

"후우우, 정말로 고민이오. 그래, 앞으로 이런 일이 몇 번이나 더 있을 것 같소?"

육원검의 물음에 제갈미미가 힘없이 고개를 저었다.

"저도 확신을 못하겠어요. 다만 제가 판단하기에는 이번만 해결하면 끝이 보일 것 같아요."

제갈미미의 말에 육원검이 억지로 미소를 지으며 고개를 끄덕였다.

"후우, 일단 돈을 구해보겠소."

육원검은 그렇게 말하면서 살짝 못마땅한 눈으로 제갈미미를 바라봤다. 지금까지 제갈미미는 자신의 돈을 단 한 푼도 내놓지 않았다.

'사람이 양심이 있으면 이럴 수 없지. 쯧쯧.'

하지만 돈을 내놓으라는 말을 차마 할 수 없었다. 어찌 되었든 제갈미미가 없었다면 이나마도 불가능했을 것이다. 진은 상당히 복잡했다. 막히는 곳 몇 군데를 제외하면 제갈미미가 대부분은 풀어헤쳤다. 사실 그녀의 공이 가장 컸다.

육원검은 다시 나가서 사람들을 모았다. 그리고 제갈미미의 말을 전했다. 사람들의 얼굴에 절망과 희망이 절묘하게 어우러졌다. 그들에게는 더 이상 돈을 감당할 여력이 남아 있지 않았다.

무림맹에서 온 사람들은 벌써 천하전장에서 돈을 빌리기까지 했다. 물론 아직까지는 감당할 수 있을 정도이긴 하지만 여기서 더 돈을 충당하기는 어려웠다.

장현보 역시 마찬가지였다. 소검문은 여기서 돈을 더 쓰면 그대로 파산이었다. 아니, 만일 진을 해체하지 못한다면 그냥 파산이었다. 지금 그의 희망은 오로지 진에 갇힌 보물뿐이었다.

"정말 이번 한 번만 더 하면 된다고 했소?"

"그렇소. 하지만 확신할 수는 없다고 했소이다."

"제갈세가에서도 최고로 치는 기재요. 그녀가 그렇게 말했다면 아마 십중팔구는 그렇게 될 거요."

"그럼 어쩌잔 말이오?"

잠시 좌중에 침묵이 감돌았다. 그렇게 반 각이나 지속된 침묵 끝에 육원검이 입을 열었다.

"칠십오대의 대주를 끌어들입시다."

사람들의 눈이 번득였다. 특히 장현보의 눈이 가장 빛났다. 그는 이곳에 담장을 치기 위해 천망칠십오대의 대원들에게 금을 무려 이백오십 냥이나 갖다 바쳐야 했다. 지금 생각하면 미친 짓이었다. 하지만 이미 지난일, 이런 기회가 왔으니 그 돈을 다시 회수해야 했다.

"내가 나서서 한번 해보겠소."

장현보가 나서자 나머지 사람들이 고개를 끄덕였다. 장현보는 속으로 쾌재를 불렀다. 그는 단유강만 끌어들일 생각이 전혀 없었다. 칠십오대 전원을 끌어들일 생각이었다.

'일단 그놈들이 가져간 내 돈을 토해내게 해야지.'

나중에야 어떻게 되든 그들이 투자를 하기만 하면 모든 것이 일사천리로 해결된다.

장현보는 꿈에 부풀어 천망단이 머무는 장원으로 한달음에 달려갔다.

"나보고 투자를 하란 말이오?"

"그렇습니다. 이건 아주 좋은 기회입니다. 그 안에서 무엇이 나오건 투자한 금액에 맞춰 분배해 드리겠습니다."

장현보는 그렇게 말하며 속으로 중얼거렸다.

'다른 사람들의 투자 금액을 뺑튀기 하면 아마 네놈에게 돌아가는 건 거의 없을 거다. 다른 대원들까지 다 끌어들이지 않을 수 없게 해주지.'

"흐음, 굳이 그러고 싶은 생각이 없는데……."

단유강이 예상과 달리 시큰둥하게 나오자 장현보는 입이 마르는 것을 느끼며 다급히 입을 열었다.

"다시 한 번 생각해 보십시오. 이건 굉장한 기회입니다. 그 안에는 절세의 영약이 잔뜩 있을 가능성이 높습니다. 아니, 분명히 있습니다."

절세의 영약이라면 하나의 가격이 엄청나다. 무인들에게 팔면 거의 부르는 게 값이다. 어떤 영약의 경우 하나에 금 천 냥에 거래되기도 한다.

"그걸 어떻게 그리 확신하시오?"

"제갈 부단주께서 그리 말씀하셨습니다. 그곳에 설치된 진에 주변의 기운을 조금씩 끌어들이는 효능이 있다고 말입니다. 보통 그런 효능을 진에 부여할 때는 안에 영약이 있을 경우거나 기운이 지속적으로 필요한 물품이 있을 경우라고 하더군요. 아마 확실히 있을 것입니다."

그것이 바로 지금까지 밑 빠진 독에 물을 붓는 것처럼 돈을 쏟아 넣은 이유 중 하나였다. 그런 대단하고 복잡한 진을 만들었다면 안에 적어도 수십 개의 영약이 보관되어 있을 거라 예상했다.

그것만 해도 누만금이다. 그 정도면 그동안의 손실을 완전히 메우고도 썩어날 정도로 돈이 남는다. 앞으로 소검문은 탄탄대로를 걷게 되는 것이다.

장현보가 기대감이 잔뜩 어린 얼굴로 단유강을 바라봤다. 하지만 단유강의 얼굴은 여전히 심드렁했다.

"글쎄올시다. 뭐, 돈이 필요하다면 빌려는 줄 수 있소. 물론 조금이긴 하지만 이자도 내야 할 거요."

단유강의 말에 장현보의 얼굴이 사정없이 일그러졌다. 이래서야 칠십오대의 대원들까지 몽땅 끌어들이겠다는 계획이 너무 크게 어그러진다.

"대협, 제발 다시 한 번 생각해 보십시오. 이건 다시 오기 힘든……."

"그러니까 그런 확신이 있으면 돈을 빌려서라도 하면 될 것 아니오? 혹시 자신이 없어서 그러는 거요?"

"자신이 없다니요! 절대 그렇지 않습니다!"

절대로 실패는 없다. 실패하는 순간 완전히 끝장난다. 아마 소검문은 형체도 없이 사라질 것이다.

그동안 돈이 너무 많이 들어갔다. 이 모든 일을 주도한 것이 결과적으로 소검문이니 타격을 가장 많이 받는 것도 소검문이 될 것이다. 물론 그 반대의 경우 이득을 가장 많이 얻는 것도 소검문이 되겠지만.

단유강이 은근한 표정으로 물었다.

"그럼 돈을 좀 빌려드릴까?"

장현보는 흠칫 놀라 자신도 모르게 뒤로 주춤 물러났다. 앉아 있었기에 더 뒤로 물러날 수는 없었지만 마음은 벌써 뒤로 몇 발이나 물러났다.

'이런 독한 놈!'

결국 장현보는 아무런 성과 없이 자리에서 일어나야 했다. 그리고 몇 시진 후, 다른 사람들과 함께 단유강을 다시 찾아와야 했다. 차용증을 작성하기 위해서 말이다.

"아! 이러면 되는 거였구나!"

제갈미미는 그림을 뚫어져라 쳐다보며 연방 감탄을 터뜨렸다. 처음 그림을 받았을 때는 이게 뭔가 했는데, 그것이 몇 번 반복되다 보니 이젠 그 안에 숨겨진 오묘한 이치를 알 수 있었다.

이번 그림은 그중 가장 많은 깨달음을 그녀에게 전해주었다. 마치 그녀에게 진법이란 이런 거라고 노골적으로 가르치는 것 같았다. 물론 그전에 받은 네 장의 그림을 못 봤다면 전혀 이해하지 못했겠지만 말이다.

"딸각! 딸각!

제갈미미는 여기저기 돌아다니며 진을 손봤다. 그녀가 손을 휘저을 때마다 딸각거리는 소리가 들려왔고, 그때마다 주변의 기운이 순식간에 변했다.

자욱한 안개가 끼기도 했고, 갑자기 후끈한 열기가 느껴지기도 했다. 때로는 뼛속까지 얼어붙을 정도의 한기가 몰아쳤다. 그리고 온몸을 나른하게 만들기도 했다. 그렇게 여러 가지의 기운이 나타났다 사라지기를 반복했다. 그리고 마지막으로 머리를 맑게 해주는 청량한 기운이 사방에 드리웠다.

"끝났어요."

제갈미미의 말에 모두의 눈이 희열에 젖었다. 지금까지 들어간 돈이 얼마인가. 게다가 고생은 또 얼마나 했는가. 몸은 편했을지 몰라도 마음은 너무나 불편했다. 그동안의 맘고생을 다 합하면 아마 평생 한 맘고생과 맞먹을 듯했다.

"드, 드디어······!"

장현보가 번들거리는 눈으로 터벅터벅 제갈미미가 있는 곳으로 다가갔다. 다른 사람들 역시 마찬가지였다.

제갈미미는 커다란 석판으로 만든 문 앞에 서 있었다. 모든 진이 가리고 있던 것은 바로 그 석판으로 만든 문이었다.

"장 문주가 한번 열어보시오."

육원검의 말에 장현보가 침을 꿀꺽 삼키고 제갈미미를 바라봤다. 제갈미미는 환하게 웃으며 고개를 끄덕였다.

"모든 위험을 제거했어요. 이제 문만 열면 끝나요."

장현보는 천천히 석판의 손잡이를 쥐었다. 그의 손에 꾸욱 힘이 들어갔다.

그그그그긍!

돌 긁히는 소리와 함께 석판이 열렸다. 장현보는 천천히 지금의 희열을 음미하며 석판을 열었다.

쿵!

드디어 완전히 석판이 열렸다. 그리고 그 안에 보이는 광경은 모두의 얼굴을 그대로 얼어붙게 만들었다.

철전 한 닢.

정성을 다해 다져 놓은 흙바닥이 보였고, 그 위에 가만히 놓여 있는 철전 한 닢이 보였다. 철전은 금방이라도 닦아낸 듯 반짝였다.

"아하, 저 광택을 유지하기 위해 주변의 기운을 끌어들인 거였군요."

제갈미미가 손뼉을 치며 감탄했다는 듯 말했다.

그 말에 모두의 가슴이 또 한 번 무너졌다.

第七章
연백철의 수련

태룡전

소검문은 그대로 몰락했다. 소검문이 주도해 일을 벌인 탓에 흑사방과 천도문까지 극심한 자금난에 휘말렸다. 천도문과 흑사방이 가만히 있을 리 없었다. 그리고 호시탐탐 기회를 엿보던 다른 문파들 또한 같이 움직였다.

결국 소검문은 주변 문파들에 의해 갈기갈기 찢어졌다. 서창에는 이제 일곱이 아니라 여섯 문파만 남게 되었고, 기존에 소검문에 속한 무사들은 그들 여섯 문파로 나뉘어 흡수되었다.

그리고 소검문에서 지부로 만들기 위해 구입한 땅은 고스란히 단유강에게로 넘어갔다. 그것은 장현보가 진 빚에 대한 담보였다. 빚을 갚을 여력이 안 되니 당연히 담보가 단유강에게 넘어간 것이다.

무림맹에서 나온 감찰 무사들과 천망단의 부단주인 정여광, 그리고 청룡단의 부단주인 육원검과 강원손은 빚만 잔뜩 지고 무림맹으로 돌아가야 할 처지에 놓였다.

마지막으로, 제갈미미는 단유강을 만나고 있었다.

"부탁드려요."

제갈미미의 간절한 말에도 단유강은 요지부동이었다.

"그러니까 아무리 부탁을 해도 소용이 없다니까 그러시네. 그 사람은 아무나 함부로 만나지 않는다니까!"

"그러지 말고 시도라도 한 번 해봐요. 그것도 어려운 건가요?"

단유강이 고개를 끄덕였다.

"응, 어려워."

어느새 단유강은 자연스럽게 제갈미미에게 말을 놓고 있었다. 하지만 제갈미미는 미처 그것을 인식하지도 못했다. 그만큼 절박했다. 어떻게 해서든 그 사람을 만나고 싶었다.

"뭐가 그렇게 어렵죠? 그냥 소개만 해주시면 나머지는 제가 다 알아서 할게요!"

단유강은 제갈미미를 빤히 쳐다봤다. 제갈미미는 단유강의 눈을 피하지 않고 마주 봤다. 단유강의 입가에 미소가 그려졌다.

"일단 내기에 대한 책임부터 지는 게 순서 아닌가?"

"예? 내기요?"

제갈미미는 잠시 당황했다. 하지만 금세 기억이 났다. 자신이 내기 하나를 했고, 그 내기에서 완벽히 패배했다는 사실을 말이다.

"조, 좋아요. 지킬게요. 지킬 테니까 제 말도 좀 들어줘요."

단유강이 씨익 웃었다.

"뭐, 눈앞에 데려다 주지는 못하고 근처까지 데려다 줄 수는 있어. 나머지는 네가 하기 나름이고."

제갈미미의 얼굴이 환해졌다. 하지만 이어지는 단유강의 말에 순식간에 굳어졌다.

"이번 일을 모조리 덮어."

"그게 무슨 말이죠?"

"이곳 미고현에서 벌어진 모든 일을 덮으라고. 그 정도는 충분히 할 수 있지?"

"그, 글쎄요……."

제갈미미는 당황한 얼굴로 단유강을 바라봤다. 단유강의 표정은 더할 나위 없이 당당했다. 마치 맡긴 물건을 달라고 말하는 듯했다.

"가서 잘 말하면 다들 입을 다물 거야. 어차피 나한테 약점이 잡혀 있으니까."

그 약점이 무엇인지는 제갈미미도 잘 알고 있다. 자신이 외면했기 때문에 더 커진 약점이었기 때문이다. 그 약점은 바로 빚이었다.

"이걸 천하전장에 팔아치우면 아주 간단한 일이지만, 내가 귀찮아지는 게 좀 싫어서 말이야."

제갈미미는 순간 오싹한 기분을 느꼈다. 천하전장에 그 차용증을 다 팔아치우면 단유강은 좀 손해를 볼 수도 있지만 차용증을 작성한 사람들은 거의 파탄에 이르게 될 것이다.

"애, 액수가 얼마나 되나요?"

제갈미미는 호기심을 억누르지 못하고 물었다. 단유강이 빙긋 웃었다.

"한 사람당 금 서른 냥. 얼마 안 되지?"

제갈미미는 헛숨을 들이켰다. 청룡단의 부단주와 천망단의 부단주야 그렇다 치고 감찰 무사들까지 빚을 졌다. 그들까지 합하면 꽤 많은 돈을 빌린 셈이 된다.

그들은 돈을 빌려 천하전장에서 빌린 돈도 일부 갚았다. 앞으로 제대로 무림맹 생활을 하려면 선택의 여지가 없었다.

제갈미미는 순간 그들의 앞길에 깔린 먹구름이 보이는 듯했다. 그런 생각이 드니 눈앞에 있는 단유강이 달리 보였다. 그녀는 마른침을 꿀꺽 삼키며 슬며시 단유강을 살폈다.

"왜? 내기에 승복을 못하겠어?"

단유강의 말에 제갈미미가 세차게 고개를 저었다.

“아뇨. 할게요. 별로 어려운 일도 아닌 듯하니……. 대신…….”

“일단 할 일부터 끝내고 오는 게 어때?”

제갈미미는 굳은 얼굴로 고개를 끄덕였다. 그리고 자리에서 일어나 밖으로 나갔다. 단유강은 문밖으로 사라지는 그녀의 뒷모습을 바라보며 빙긋 웃었다.

“드디어 모든 일이 끝났군요. 하아, 정말 힘들었습니다.”

제갈무군이 고개를 절레절레 저으며 말하자, 모두의 눈이 그에게로 향했다. 그가 지금까지 한 게 뭐가 있다고 힘들단 말인가.

“그건 그렇고, 아무리 생각해도 고작 그런 진을 설치하는 데 금 열 냥이 들었다는 건 좀 이해하기 어려운데?”

단유강이 씨익 웃으며 제갈무군에게 말하자, 제갈무군이 당황하며 뒤로 한 발 물러났다.

“무, 무슨 그런 섭섭한 말씀을! 절대 그렇지 않습니다. 그게 보기에는 그래 보여도 실제로는 정말로 공을 많이 들인 진이라니까요?”

단유강은 턱을 쓰다듬으며 중얼거렸다.

“어디 보자… 대충 금 다섯 냥 정도면 진을 다 설치하고도 술을 몇 번 먹을 수 있을 것 같은데?”

단유강의 시선이 제갈무군에게로 향했다. 제갈무군은 귀

신을 보는 듯한 표정으로 단유강을 바라봤다. 이건 숫제 자신의 속에 들어와 있는 것 같지 않은가.

결국 제갈무군은 고개를 저으며 한숨을 내쉬었다.

"휘유우! 어째 대주님은 갈수록 무서워지는 것 같습니다."

단유강은 빙긋 웃으며 고개를 끄덕였다.

"무섭긴, 그냥 정확히 하고 싶었을 뿐이다. 설마 내가 그 돈을 도로 빼앗을 거라 생각했느냐?"

제갈무군의 얼굴에 화색이 돌았다.

"으하하핫! 내가 이래서 대주님을 좋아하지 않을 수 없다니까! 으하하하핫!"

단유강은 수하들을 쭉 둘러봤다. 문노에서 시작해 백설영을 지나 하후량, 하후령 형제, 그리고 제갈무군까지. 하나같이 믿음직했다. 단유강의 시선이 마지막으로 연백철에게 머물렀다.

"흐음, 대충 급한 일을 다 처리한 것 같으니까 이제 슬슬 시작하는 게 좋겠군."

단유강의 말에 제갈무군이 연백철의 어깨에 팔을 둘렀다.

"으하하! 걱정하지 마십시오, 대주님! 제가 확실히 사내로 만들겠습니다!"

단유강이 눈살을 찌푸렸다. 제갈무군에게 맡기면 어떻게 될지 안 봐도 훤했다. 단유강은 수하들을 몇 번이나 둘러보다가 체념한 표정으로 고개를 저었다.

“어째 믿고 맡길 사람이 하나도 없구나.”

단유강의 한탄에 문노가 발끈했다.

“공자님! 어찌 저를 두고 그런 말씀을 하실 수가 있으십니까! 제가 나서기만 하면 저런 녀석 하나 사람 만드는 거, 일도 아닙니다!”

단유강이 고개를 끄덕였다.

“그래, 그렇겠지. 반반의 확률로 불구가 될 수도 있다는 걸 빼면 말이야.”

연백철은 순간 등줄기에 소름이 올올이 돋아났다. 두려움에 찬 그의 눈이 문노에게로 향했다. 문노는 연백철과 눈을 마주치며 씨익 웃었다. 그 웃음이 어찌나 무서운지 연백철은 자신도 모르게 한 발 뒤로 물러났다.

“음, 어쩔 수 없군. 정말로 귀찮지만, 내가 직접 가르치는 수밖에.”

“에엑!”

“대주님! 그건 너무 불공평한 처사입니다! 차라리 문노께 맡기시죠! 저도 문노 밑에서 얼마나 고생을 했는데!”

단유강이 빙긋 웃으며 제갈무군을 바라봤다.

“그러니까 네가 고생한 것만큼 저 녀석도 고생을 해봐야 한다는 뜻이로구나?”

“당연하지 않습니까! 자고로 사내란 고생을 알아야 비로소 진짜 다시 태어날 수 있는 것입니다. 그 고생이 깊으면 깊을 수록 훨씬 더 진하게 우러나는 법입니다."

단유강은 모두의 경악한 눈을 뒤로하고 손을 한 번 휘저으며 결정을 내려 버렸다.

"이미 결정했으니 그렇게 알고 이만 해산!"

칠십오대 대원들은 불신과 회의가 가득한 눈으로 단유강과 연백철을 번갈아 바라보다가 조용히 각자의 자리로 돌아갔다.

연백철은 긴장 가득한 눈으로 단유강을 바라보고 꼿꼿한 자세로 서 있었다.

"자, 이 녀석이 어떻게 자라날지 기대가 되는구나. 과연 청룡단으로 갈지, 아니면 여기 계속 남아 있을지 말이야. 하하하하!"

단유강의 웃음이 작은 장원을 가득 채웠다.

연백철이 단유강과 함께 연무장으로 들어가서 가장 먼저 한 일은 작은 단약 하나를 받은 것이었다.

"이게 뭡니까?"

"먹어두면 좋은 약."

단유강의 대답에 연백철은 고개를 갸웃거렸다. 먹어두면 좋은 약이라니, 의미를 이해하기가 조금 애매했다.

"지, 지금 먹어야 하는 겁니까?"

"알아서 해. 먹기 싫으면 버려도 되고."

연백철의 얼굴이 기묘하게 일그러졌다. 단유강의 말만으로 판단하면 그다지 좋은 약은 아닌 듯했다. 하지만 준 약을 버리는 건 예의에 어긋나는 일이니 그럴 수는 없었다. 연백철은 조심스럽게 약을 품에 넣었다.

단유강은 그 모습을 보며 빙긋 웃고는 말을 이었다.

"자, 이제 슬슬 점검을 해볼까? 일단 무슨 무공을 익혔는지 말해봐."

연백철은 잠시 고개를 갸웃거리다가 입을 열었다.

"일단 청연심공(淸淵心功)으로 내공을 수련했고, 천망십이검(天網十二劍)을 익혔습니다."

"보법은?"

"섬전보(閃電步)를 익혔습니다."

단유강은 가볍게 고개를 끄덕였다. 처음 예상했던 대로였다. 연백철이 익힌 무공은 모두 천망단에 입단하는 사람에게 기본적으로 가르쳐 주는 무공이었다.

"그럼 무림맹에 들어오기 전에는 아무런 무공도 익히지 않았단 말이냐?"

"삼재기공으로 내공을 좀 쌓았고, 몇 가지 기본적인 검법을 익히긴 했습니다만……."

더 들을 필요가 없었다. 삼재기공은 무공에 관심을 조금만 돌려도 구할 수 있는 내공심법이다. 안전하게 내공을 쌓을 수 있긴 하지만 그 속도가 너무나 더뎌 효과를 보기 쉽지 않다.

하지만 그래도 천망단에 들어왔다는 것은 어느 정도 실력이 있다는 뜻이다.

'근성과 노력이로군.'

생각해 보면 연백철은 단유강의 심부름을 하면서도 항상 뭔가 계속 쫓기는 듯한 표정이었다. 그것은 수련을 하지 못했기에 오는 불안감의 표출이었다. 평소에는 항상 하던 수련을 이곳에 오면서 한 번도 하지 못했으니 불안한 게 당연했다.

"두 달 정도 쉬어보니까 어때?"

연백철이 고개를 절레절레 저었다.

"죽을 맛입니다."

"다른 건 느껴지지 않아?"

"예?"

단유강이 빙긋 웃으며 말을 이었다.

"수련에는 휴식이 꼭 필요하거든. 한시도 쉬지 않고 수련만 하는 사람은 결국 벽에 막혀 자멸할 확률이 높아. 물론 노력은 반드시 필요해. 요는 효율이지. 쉴 줄도 알고 놀 줄도 알아야 더 멀리 나아갈 수 있는 법이거든."

연백철은 단유강의 말을 전혀 공감할 수 없었다. 그가 보기에 단유강은 노력이라는 단어와 가장 어울리지 않는 사람이었다. 그런 단유강이 자신에게 그따위 말을 하니 쉽게 받아들이기가 어려웠다.

"나도 지금 쉬는 중이거든."

연백철은 어이없다는 눈으로 단유강을 바라봤다. 이미 알아볼 만큼 알아봤다. 단유강은 지난 사 년 동안 단 한 번도 수련을 한 적이 없다. 사 년은 쉬는 기간치고는 너무나 길지 않은가.

"왜? 너무 오래 쉬는 것 같아?"

단유강의 말이 너무나 정곡을 찔러 연백철은 흠칫 놀랐다.

"뭐, 모르는 사람이 보면 그렇게 생각할 수도 있지. 하지만 난 이렇게 쉬고 있는 동안에도 계속 강해지고 있다고. 그동안 무작정 앞으로 나아가기만 해서 그걸 정리할 시간이 좀 필요한 것뿐이야."

연백철은 고개를 끄덕였다. 안 그러면 이 이야기를 계속 듣고 있어야 할 것 같았다. 하지만 고개만 끄덕였지 진짜 이해한 것은 아니었다. 연백철은 단유강이 지금 한 말을 절대 믿을 수 없었다.

"자자, 사소한 문제는 그냥 넘기고, 이제 본격적으로 시작해 볼까? 일단은 내공심법부터 시작하지."

단유강은 연백철을 강제로 앉혔다. 연백철은 연무장 바닥에 주저앉아 당황한 얼굴로 눈을 부릅떴다. 바닥에 앉자마자 등으로부터 거친 기운이 밀려들어 왔기 때문이다.

"입 열지 마라. 너만 손해니까."

연백철은 비명과 신음을 그대로 삼켰다. 그리고 등으로 통해 들어와 몸을 헤집는 기운에 정신을 집중했다.

"잘 기억해 둬. 이건 정심공(正心功)이라는 거야."

연백철은 이를 악물고 고통을 참았다. 혈도를 헤집는 고통은 상상을 초월할 정도였다. 악문 이에서 피가 흐를 정도였지만 끝까지 신음조차 흘리지 않았다.

혈도를 따라 흐르는 기운의 흐름을 외우는 건 그리 어렵지 않았다. 고통이 지나간 자리를 외우면 그만이다. 고통의 길이 연백철의 뇌리에 그대로 각인되었다.

연백철의 몸에서 시커먼 땀이 흘러나오기 시작했다. 그것은 지독한 악취를 풍겼다. 하지만 연백철은 고통을 참고 진기의 흐름에 집중하느라 그런 것을 느낄 수도 없었다. 다만 단유강이 인상을 찌푸리며 뒤로 물러났을 뿐이다.

"휘유, 지독하군. 이놈이 최고인데."

다른 수하들도 이런 식으로 몸에 길을 만들어주었다. 그러면서 겸사겸사 혈맥에 쌓인 탁기를 제거해 버렸다. 모든 대원의 악취를 다 맡아봤지만 연백철이 단연 최고였다. 그의 경지가 가장 낮아 탁기를 많이 쌓은 탓이었다.

"그나마 수련을 열심히 하는 놈이라 다행이군."

그조차 아니었다면 아마 지금쯤 코가 썩었으리라.

연백철은 단유강이 더 이상 도와주지 않아도 알아서 스스로 진기를 움직였다. 그의 몸속에 흐르는 진기는 완전히 그의 의지 아래에 들어왔다. 그렇게 몇 번이나 반복해서 진기를 돌렸고, 단유강이 처음에 넣어주었던 진기가 힘이 다해 사라지고 나서야 눈을 떴다.

번쩍!

연백철의 눈에서 일순 기광이 번득였다가 사라졌다.

"후우우."

연백철은 조용히 심호흡을 했다. 도저히 믿기지가 않았다. 온몸이 너무나 가벼웠다. 하지만 이내 코를 쥐어야 했다.

"크윽! 이게 무슨 냄새야!"

"무슨 냄새긴, 니 똥 냄새지."

단유강의 말에 연백철이 경악을 금치 못했다.

"서, 설마 제가 똥을 쌌습니까?"

"으하하핫! 일단 가서 씻고 와라. 그리고 네가 앉았던 자리도 좀 치우고."

단유강은 정말로 유쾌하게 웃었다. 연백철은 그의 웃음소리를 들으며 어색하고 부끄러운 표정으로 주위를 둘러봤다. 바닥이 새까맸다. 연백철은 서둘러 연무장을 벗어났다.

그날 더 이상의 수련은 없었다. 연백철은 자신의 몸을 씻고 연무장 청소를 하면서 하루의 대부분을 보내야 했다.

연백철은 며칠 동안 심법에만 매달렸다. 고통으로 새겨진 길에 진기를 흘리기만 하면 되기에 어려운 점은 없었다. 하지만 자면서도 운기를 할 수 있어야 한다는 단유강의 말에 근 닷새 동안 아무것도 하지 않고 심법만 파고들었다.

정심공은 상당히 뛰어난 심법이었다. 특히 안정성에서는 그 어떤 심법보다 대단했다. 심지어는 삼재기공보다도 더 안전했다. 연백철은 그것을 알기에 자면서도 운기할 수 있어야 한다는 단유강의 말을 그저 과장이나 농담으로 받아들이지 않았다.

"정말 대단하구나."

오 일째가 되어서야 정심공에 조금 익숙해졌다. 그 결과로 이렇게 운기조식을 하면서 말을 할 수 있게 되었다. 연백철은 운기를 멈추지 않은 상태로 조심스럽게 몸을 일으켰다.

"된다."

연백철의 눈에 놀람이 어렸다. 몸속을 휘도는 진기는 전혀 변함이 없었다. 사실 단유강이 혈도에 쌓인 탁기를 모조리 없애지 않았다면 이런 효과를 보기가 어려웠을 것이다. 진기에 막힘이 없기에 정심공의 효능이 더욱 커졌다.

연백철은 몸을 휘도는 진기에 정신을 집중하며 한 발 한 발 걸음을 옮겼다. 그렇게 반 시진 정도 애쓰자 자연스럽게 걸을 수 있었다. 연백철의 얼굴에 희열이 떠올랐다.

"이런 대단한 심법을……!"

연백철은 단유강에게 절이라도 하고 싶은 심정이었다. 정심공을 제대로만 익힌다면 내공에 있어서만큼은 누구에게도 지지 않을 것이다.

'그래도 수련을 할 때는 힘들겠지?'

운기를 하면서 검을 휘두르는 건 거의 불가능하다. 검법과

심법이 조화를 이뤄도 마찬가지다. 그때만큼은 오로지 검에 충실할 수밖에 없다.

연백철은 다른 사람보다 수련을 훨씬 많이 하는 편이다. 그러니 운기를 할 시간이 모자란다는 뜻이다.

"자면서도 운기를 하라는 말이 무슨 뜻인지 이제 알겠군."

연백철은 운기를 멈추지 않으면서 침상으로 걸어가 누웠다. 가만히 누워 있으니 오히려 정심공을 운기하기가 훨씬 쉬웠다. 하지만 잠들고 난 이후에도 그러리라는 보장은 없었다.

"해야 돼. 어떻게든 해야 돼."

연백철은 스스로에게 쉴 새 없이 강요했다. 운기를 멈추지 말라고 말이다. 그렇게 쉼없이 중얼거리다 서서히 잠에 빠져들었다.

"흠, 그럭저럭 정심공은 익숙해진 모양이군."

단유강의 말에 연백철이 싱글벙글거리며 포권을 취했다. 어려울 줄 알았는데 자면서 운기하는 건 처음 익숙해지는 것보다 훨씬 쉬웠다. 자기 전에 강력한 암시를 계속 걸고 자니, 다음날 눈을 떴을 때도 진기가 힘차게 몸을 휘돌고 있었다.

"감사합니다! 모두 대주님 덕분입니다!"

단유강이 씨익 웃었다.

"이제야 그 대주님 소리가 마음에서 좀 우러나는 것 같구나."

　연백철은 순간 얼굴을 살짝 붉혔다. 생각해 보면 그동안은 단유강을 대주님이라 부르기만 했지 실제로 대주라고 인정하지 않았다. 아니, 인정하기가 어려웠다. 하지만 정심공 하나에 완전히 뒤바뀌어 버렸다.

　'실로 내 마음이 간사하기 이를 데 없구나.'

　연백철이 고개를 숙였다. 이따위 정신 상태로 어찌 청룡단의 무사가 될 수 있겠는가. 어찌 무림의 정기를 올바로 세울 수가 있겠는가.

　"뭐, 그렇게 고개 숙일 거 없다. 사람은 원래 그런 법이니까. 그나마 넌 좀 나은 편이지. 철판에 비하면 말이야."

　연백철의 고개가 슬그머니 올라갔다. 철판은 제갈무군을 일컫는 말이다. 얼굴에 철판을 깔았다고 해서 언제나 철판으로 통했다.

　"자자, 이제 검법을 좀 손볼까? 일단 천망십이검을 한번 펼쳐 봐라."

　"알겠습니다!"

　연백철은 힘차게 대답하고는 연무장 한가운데 서서 검을 뽑았다.

　스릉.

　연백철의 검이 허공에 선을 긋기 시작했다. 연백철을 중심으로 수십 개의 선이 그의 몸을 가렸다. 천망십이검은 공격보다는 방어에 훨씬 중점을 둔 검법이었다.

천망단은 그 특성상 누군가와 치열하게 싸우는 경우가 드물다. 대부분은 적을 추적하거나 시간을 끌어 무림맹의 주력 부대인 청룡단이나 백호단이 도착할 때까지 적을 붙잡아두는 역할을 한다.

천망십이검은 딱 그것에 특화된 검법이었다.

"후우우."

연백철이 검을 거뒀다. 내력의 수발이 꽤 편안해지면서 검법도 한층 성장했다. 연백철은 만족스런 표정으로 고개를 들어 단유강을 바라봤다.

단유강은 고개를 끄덕이며 설명을 시작했다.

"천망십이검, 꽤 괜찮은 검법이지. 방어에 특화된 검법이기도 하고. 이게 얼마나 뛰어난 검법이냐 하면, 극성으로 익히면 검막을 펼치는 게 가능하거든."

"검막!"

연백철은 소스라치게 놀랐다. 검막이라니? 검막은 검을 휘둘러 막을 치는 걸 말한다. 검을 이용한 방어의 극이라 할 수 있었다. 설마 천망십이검이 그 정도로 뛰어난 검법일 줄은 몰랐기에 더 놀라웠다.

"문제는 초식을 열두 개만 익혀선 그게 불가능하다는 거야."

연백철의 기분이 순식간에 나락으로 떨어졌다. 천망십이검은 이름 그대로 열두 개의 초식으로 이루어져 있다. 각 초

식마다 몇 개의 변식이 더해져 총 일흔두 개의 초식을 익히면
완성되는 상당히 간단한 검법이었다.

"열두 개밖에 없는데, 그것만으로 익힐 수 없다면 원래 안
되는 거 아닙니까?"

연백철이 힘 빠진 목소리로 묻자, 단유강이 빙긋 웃으며 대
답했다.

"그러니까 천망십이검이 원래는 천망십삼검이라는 얘기
야. 그리고 그렇게 열세 초식을 완벽하게 익히고 나면 그 열
세 개를 관통하는 새로운 초식을 바라볼 수 있게 되지. 그게
바로 검막이야."

단유강의 설명에 연백철이 멍하니 입을 벌렸다. 천망십이
검에 이런 비밀이 숨어 있을 줄은 몰랐다. 만일 예전에 이 말
을 들었다면 단유강이 거짓말을 하고 있다고 생각했을 것이
다. 하지만 지금은 그렇지 않았다. 단유강이 하는 말은 무조
건 믿을 준비가 되어 있었다.

"한데 대주님은 어떻게 그런 사실을 알고 계십니까?"

"그 검법을 만든 분을 조금 알고 있거든."

연백철은 고개를 갸웃거렸다. 처음 무림맹에 들어가 천망
십이검을 접했을 때 가장 먼저 배운 것이 천망십이검의 역사
였다.

천망십이검은 천망단이 처음 만들어지기 직전에 무림맹에
손님으로 와 있던 한 기인이 선물로 준 검법이었다. 그 기인

의 별호는 삼절신군이었고, 이름은 알려져 있지 않았다.

무림맹은 삼절신군의 뜻을 받들어 그가 준 검법을 천망단에게 전수하기로 결정을 내렸다. 하지만 온전히 모든 것을 주기엔 너무 아깝고 강력한 검법이었다. 그래서 부득이하게 마지막 초식을 빼버렸다.

연백철이 더 의문을 갖고 뭔가를 물어보려 하자, 단유강이 서둘러 말을 이었다.

"사실 열세 번째 초식은 천망십이검, 아니, 천망검법에서 가장 중요하다고 할 수 있지. 천망십이검이 공격보다는 방어에 치중하게 되는 이유가 바로 열세 번째 초식이 없기 때문이거든."

연백철의 관심이 순식간에 바뀌었다. 전혀 생각해 보지도 못한 문제였기 때문이다. 사실 연백철도 방어 위주의 검법보다는 공방이 조화로운 검법을 익히고 싶었다. 하지만 상황이 이러니 어쩔 수가 없었다.

"천망검법은 하나하나의 초식이 다 살아 있어. 그리고 연계되어 있어. 가장 중요한 것은 조화야. 모든 초식을 고르게 발전시켜야 검법의 위력이 증가하거든."

단유강은 그렇게 말하며 연백철을 바라보고 씨익 웃었다.

"너한테 아주 잘 맞는 검법이라 할 수 있지."

단유강의 말에 연백철은 갑자기 가슴이 뛰었다. 알 수 없는 기대감이 가슴 깊은 곳에서 솟아났다. 그리고 단유강의 모습이 왠지 거대해 보였다.

"잘 봐."

단유강은 연무장 중앙으로 휘적휘적 걸어갔다. 그리고 검을 뽑았다.

"이게 열세 번째 초식이야."

단유강의 검이 쾌속하게 움직였다.

파바바바박!

검끝에서 튀어나온 기운이 바닥을 긁었다. 사실 천망검법의 열세 번째 초식은 다른 열두 초식과 크게 다르지 않았다. 하지만 단유강이 펼치니 그 위력 하나만큼은 발군이었다.

초식의 시연은 순식간에 끝났다. 단유강은 거기에서 멈추지 않고 다시 검을 들어 올렸다.

"이제 진짜 천망검법을 보여주지."

단유강의 손에서 천망검법의 첫 번째 초식이 뿜어져 나왔다. 그것은 곧바로 두 번째로 이어졌고, 세 번째가 합쳐졌다.

우우우웅!

단유강을 중심으로 거대한 기세가 만들어졌다. 그리고 그것이 사방으로 퍼져 나갔다.

연백철은 온몸을 부들부들 떨면서 눈을 부릅뜨고 그 광경을 하나도 놓치지 않기 위해 집중했다. 장관이었다. 그리고 감동적이었다. 자신이 익힌 검법이 얼마나 대단한지 절절하게 느껴졌다.

스파앗!

"거, 검막······!"

연백철은 잠시 환상을 보는 듯했다. 단유강과 자신 사이에 은빛 막이 나타난 것이다. 그것은 검막이었다. 그것은 순식간에 사라졌다. 하지만 연백철은 분명히 봤다. 가슴이 터질 것만 같았다.

검막이 사라진 자리에 나타난 것은 거대한 검이었다. 그 검은 그대로 연백철의 미간을 향해 날아왔다. 연백철은 꼼짝도 할 수 없었다.

검이 연백철을 통과하는 순간 산산이 부서졌다. 연백철은 멍한 눈으로 앞을 바라봤다.

연무장 한가운데 단유강이 비스듬하게 검을 늘어뜨린 채 서 있었다.

"이게 진짜 천망검법이다. 앞으로 네가 익히게 될 검법이기도 하지."

단유강은 그 말과 함께 환하게 미소 지었다. 연백철은 그 미소가 참으로 아름답다고 생각했다. 그리고 그대로 뒤로 쓰러졌다.

쿵!

연백철은 과도한 심력의 소모로 정신을 잃었다. 그가 다시 깨어난 것은 무려 사흘이 지난 후였다.

　연백철은 뭔가에 홀린 듯 검을 휘둘렀다. 하지만 아무리 애쓰고 마음을 비워도 그날 본 광경이 뇌리에서 떠나지 않았다.

　'이게 아니야.'

　연백철은 자신이 휘두르는 검이 마음에 들지 않았다. 단유강이 보여줬던 것과 너무나 차이가 나니 마음이 답답해지고 조급해졌다.

　'이렇게 흐느적거리는 검이 아니었어. 더 강렬하고, 빠르고!'

　연백철은 이를 악물고 검을 휘둘렀다. 하지만 휘두르면 휘두를수록 점점 더 나빠지는 것 같았다.

　"후우."

　연백철은 결국 검 휘두르는 걸 멈추고 말았다. 더 이상 수련할 기분이 생기지 않았다. 이런 적은 처음이었다. 예전에는 스스로가 모자라다는 것을 잘 알고 있기에 언제나 위를 향해 발을 내디뎠다. 한데 지금은 마치 앞길을 커다란 벽이 가로막고 있는 듯했다.

　"뭐 해? 그렇게 멍하니."

　연백철은 목소리가 들려오는 쪽으로 고개를 돌렸다. 단유강이었다. 단유강은 예의 그 매력 넘치는 미소를 머금고 연백철을 바라보고 있었다.

　"어디 한번 휘둘러 봐."

단유강의 말에 연백철은 몇 번 심호흡을 한 후 눈을 빛냈다. 그리고 혼신의 힘을 다해서 검을 휘둘렀다.

"그만!"

몇 번 검을 휘두르지도 않았는데 단유강이 멈추라고 소리치자, 연백철은 어정쩡한 자세로 단유강을 바라봤다.

"왜, 왜 그러시는지……."

"아직 기지도 못하는 놈이 날려고 하면 안 되지."

단유강의 말에 연백철은 뒤통수를 망치로 맞은 듯한 충격을 받았다. 그리고 뭔가가 정수리를 뻥 뚫고 지나가는 것처럼 시원해졌다.

"아, 아하하, 으하하하하핫!"

연백철은 한바탕 통쾌하게 웃음을 터뜨렸다. 단유강은 그 모습을 가만히 지켜보며 빙긋 미소를 지었다.

한참 동안 하늘을 바라보며 웃던 연백철이 돌연 웃음을 멈추고 단유강을 향해 공손히 포권을 취했다.

"감사합니다, 대주님."

"감사는 무슨. 뭐, 이제부터 시작이라는 건 깨달은 모양이네."

연백철이 빙긋 웃으며 고개를 끄덕였다.

"예. 제가 참 모자란 놈이었다는 것도 깨달았습니다."

"알았으면 다행이고. 자, 그럼 다음 단계로 가볼까?"

그날 단유강이 연백철에게 가르쳐 준 것은 보법이었다.

　천망단원들에게 모두 가르쳐 주는 섬전보는 순간적인 빠른 움직임에는 강하지만 변화가 너무나 모자라 정작 위급한 상황에서는 쓰기가 불편했다.
　단유강은 추뢰보를 가르쳤다. 섬전보의 빠르기에 변화를 추가한 보법이었다. 상당한 상승의 무리를 담은 보법이었지만 단유강은 아주 단순 무식한 방법으로 연백철을 가르쳤다.
　일단 직접 시범을 보여주고 무리를 자세히 풀어서 설명해 줬다. 물론 연백철은 그것을 모두 이해하지는 못했다. 그만큼 난해한 보법이었다. 하지만 연백철은 빠른 시간 동안 그것을 거의 완벽히 익힐 수밖에 없었다.
　"자, 맞기 싫으면 제대로 펼치는 게 좋을 거야."
　단유강은 커다란 몽둥이 하나를 들고 그렇게 말했다. 얼굴에 떠오른 환한 미소는 정말로 섬뜩했다. 연백철은 머리털이 쭈뼛 서는 공포를 이겨내며 단유강 앞에 섰다.
　"그럼 시작해 볼까?"
　뻐버버버버버벅!
　연백철은 단 한 방도 피하지 못했다. 단유강이 빠른 속도로 몽둥이를 휘두르는 건 절대 아니었다. 하지만 움직임이 너무나 교묘했다.
　"크어어어억!"
　연백철은 비명을 지르며 몽둥이를 고스란히 몸으로 받아 냈다. 그리고 고통에 겨운 눈으로 단유강을 바라봤다. 살짝 미소 띤 얼굴, 그리고 마치 기관을 작동하는 것처럼 규칙적으로 움직이는 팔, 그것은 정녕 무서웠다.

"그냥 계속 맞고만 있으면 병신이 될 수도 있다."

단유강의 말에 연백철은 고통이 뼛속 깊이 파고드는 와중에도 억지로 몸을 비틀었다. 그의 발끝에서 추뢰보가 펼쳐지기 시작했다.

쉬익!

처음으로 몽둥이 하나를 피했다.

빠악!

하지만 그다음 몽둥이를 맞아야 했다. 연백철은 온몸이 오그라들 정도로 아팠지만 그 고통을 꾹 참고 몸을 움직였다.

점차 몽둥이를 피하는 횟수가 늘어났다. 그렇게 며칠이 지나자, 연백철은 정말로 능숙하게 추뢰보를 펼칠 수 있게 되었다.

"허억! 허억! 이, 이건 학대야……."

연백철은 바닥에 누워 그렇게 중얼거렸다. 물론 근처에 단유강은 없었다. 만일 단유강이 있었다면 감히 그런 말을 내뱉을 수 있을 리 없다.

"끄응."

연백철은 억지로 몸을 일으켰다. 그리고 어젯밤 제갈무군과 술을 마시며 들은 이야기를 떠올렸다.

"문노한테 안 배우는 걸 다행으로 여겨. 난 한 이백 번은 죽을 뻔했어. 아니, 죽었었다고 표현하는 게 맞을라나? 지금 넌 놀면서 배우는 거라고."

"후우! 그래, 좋게 생각하자, 좋게."

그래도 덕분에 추뢰보는 정말로 제대로 익혔다. 아마 어디 가서 맞고 다니지는 않을 듯했다. 단유강도 그렇게 말했고. 문제는 아직 내공이 달려서 진정한 추뢰보의 힘을 발휘할 수 없다는 점이었다.

'그건 추뢰보뿐만이 아니지.'

정심공도 마찬가지고, 천망검법도 마찬가지였다. 내공이라 는 것은 상당히 중요했다. 기본적으로 천망검법을 그럴듯하게 만들려면 최소한 몇 년은 꾸준히 정심공을 익혀야 할 듯했다.

연무장 바닥에 주저앉은 연백철은 문득 처음 수련을 시작 하기도 전에 단유강이 주었던 단약이 떠올랐다. 연백철은 품 에서 조심스럽게 그것을 꺼냈다.

새까만 단약이었는데, 표면에 은은한 광택이 흘렀다. 단유 강은 먹든지 버리든지 마음대로 하라고 했다. 그 말만 들으면 별것 아닌 단약일 듯했다. 하지만 연백철은 묘하게 신경이 쓰 였다.

"뭐, 먹어서 해될 건 없겠지? 설마 독을 줬겠어?"

막 입에 단약을 털어 넣으려던 연백철은 손을 멈추고 살짝 인상을 찌푸렸다. 방금 스스로 중얼거린 말 때문이었다.

"설마… 설마 정말 독이겠어? 하하하!"

연백철은 그렇게 말하면서도 불안한 표정을 감추지 못했다. 이곳에 와서 상식에 반하는 일을 너무도 많이 겪었다. 이번에도 상식을 비껴가면 자기만 고생하지 않겠는가.

'설마 죽을 독을 넣었겠어?'

연백철은 눈을 질끈 감고 단약을 입에 털어 넣었다.

스르륵.

단약은 입에 들어가자마자 그냥 녹아버렸다. 그리고 그대로 목구멍을 타고 넘어갔다. 순간 불로 지지는 듯한 고통이 밀려왔다. 식도에서 시작해 단전까지 마치 활활 타오르는 것만 같았다.

"끄으으윽! 이런 젠장!"

연백철은 암담한 표정으로 바닥을 뒹굴었다. 설마 정말로 독일 줄은 몰랐다. 독이 아니라면 이 고통을 무엇으로 설명한단 말인가. 마치 내장이 모두 녹아내리는 것 같았다. 배를 칼로 잘게 저며도 이 고통보다는 덜할 것이다.

"흐으으으."

뱃속은 뜨거운데 몸에는 한기가 든다. 연백철은 몸을 덜덜 덜 떨기 시작했다.

"뭐, 뭐야, 이건!"

연백철의 외침이 연무장을 뒤흔들었다. 그는 지금 내장을 태우고 피부는 얼리는 기상천외한 고문을 받고 있었다.

한데 신통하게도 그 와중에 정심공은 제대로 돌아가고 있었다. 아니, 연백철은 본능적으로 정심공을 운기했다. 그렇게 하지 않으면 죽을 것 같았기 때문이다.

정심공은 연백철의 몸을 괴롭히는 열기와 한기를 조금씩 끌어들였다. 그렇게 점점 커진 진기가 더욱 세차고 빠르게 기맥을 따라 휘돌았다.

"하아아아."

연백철은 조금 몸이 나아지는 걸 느끼며 길게 숨을 내뿜었다. 아직 배를 칼로 쑤시는 것 같은 고통은 그대로였지만 그래도 처음보다는 나았다.

고통이 나아지니 정심공을 운용하기가 한결 편해졌다. 연백철은 본격적으로 정심공에 집중했다.

우우우웅.

나직한 진동음과 함께 연백철의 몸에서 뿌연 기운이 뿜어져 나오기 시작했다. 수증기와 기(氣)가 뒤섞인 안개였다. 그것은 연백철 주변을 서서히 회전하기 시작했다.

마치 소용돌이처럼 회전이 빨라졌고, 이내 그것이 모조리 연백철의 정수리와 콧속으로 순식간에 빨려들어 갔다.

번쩍!

연백철은 감았던 눈을 떴다. 신광이 연무장을 한바탕 뒤덮었다. 그는 가부좌를 튼 채로 가만히 앉아 있었다. 표정은 멍했다. 그리고 은은한 희열이 얼굴에 비쳤다.

'꿈틀거리는 힘이 느껴진다. 그 약은… 진짜였어!'

연백철은 믿을 수 없었다. 비록 고통이 좀 느껴지긴 했지만 얻은 것에 비하면 얼마든지 괜찮았다. 이런 걸 또 얻을 수 있다면 더한 고통이라도 감수할 수 있었다.

천천히 자리에서 일어난 연백철이 검을 꺼냈다.

스릉.

연백철은 서서히 검을 휘두르기 시작했다. 천망검법이 첫 번째 초식에서부터 올올이 풀려 나왔다. 그렇게 순식간에 열세 번째 초식까지 달려간 후, 다시 첫 번째 초식으로 돌아왔다. 연백철은 지그시 눈을 감았다.

전혀 새로운 초식이 그의 손에서 펼쳐졌다. 이것은 천망검법의 열세 초식을 한달음에 관통하면 얻을 수 있는 초식이었다.

우우우웅!

연백철의 검이 진동을 시작했다.

파바바박!

그의 검에서 튀어나온 검기(劍氣)가 바닥을 긁고 허공을 휘저었다. 그렇게 연백철은 언제까지나 계속해서 검을 휘두르고 또 휘둘렀다.

오늘 그는 다시 태어났다.

第八章
진법의 대가

태룡전

장현보는 힘든 기색으로 나무둥치에 걸터앉았다. 장현보 옆에는 흑의를 입은 사내가 그림자처럼 서 있었다.

"큭큭큭, 결국 이렇게 되었구나."

장현보는 자조적인 표정으로 중얼거렸다. 그에게 남은 건 이제 아무것도 없었다. 그가 살수로 키운 흑의인 한 명만 남았을 뿐이다. 그나마도 언제 돌아설지 알 수 없었다.

"후우!"

장현보는 절로 한숨이 새 나왔다. 돈을 조금 챙기긴 했다. 하지만 그걸로 뭔가를 해보기에는 턱없이 부족했다. 그나마 가족이 없다는 게 다행이었다. 만일 여기에 가족까지 주렁주

렁 달려 있다면 정말로 암담했을 것이다.

그렇게 한참을 쉬고 있을 때, 장현보 옆에 서 있던 흑의인이 갑자기 눈을 빛내며 검을 뽑았다. 그리고는 날카로운 눈으로 주위를 살폈다.

"무슨 일이냐?"

"아무래도 누군가 엿보고 있는 것 같습니다."

흑의인의 말에 장현보의 안색이 살짝 변했다. 자신을 쫓아올 만한 사람은 없었다. 흑사방과 천도문이 조금 마음에 걸리긴 하지만 그들도 그리 손해를 보지는 않았다. 아니, 오히려 이득이었다. 소검문을 둘이서 대부분 뜯어먹었으니까 말이다.

'하면 대체 누가…….'

장현보의 뇌리에 단유강의 모습이 스쳤다. 하지만 이내 고개를 저었다. 단유강은 더 이곳에 올 이유가 없었다. 이번 일로 가장 큰 이득을 얻은 자가 바로 단유강이었다.

장현보와 흑의인이 긴장하고 있을 때, 커다란 나무 뒤에서 누군가 슬며시 모습을 드러냈다.

"허어, 생각보다 더 뛰어나군."

나타난 사람은 말끔하게 생긴 중년인이었다. 푸른 장삼을 걸치고 있었는데, 장삼에는 금방이라도 튀어나올 것 같은 백호 한 마리가 수놓아져 있었다.

"누구요?"

장현보는 긴장을 감추지 못하고 물었다. 중년인은 그런 장현보를 충분히 이해할 수 있다는 듯 빙긋 웃으며 대답했다.

"난 비문위라 하네."

'비문위?

장현보는 머리를 굴려봤지만 비문위라는 이름은 그의 기억에 없었다.

"아아, 그리 고민할 필요없네. 난 그동안 세상에 모습을 드러낸 적이 없어 잘 알려지지 않았으니 말일세."

장현보는 경계하는 눈초리로 슬그머니 몸을 일으켰다.

"허허허, 그리 긴장하지 말게. 난 자네들을 돕기 위해 왔다네."

장현보는 굳이 대답하지 않았다. 그리고 언제라도 출수할 수 있도록 검을 슬쩍 쥐었다.

"흠… 어떻게 해야 내 말을 믿을까. 그래, 이러면 되겠군."

비문위는 빙긋 웃으며 한 손을 들어 올렸다. 그러자 그의 손바닥에 시커먼 덩어리가 생겨났다. 그 덩어리는 나타나자마자 그대로 쏘아져 나갔다. 어찌나 빠른지 장현보가 보기에는 그저 까만 선이 그어진 듯했다.

콰앙!

장현보는 깜짝 놀라 고개를 돌렸다. 까만 선의 끝에 바위가 있었고, 방금 그 바위가 산산조각 나버렸다.

"꿀꺽."

장현보는 자신도 모르게 침을 삼켰다. 만일 저 검은 덩어리가 자신에게 날아왔다면 지금쯤 자신의 머리통이 저 바위처럼 되었을 것이다. 온몸에 소름이 돋았다.

"무, 무, 무슨……."

"자, 이제 내가 마음만 먹었다면 자네들의 목숨은 이미 사라졌다는 걸 알겠나?"

비문위의 말에 장현보는 자신도 모르게 고개를 끄덕였다. 지금은 정신이 멍했다. 방금 전에 본 놀라운 광경이 아직도 뇌리에서 사라지지 않았다.

"날 따라간다면 방금 내가 보여준 것과 같은 힘을 아주 간단히 얻을 수가 있다네. 어떤가? 함께 가겠는가?"

비문위의 말에 장현보는 퍼뜩 정신을 차렸다.

"아무런 조건도 없이 저런 힘을 주겠단 말입니까? 그리고 제가 저런 힘을 가질 수 있긴 합니까? 전 제 재능을 아주 잘 알고 있습니다."

비문위는 아무 걱정 말라는 듯 고개를 저었다.

"자네의 재능이 어때서 그런가? 충분히 할 수 있다네. 그리고 조건이 없을 수는 없지 않겠나? 우리를 위해 그 힘을 조금만 써주면 되네. 크게 어렵지 않을 거라고 내 장담하지."

비문위의 말에 장현보는 조금 흔들렸다. 사실 지금은 무엇을 해야 할지도 모르는 상황이다. 게다가 방금 전에 본 그 엄청난 광경이 아직도 머릿속에서 맴돌았다.

'정말로 내가 저런 힘을 가질 수 있단 말인가? 정말로?'

"너무 의심할 필요없네. 나도 한때는 자네와 똑같았으니까. 세상이 내 모든 걸 앗아갔지. 하지만 난 이제 그 세상에 복수할 힘을 얻게 되었네. 이건 기회일세. 놓치면 다시 오지 않는 그런 기회란 말이네."

비문위의 말에 장현보의 뇌리에 수많은 얼굴이 지나갔다. 단유강을 시작으로 천도문과 흑사방에 있는 수많은 자들, 그리고 자신을 떠나간 자들까지.

장현보의 눈이 파랗게 번들거렸다. 다른 놈들은 다 멀쩡히 잘살고 있다. 자신만 이렇게 된 것이다. 힘만 있다면 그들에게 내 것을 빼앗길 필요도 없었다. 아니, 힘을 얻어 그들의 것을 모조리 빼앗으리라!

"좋습니다. 가겠습니다. 반드시 그 힘을 주겠다고 약속하시겠습니까?"

비문위가 크게 웃으며 고개를 끄덕였다.

"허허허허! 물론이네. 아마 자네는 내가 보여준 것보다 훨씬 대단한 힘을 얻을 수 있을 걸세."

그렇게 장현보와 그의 수하인 살수 한 명이 비문위를 따라갔다. 비문위는 두 사람을 데리고 숲을 빠져나가면서 빙긋 웃었다.

'좋은 세상이야. 재료가 아주 넘쳐 나는구나. 주군께서 기뻐하시겠어. 큭큭큭큭.'

단유강은 완전히 갈아엎어서 평지가 된 공터를 바라봤다. 이곳은 얼마 전까지 소검문의 소유였고, 그전에는 서른두 가구가 모여 살던 촌락이었다.

"흐음……."

단유강은 이곳을 어떻게 써야 할지 고민했다. 다시 처음으로 되돌려 집을 짓고 원래 살던 사람들을 불러올 필요는 없었다. 그들은 이미 나름대로 자리를 잡았다. 단유강이 화끈하게 도와줬기 때문에 예전보다 훨씬 잘살고 있었다. 그들에게 다시 이리로 돌아오라고 하면 아마 다들 싫어할 것이다.

"앞으로 미고현이 더 커지면 분명히 이곳이 새로운 중심부가 될 게 분명한데 말이야."

"하면 상단을 세우시는 것이 어떻습니까?"

백설영이 옆에서 조언을 했다. 단유강은 그 말에 잠시 고개를 갸웃거렸다. 생각해 보니 괜찮을 듯했다. 어차피 돈은 계속 모으고 있다. 얼마 전에도 짭짤한 수익을 올리지 않았는가. 하지만 그렇게 돈을 모으고만 있어선 안 된다. 돈은 돌려야 제 기능을 발휘하는 법이다.

"그거 괜찮은데? 어때? 설영이가 할 수 있겠어?"

백설영이 환하게 웃으며 고개를 살짝 숙였다.

"맡겨만 주십시오."

단유강이 미심쩍다는 표정으로 그녀를 바라봤다.

"어째 나보다 네가 더 좋아하는 거 같다?"

"그, 그럴 리가 있습니까? 전 그저 대주님의 재산이 늘어나게 되어 기쁠 따름입니다."

"흐음, 그렇다고 하지, 뭐."

단유강은 그렇게 말하고는 돌아섰다. 만일 이곳에 상단이 생기고, 그 상단이 제대로 성장만 한다면 미고현은 지금보다 훨씬 더 발전할 것이다.

"앞으로 재미있어지겠군."

단유강은 기대 어린 눈으로 걸음을 옮겼다. 오늘은 너무 많이 돌아다녔다. 이제 슬슬 침상에 누워 뒹굴 시간이다.

"오늘은 시간이 없으니까 낮잠은 한 시진 반만 자야겠군."

단유강의 걸음이 한결 경쾌해졌다.

청룡단주 적사광은 보고서 하나를 읽으며 눈살을 찌푸렸다.

"휴가? 임무도 제대로 완수하지 못해놓고 휴가라니. 그것도 삼 개월?"

그것은 제갈미미의 휴가 신청서였다. 적사광은 당연히 허락해 줄 생각이 없었다. 하루 이틀도 아니고 무려 삼 개월이다. 얼마 전이었다면 허가를 내줬을지도 모른다. 하지만 지금은 아니었다.

최근 무림의 분위기가 좋지 않았다. 싸움도 잦았고, 천면색귀처럼 세상에 패악을 일삼는 자들도 자꾸 등장했다. 덕분에 청룡단과 백호단은 눈코 뜰 새 없이 바빴다.

그 외중에 부단주나 되는 사람이 휴가를 신청했으니 적사광이 흥분하는 것도 무리는 아니었다. 적사광은 벌써 며칠째 잠도 제대로 못 자고 격무에 시달리고 있었다.

적사광은 붓을 들고 보고서 위에 큼직하게 두 글자를 적었다.

불가(不可).

제갈미미는 망연한 얼굴로 자신이 올린 보고서를 바라봤다. 벌써 떠날 준비까지 모두 마쳤다. 한데 허락이 떨어지지 않아 못 간다니 너무나 답답했다.

"이제 어쩌지?"

마음 같아서는 청룡단이고 뭐고 다 때려치우고 미고현으로 당장 달려가고 싶었다. 하지만 차마 그렇게 할 수가 없었다. 청룡단의 부단주가 되기 위해서 얼마나 애썼는가. 이대로 십 년 정도만 꾸준히 노력하면 청룡단의 단주도 노려볼 만하다.

부단주와 단주는 하늘과 땅 차이였다. 일단 단주가 되면 청룡단이라는 거대한 힘을 가지게 된다. 청룡단은 맹주의 명을 듣는 게 아니라 단주의 명을 듣는다. 물론 단주는 맹주의 명을 듣겠지만.

지금 도망치면 지금까지 노력한 모든 게 물거품이 된다. 하지만 진법의 대가와 만나는 것도 중요하다. 아니, 반드시 만나고 싶었다.

물론 미고현으로 간다고 해서 무조건 만날 수 있다는 보장은 못하지만, 제갈미미는 그 생각은 아예 배제했다. 일단 가면 무조건 만나야 했다, 무슨 수를 써서라도.

그녀가 고민에 고민을 거듭하고 있을 때, 누군가 그녀를 찾아왔다.

"제갈 부단주 있는가?"

제갈미미는 상념에서 벗어나 문을 바라봤다. 방금 들려온 목소리는 상당히 낯익었다. 잠시 멍한 표정으로 있던 제갈미미는 화들짝 놀라 문으로 달려갔다. 그 목소리는 맹주의 목소리였다.

덜컹!

어찌나 다급하게 문을 열었는지 하마터면 문짝이 부서질 뻔했다. 제갈미미는 문 앞에 서 있는 맹주의 모습을 확인하고는 황급히 포권을 취했다.

"제갈미미가 맹주님을 뵙습니다."

"허허, 안에 좀 들어가도 되겠는가?"

"무, 물론입니다."

맹주 혁무길은 제갈미미의 방으로 들어갔다. 혁무길의 뒤

를 이어 적사광이 눈을 번득이며 따라 들어갔다. 제갈미미는
그제야 적사광을 발견했지만 굳이 인사를 하지는 않았다.

"일단 앉게."

"아, 예."

제갈미미는 혁무길 앞에 앉아 조심스럽게 그를 바라봤다.
혁무길은 속을 알 수 없는 표정으로 허공을 응시하고 있다가
고개를 내려 제갈미미와 눈을 마주쳤다. 제갈미미는 그 순간
흠칫 놀라 상체를 살짝 뒤로 젖혔다.

"휴가를 달라고 했다지?"

"그, 그렇습니다."

제갈미미는 그렇게 말하며 적사광을 살짝 째려봤다. 적사
광은 제갈미미의 눈길에 슬며시 고개를 돌렸다.

"청룡단주를 그렇게 미워하지 말게. 그에게도 나름의 고충
이 있다네."

"예? 아, 아닙니다. 제가 어찌……."

"허허허, 그래, 삼 개월이나 휴가를 낸 이유가 무엇인가?"

맹주의 질문에 제갈미미가 약간 당황했다. 갑자기 맹주가
자신을 찾아온 것도 놀라운 일인데, 그런 시시콜콜한 것까지
물어볼 줄은 몰랐다.

"만나야 할 사람이 있습니다."

"고작 사람을 만나는 데 삼 개월이나 필요하단 말인가?"

제갈미미는 차분한 표정으로 말을 이었다.

"어쩌면 더 걸릴 수도 있습니다. 제가 만나고자 하는 사람은 진법의 대가입니다."

"진법의 대가?"

혁무길이 의아한 눈으로 적사광을 쳐다봤다. 적사광 역시 처음 듣는 말이라 고개를 가로저을 뿐이었다.

"얼마 전 진법의 대가가 있다는 사실을 알아냈습니다. 그는 저 따위와는 비교도 할 수 없을 정도로 진법에 능통한 사람입니다. 그가 해석해 놓은 진법 하나를 그저 보는 것만으로 제가 진법의 새로운 세계에 눈을 떴으니까요."

제갈미미의 눈은 초롱초롱 빛나고 있었다. 자신이 가장 좋아하는 분야에 대해 얘기를 하고 있으니 말이 술술 나왔다.

"호오, 그것참, 대단한 사람이군. 하면 그 사람을 맹으로 데려올 수 있겠는가?"

맹주의 말에 제갈미미가 크게 당황했다. 그 생각은 아예 해 보지도 않았다. 아직 만날 수 있을지도 확실치 않았다. 게다가 그 사람은 왠지 자신을 세상에 드러내기 싫어하는 듯했다.

"그, 그것은 잘 모르겠습니다. 아직 저도 만날 수 있을지 확신이 안 서는지라……."

"하면 확실치도 않은 사람을 만나기 위해 휴가를 받으려 했단 말인가?"

제갈미미는 할 말이 없었다. 조금만 더 설명하면 맹주와 청룡단주를 충분히 납득시킬 수 있지만, 그렇게 하면 미고현에서 있었던 일을 고스란히 말할 수밖에 없다.

'그 약속을 어기면 아마 진법의 대가를 만나는 일은 포기해야겠지?'

제갈미미의 표정이 살짝 어두워졌다.

혁무길은 그녀의 표정을 살피며 고개를 끄덕였다.

"지금 내게 뭔가 숨기는 게 있군. 그렇지 않은가, 제갈 부단주?"

제갈미미의 눈이 화등잔만 해졌다. 너무 당황해 자신의 반응이 어떤지 확인할 정신도 없었다. 그대로 속을 드러내 보이고 말았다.

"역시 그랬군. 하면 허위 보고를 한 것인가?"

혁무길의 눈이 차가워졌다. 혁무길과 적사광이 이곳에 온 것은 이미 천망단의 부단주인 정여광으로부터 미고현에서 있었던 일을 들었기 때문이다. 그래서 제갈미미가 휴가를 요청한 이유를 알았고, 그녀에게 그 진법의 대가를 포섭해 오라는 명을 내리기 위해서였다.

즉, 이미 모든 것을 알고 그녀를 압박하기 위해 온 것이었다.

"저, 저는… 그, 그러니까……."

적사광이 눈을 번득이며 소리쳤다.

"똑바로 고하라!"

제갈미미는 흠칫 놀라 적사광을 바라봤다. 적사광의 눈빛은 생각보다 부드러웠다. 그제야 제갈미미는 마음을 가라앉혔다. 그리고 냉정하게 생각해 봤다.

'이미 모든 걸 알고 왔구나.'

일단 머리를 식히자 상황이 훤히 눈에 보였다. 제갈미미의 표정이 더욱 깊이 가라앉았다.

"후우, 어쩔 수 없군요."

제갈미미는 미고현에서 있었던 일을 설명하기 시작했다. 이미 정여광으로부터 들은 얘기였지만 제갈미미가 해주는 이야기는 그와는 관점이 달랐기에 훨씬 흥미로웠다.

얘기를 모두 들은 혁무길이 미소를 지었다.

"아주 흥미롭군. 하면 제갈 부단주는 그곳에 진을 설치한 자가 바로 그 진법의 대가라고 본단 말이로군."

"그렇습니다. 그렇지 않고서야 고작 철전 한 닢을 숨기는 데 그런 대단한 진을 이용했을 리가 없습니다."

혁무길이 고개를 끄덕였다.

"그도 그렇군."

혁무길은 잠시 뜸을 들였다가 입을 열었다.

"휴가가 아니라 임무를 주겠네. 그 진법의 대가를 포섭하게."

제갈미미의 안색이 살짝 굳었다.

"제가 약속을 지키지 않았다는 걸 알면 천망칠십오대의 대주가 협조해 주지 않을 것입니다."

혁무길이 빙긋 웃었다.

"난 무림맹주일세. 천망단은 무림맹의 명령을 받아 움직이는 단체고. 그가 천망단의 대주라면 내 명령을 반드시 들어야 하지 않겠나?"

혁무길의 말에 제갈미미가 살짝 고개를 끄덕였다. 맞는 말이긴 하다. 하지만 제갈미미는 단유강을 그렇게 물렁하게 보지 않았다. 그녀가 판단하기에 단유강은 무림맹에서 나가는 한이 있어도 약속을 지키지 않은 자신에게 아무런 협조도 해주지 않을 것이다.

"그런 표정 지을 필요없네. 자네는 약속을 어기지 않았네. 약속을 어긴 건 정 부단주지. 안 그런가?"

혁무길이 적사광을 바라보며 묻자, 적사광이 깊이 허리를 숙이며 대답했다.

"맞습니다. 전 이곳에서 아무런 말도 듣지 못했습니다. 다만 천망단의 부단주가 증언한 말은 기억이 좀 나는군요. 그는 분명히 미고현에 진법의 대가가 있다고 말했습니다."

혁무길이 다시 제갈미미를 바라봤다. 제갈미미는 어색한 미소를 지으며 고개를 끄덕였다.

"예. 그, 그러면 일단 임무를 수행하도록 하겠습니다."

"부탁하네. 요즘 분위기가 심상치 않아. 되도록 많은 준비가 필요하네."

제갈미미는 살짝 굳은 표정으로 고개를 숙였다.

"혼신의 힘을 다하겠습니다."

그제야 혁무길이 만족스런 표정으로 크게 고개를 끄덕였다. 그리고 적사광은 그 옆에서 안도의 한숨을 내쉬었다.

혁무길은 집무실에 앉아 옆에 선 사마자문에게 물었다.

"제갈 부단주는 떠났는가?"

"조금 전에 맹의 정문을 나섰다는 보고를 받았습니다."

"좋군."

사마자문이 조심스럽게 물었다.

"맹주님, 만일 그를 얻지 못할 경우에는 어찌하실 생각이십니까?"

혁무길은 눈을 지그시 감고 잠시 생각하다가 입을 열었다.

"글쎄, 그건 생각해 보지도 못한 문제라 섣불리 대답할 수가 없군. 일단 최대한 회유를 해보고 만일 안 되겠다 싶으면 감시를 붙여야겠지."

"감시를 말입니까?"

"만일 진법의 대가가 천마신교 쪽에 붙으면 어찌 될지 생각해 봤는가? 아니면 불측한 의도를 가진 자들이 그를 얻으면 어찌 되겠는가?"

"하면……."

"아주 뛰어난 자 몇을 붙여야겠지. 암중에서 혹시 일어날지도 모르는 일에서 그를 보호해야 할 테니까 말일세. 그런 자가 그따위 일로 죽는 건 너무 아까운 일 아닌가."

사마자문은 혁무길의 말에 깊이 고개를 조아렸다. 역시 자신이 믿고 따를 만한 사람이라 생각하면서.

두 사람은 앞으로의 일에 대해 의논을 시작했다. 그렇게 몇 마디 말을 주고받았을 때, 갑자기 문밖이 소란스러워졌다.

"매, 맹주님! 소, 손님이 오셨습니다!"

혁무길은 의아한 눈으로 사마자문을 바라봤다.

"손님?"

사마자문 역시 혁무길과 마찬가지의 눈을 하고 있었다. 손님이 왔다는 사실이 중요한 게 아니라 방금 보고한 무사의 말투가 문제였다. 심하게 말을 더듬고 목소리가 떨리는 걸로 봐서 대단한 인물이 왔다는 걸 알 수 있었다.

'하지만 천하의 무림맹에서……'

현재 무림에서 가장 대단한 사람을 꼽으라면 무림맹주 혁무길이다. 그보다 무공이 강한 사람은 몇 있겠지만, 그보다 대단한 사람은 없다. 혁무길은 무림맹의 맹주였으니까.

그런 혁무길을 항상 바라보고 있던 사람이 놀랄 정도의 사람이 과연 누구일지 궁금하기 짝이 없었다.

"지, 지금 접객당에 모셔놓았습니다."

혁무길은 눈을 빛내며 고개를 끄덕였다.

"이리로 모시게."

그렇게 대단한 손님이라면 맹의 중심에 있는 맹주의 집무실에서 만나는 것이 예의이리라.

"지, 진심이십니까?"

무사의 말에 혁무길이 눈살을 찌푸렸다.

"자네는 내가 이런 일에 농담을 하는 걸 한 번이라도 본 적이 있나?"

"헉! 아, 아닙니다. 지, 지금 당장 데려오겠습니다!"

무사는 그렇게 말하고 쏜살같이 사라졌다. 혁무길은 또 눈살을 찌푸렸다. 방금 무사가 한 말 때문이었다. 손님이라면 응당 '모셔 오겠다.'고 말을 해야 한다. 한데 '데려오겠다'고 말했다.

"쯧쯧, 무사란 늘 평정심을 잃지 않아야 하거늘."

혁무길의 말에 사마자문이 웃으며 무사의 변명을 조금 해 주었다.

"아마 예상치 못한 손님이라 많이 당황했나 봅니다."

"그런 것 같더군."

잠시 후, 무사가 되돌아왔다. 사라진 지 얼마 되지 않아 나타난 걸 보면 온 힘을 다해 경공을 펼친 모양이었다.

"소, 손님을……."

"됐네. 안으로 모시게."

혁무길은 무사가 또 실수를 할까 염려되어 그의 말을 끊었다. 그러자 문이 조용히 열리고 한 사람이 안으로 들어섰다. 무사는 밖에서 안절부절못하고 서 있었다.

안으로 들어선 자는 부리부리한 눈을 가진 호남형의 사내였다. 그는 혁무길을 향해 공손히 포권을 취했다.

"천마신교에서 온 곽진웅이라 합니다."

천마신교라는 말에 혁무길과 사마자문의 눈이 휘둥그레졌다. 그리고 그제야 무사의 반응을 이해했다. 천마신교는 공식적으로 무림맹과는 적대 관계다. 물론 지난 수백 년 동안 한 번도 부딪친 적은 없지만.

혁무길은 자리에서 일어나 마주 포권을 취했다.

"무림맹의 맹주를 맡고 있는 혁무길이라 하오."

혁무길의 정중한 인사에 곽진웅은 빙긋 웃었다.

"역시 듣던 대로 대단하신 분이로군요."

"난 그런 겉치레보다는 당신이 왜 이곳에 왔는지가 더 궁금하오만."

혁무길은 그렇게 말하며 손을 내밀어 앞에 있는 의자에 앉도록 권했다. 천마신교에서 온 사람이라고 하지만 어찌 되었든 손님은 손님이다.

"일단 앉는 게 어떻겠소?"

곽진웅은 자리에 앉아 혁무길을 잠시 바라봤다. 혁무길은 묘한 눈으로 그를 바라보고 있었다.

"내가 그동안 마인에 대해서 뭔가 잘못 알고 있었던 모양이군."

혁무길의 말에 곽진웅이 빙긋 웃었다.

"사실 천마신교는 이제 마(魔)보다는 오히려 패(覇)에 더 가깝습니다. 인간 이하의 짓을 통해 익히는 마공에 필연적으로 따라오는 심각한 부작용 때문에 지난 수백 년 동안 여러 노력을 통해 그것을 고쳐 왔습니다."

혁무길이 고개를 끄덕였다.

"과연. 충분히 납득이 가오."

누구라도 지금 눈앞에 있는 곽진웅을 본다면 그렇게 말할 것이다. 곽진웅의 몸에서는 마기가 거의 느껴지지 않았다. 아니, 혁무길 정도의 능력이 아니라면 아마 아무도 알아보지 못할 것이다.

곽진웅이 가진 마기는 지독할 정도로 순수하고 강했다.

"자, 그럼 본격적으로 얘기를 시작하는 게 어떻겠소? 이곳에는 왜 오셨소?"

"부탁드릴 것이 있어서 왔습니다."

"부탁?"

혁무길과 사마자문은 의아한 표정으로 서로의 얼굴을 한 번 마주 봤다. 천마신교에서 무림맹에 부탁할 일이 뭐가 있단 말인가. 그리고 무림맹이 그런 것을 들어줘야 할 이유가 없지 않은가.

"일단 말을 해보시오."

"천마신교가 대부분의 마인들을 아우르고 있는 것은 사실입니다. 그리고 그렇게 아우른 마인들은 대부분 정순한 마공을 익힌 자들입니다. 하지만 모든 마인이 그런 것은 아닙니다."

혁무길과 사마자문은 고개를 끄덕였다. 당연한 말이다. 어디나 그런 자들이 있는 법이다. 그런 자들은 심지어는 무림맹에도 있다. 정도를 추구하지 않는 자가 꼭 사파에만 있는 건 아니었다.

"본래는 그런 마인들을 다스리고 관리하는 것도 그리 어려운 일은 아니었습니다. 한데 최근 그런 마인들이 한데 뭉쳐 세력을 형성하고 말았습니다."

그제야 혁무길과 사마자문의 눈이 번득였다. 이건 정말로 중대한 문제였다. 얼핏 보면 천마신교 내부의 문제로 보이지만, 조금만 들여다보면 절대 그렇지 않았다. 이건 천마신교보다는 오히려 무림맹에 더 심각한 문제였다.

"그들이 아무래도 신강과 청해 땅을 떠난 것 같습니다."

곽진웅의 말에 혁무길과 사마자문은 역시나 하는 표정으로 침음성을 흘렸다.

"끄응, 그것 유감이오."

"저도 그렇게 생각합니다. 그래서 감히 부탁드리러 왔습니다."

무슨 부탁인지는 들어보지 않아도 알 수 있었다. 그들을 처리하기 위해 도와달라는 뜻이다.

"신교가 직접 움직이는 것은 아무래도 내키지 않으실 듯합니다만……."

곽진웅이 조심스럽게 말하자, 혁무길과 사마자문이 동시에 고개를 끄덕였다. 이건 너무나 당연했다.

아직 천마신교를 확실히 믿을 수가 없었다. 이걸 빌미로 침공을 할 수도 있는 문제다. 세작을 심고 공작을 하면 천마신교의 거대한 힘으로 단숨에 무림을 집어삼킬 수도 있을 것이다.

"그들의 수가 어느 정도요?"

"모두 오백 명쯤 되는 걸로 파악했습니다."

"아직 확실한 건 모른다는 뜻이로군."

"그렇습니다. 너무나 은밀히 움직였던지라 미처 파악하지 못했습니다."

혁무길이 고개를 끄덕였다.

"알겠소. 일단 이건 내가 독단적으로 처리할 문제가 아닌 듯하니 며칠 기다려 주시오."

곽진웅이 공손히 고개를 숙였다.

"부탁드리겠습니다."

혁무길과 사마자문은 묘한 표정으로 그런 곽진웅을 바라봤다. 이건 웬만한 정파의 무사들보다 훨씬 더 예의 바르고 기품이 묻어나지 않은가. 정말로 예상치 못했다. 천마신교의 마인이 이런 사람들이라는 것은 말이다.

　무림맹주와 장로들, 그리고 주요 무사단의 단주와 각 당의 당주들까지 모여 나흘이나 격론을 벌인 끝에 결론이 났다.

　어찌 되었든 그 마인들은 잡아야 한다. 그것을 무림맹이 할 수도 있지만 그렇게 해서 만일 피해가 생기면 나타나게 될 힘의 공백이 염려되었다. 그래서 천마신교 무사들의 활동을 일부분 인정하기로 했다.

　총 오십 명의 무사를 인정하되, 무림맹 백호단과 함께 작전을 수행하도록 했다. 천마신교의 무사들은 가장 앞에서 적극적으로 싸워야 하며, 무림맹은 소극적으로 뒤에서 싸움을 보조하는 쪽으로 결론을 내렸다.

　곽진응은 무림맹의 결정에 반색하며 돌아갔다. 천마신교에서도 손꼽히는 고수들로 척살단을 구성하겠다고 자신있게 말했다.

　무림맹도 천마신교의 무사들이 올 때까지 손 놓고 있을 수는 없었다. 그래서 천망단의 각 대에 일제히 공문을 보냈다.

　"대주님, 본맹에서 또 공문이 내려왔습니다."

　백설영의 보고에 단유강이 눈살을 찌푸리며 침상에서 몸을 일으켰다.

　"요즘 너무 공문이 잦은 거 같지 않아?"

　"하지만 내용은 심각합니다."

　"읽어봐."

"오백 명이나 되는 마인들이 신강과 청해를 넘었다고 합니다."

"오백 명?"

단유강의 눈이 살짝 커졌다. 마인 오백 명은 정말로 큰일이다. 마인은 일반적인 무사들보다 훨씬 강하다. 그리고 미쳐 있다. 꽤 오래전부터 천마신교 내의 마인들이 마(魔)보다는 패(覇)에 가깝게 변했다는 건 알고 있지만, 그들은 웬만해선 청해를 넘지 않는다.

"피에 미친 살인귀들이겠군."

단유강은 그렇게 중얼거리며 심각한 표정으로 백설영을 바라봤다. 보고를 계속하라는 뜻이다.

"천망단은 최대한으로 정보를 수집해 마인들의 행적을 찾으라는 지시입니다."

"쯧, 청해를 넘어올 정도면 보통 마인들이 아닐 텐데, 천망단 가지고 상대가 되나?"

"그래서 최대한 조심하면서 행적만 조사하라고 했습니다."

단유강이 고개를 끄덕였다.

"뭐, 일단 시키는 대로 해야지. 그리고 딴말은 없어? 예를 들어 백호단이나 청룡단에 협조를 하라든가 하는 말은?"

"그런 건 없습니다. 다만……."

백설영은 잠시 머뭇거리다가 조심스럽게 말을 이었다.

“우리 칠십오대에만 온 공문이 하나 있습니다.”

“우리한테만?”

“예. 제갈 부단주에게 최대한 협조를 아끼지 말라는 지시입니다.”

그 말에 단유강이 피식 웃었다.

“훗, 어떤 놈이 불었군. 알아봐.”

“예.”

백설영은 고개를 숙인 후 밖으로 나갔다. 그녀가 마음먹고 알아보면 하루도 걸리지 않아 윤곽이 드러날 것이다.

“가만있자……. 그럼 그 녀석이 또 온다는 뜻인데…….”

제갈미미가 이곳으로 온다면 제갈무군은 또 숨어 있어야 한다. 이건 심각한 인력 낭비였다. 단유강은 상황이 계속 그런 식으로 흘러가는 게 싫었다.

“아무래도 안 되겠군. 뭔가 대책을 만들든지, 아니면 터뜨려 버려야지.”

단유강은 그렇게 중얼거리며 입가에 미소를 만들었다. 왠지 평범하지 않은 미소였다.

제갈미미는 두근거리는 가슴을 진정시키려 노력하며 미고현에 발을 들였다. 일단 천망단을 찾아가기 전에 예전 자신이 그렇게 노력했던 그곳에 가보고 싶었기에 방향을 그쪽으로 틀었다.

조금 걸어가니 높은 담장이 나타났다. 그 담장 안쪽이 바로 제갈미미를 그렇게 농락했던 바로 그 이름 모를 진이 설치된 곳이었다.

'진은 어떻게 되었을까?

진을 다시 작동시킬 수도 있었다. 철전이 놓인 곳에 중요한 물건을 놓으면 아마 아무도 그것을 찾지 못할 것이다. 진을 푸는 방법 자체가 상당히 요란스럽기 때문에 은밀히 훔쳐 가는 건 불가능했다.

제갈미미는 그 생각을 하며 빙긋 웃었다. 지금의 자신이라면 어쩌면 그것을 은밀히 빼낼 수도 있을 것 같았다. 그 이름 모를 진을 해체하면서 실력이 그야말로 일취월장했다.

제갈미미는 이런 저런 생각을 하며 입구 쪽으로 걸어갔다.

"응?"

입구는 활짝 열려 있었다. 아니, 열려 있다 못해 완전히 박살이 나 있었다. 그리고 입구 옆 담장도 잔뜩 부서진 상태였다.

"꼭 입구를 더 크게 만들려고 일부러 부숴놓은 것 같네?"

제갈미미는 뻥 뚫린 입구를 통해 안쪽을 들여다본 후에야 자신의 생각이 옳다는 것을 확신했다. 안에는 공사가 한창이었다. 그녀가 보기에 진은 완전히 해체되었고, 바닥을 한 번 갈아엎고 새로 그 위에 전각을 올리는 중이었다.

"왠지 아쉽네."

진이 이렇게 허무하게 사라진다고 생각하니 너무나 아쉬웠다. 하지만 언제까지 이 상태로 공터에 담장만 두르고 있을 수는 없으니 이렇게 공사를 하는 건 당연한 일이었다.

제갈미미는 고개를 한 번 저은 후, 천망단의 장원으로 향하기 위해 몸을 돌렸다. 그렇게 몸을 돌린 순간, 그녀는 제자리에 못 박힌 듯 멈춰 섰다. 돌아서기 직전에 뭔가가 눈에 스쳐 지나갔다. 그녀의 눈이 점점 커졌다.

제갈미미는 바람 소리가 날 정도로 순식간에 몸을 돌렸다. 그리고 담장 안쪽을 빠르게 훑었다. 그녀의 눈동자가 눈에 보이지도 않을 정도의 속도로 이리저리 움직였다. 그리고 어느 한 부분에 고정되었다.

"어, 어찌……!"

제갈미미는 더 생각할 필요도 없이 몸을 날렸다. 낼 수 있는 최고의 속도로 목표를 향해 몸을 날렸다. 소리를 내선 안 된다. 그랬다간 다된 밥에 코를 빠뜨릴 수 있다.

휘잉!

제갈미미의 손이 허공을 휘저었다. 그녀는 놀란 눈으로 고개를 돌려 방금 전까지 그 자리에 서 있던 자를 바라봤다.

"오라버니!"

제갈무군은 어색한 미소를 지으며 천천히 뒷걸음질쳤다. 제갈미미는 그것을 보며 즉시 몸을 날렸다.

휘잉!

그녀의 손이 또 허공을 쥐었다. 제갈미미는 놀란 눈으로 자신의 손과 제갈무군을 번갈아 쳐다봤다. 제갈무군은 어느새 멀찍한 곳에 있는 담장 아래 서 있었다.

'어떻게……!'

제갈미미는 놀랄 수밖에 없었다. 제갈무군은 무공 쪽으로는 상당히 재능이 없는 편이었다. 제갈무군이 관심을 가진 것은 진법 쪽이었고, 그쪽으로는 탁월한 능력을 보였다. 그래서 무공은 제갈미미가 훨씬 위였다.

"어떻게 오라버니가 저런 움직임을 보일 수 있는 거지?"

제갈무군은 제갈미미의 금나수를 두 번이나 피했다. 그리고 그녀가 감히 쫓아갈 수도 없을 정도의 속도로 도망쳤다. 제갈무군이 세가에서 도망치듯 나간 것이 사 년 전이니 그동안 뭔가 대단한 기연을 만난 게 분명했다.

"오라버니!"

제갈미미가 아직 담장 밑에 서서 그녀를 바라보고 있는 제갈무군을 향해 소리쳤다. 하지만 제갈무군은 빙긋 웃으며 손을 한 번 흔들어준 후 담장을 넘어 유유히 사라졌다. 제갈미미는 그 모습을 그저 바라보고 있을 수밖에 없었다.

단유강은 침상에 누워 있다가 한숨과 함께 몸을 일으켰다.

"이거, 제대로 쉬지도 못하겠군."

침상에서 내려와 자리를 잡고 앉자마자, 문밖에서 백설영의 목소리가 들려왔다.

"대주님, 제갈 부단주께서 오셨습니다."

단유강은 굳이 대답하지 않았다. 백설영이 문을 열자 제갈미미가 안으로 들어섰다. 그녀는 복잡한 눈으로 단유강을 바라보고 있었다.

"약속대로 다시 왔어요."

"약속을 지키긴 했나?"

단유강이 묘한 웃음을 보이며 그녀에게 묻자, 제갈미미는 약간 당황했다. 하지만 이내 평정을 되찾고는 고개를 끄덕였다.

"물론이에요."

"하지만 그때 있었던 일이 조금 알려진 것 같던데?"

"그건 제가 한 게 아니에요."

"정말로 정여광 혼자 관계된 일인가?"

단유강의 눈빛이 날카롭게 빛났다. 제갈미미는 흠칫 놀랐다. 설마 그런 것까지 알고 있을 줄은 몰랐다. 정여광이 미고현에서 있었던 일에 대해 말한 것은 무림맹에서도 몇 명밖에 모르는 일이었다.

"그, 그걸 어떻게 알았죠?"

"어떻게 알았느냐가 중요한 게 아니라 그런 일이 벌어졌다는 게 중요한 거야."

단유강은 그렇게 말하며 품에서 종이 하나를 꺼냈다. 그러자 백설영이 기다렸다는 듯 다가와 그것을 받았다.

"그리고 이게 그 대가고."

백설영이 받아간 것은 정여광의 차용증이었다. 무려 금 서른 냥을 갚아야 한다는 내용이었다. 게다가 이자도 적지 않았다.

"아마 그 사람, 고생 좀 해야 할 거야."

단유강이 빙긋 웃었다. 제갈미미는 그 웃음이 왠지 무서웠다.

"아, 아무튼 난 아니니 약속을 지키세요."

단유강이 자리에서 일어났다.

"뭐, 그러지. 어차피 다 드러난 마당이었으니 네가 한 말은 눈감아주겠어."

제갈미미는 소스라치게 놀랐다. 단유강은 자신이 맹주와 청룡단주 앞에서 한 말까지 알고 있었다.

단유강은 제갈미미의 그 반응을 보고서 중얼거렸다.

"이거, 정말이었던 거야?"

사실 그런 것까지 단유강이 알아낼 수는 없었다. 그건 말 그대로 무림맹주와 청룡단주, 그리고 제갈미미 세 사람 사이에서 조용히 오간 말이었다. 단유강은 그저 한 번 찔러봤을 뿐이다.

제갈미미는 그제야 그것을 알아차리고 얼굴을 붉혔다.

'이런 초보적인 도발 수법에 넘어가다니!'

　평소의 그녀였다면 아마 쉽게 넘어가지 않았을 것이다. 하지만 지금 그녀는 약간 평정을 잃고 있었다. 모두 조금 전에 만난 제갈무군 때문이었다.

　"뭐, 아무튼 용서해 주기로 했으니까 넘어가지."

　단유강은 그렇게 말하며 방에서 나갔다. 제갈미미는 붉어진 얼굴을 감추기 위해 살짝 고개를 숙인 후 단유강을 따라갔다.

　"여기야."

　단유강의 말에 제갈미미는 주위를 휘휘 둘러봤다. 하지만 이곳은 그냥 숲일 뿐이었다.

　"여기라고요?"

　단유강이 고개를 끄덕이며 손가락을 들어 앞을 가리켰다.

　"이쪽으로 쭉 가면 돼. 문제는 갈 수가 없다는 거지만. 뭐, 거기까지 내가 해줘야 할 이유는 없지?"

　제갈미미가 의아한 표정으로 단유강을 바라봤다. 그리고 단유강의 손가락이 가리키는 곳을 바라봤다. 그곳은 그저 숲일 뿐이었다. 빽빽하게 나무가 들어찬 것도 아니고, 그저 듬성듬성 나무가 자리하고 바위 몇 개가 있을 뿐이었다.

　"저기로 가면 된다고요?"

　"가다 보면 집이 나올 거야. 물론 갈 수 있을 때의 얘기지만."

단유강이 걸음을 옮기려 하자, 제갈미미가 다급히 그를 불렀다.

"기다려요!"

단유강이 고개를 돌려 제갈미미를 바라보자 그녀가 말을 이었다.

"오늘 제 오라버니를 봤어요."

"아아, 나도 얘기는 들었어."

제갈미미의 얼굴에 의혹이 어렸다. 단유강은 그런 그녀를 바라보며 씨익 웃었다.

"왜? 제갈무군이 이 마을에서 얼쩡대는 이유가 궁금해?"

단유강의 말에 제갈미미가 고개를 저었다. 그리고 자신이 가야 할 곳을 바라봤다. 어쩐지 알 것만 같았다. 제갈무군은 그녀보다 더 진법에 미쳐 있다.

'오라버니는 저곳에 있다는 진법의 대가를 만난 걸까?'

제갈미미는 그런 생각을 하며 걸음을 옮겼다. 그녀의 눈에 기대감이 어렸다.

단유강은 제갈미미에게서 멀찍이 떨어진 곳에 자리를 잡고 앉았다. 그는 제갈미미의 모습이 보이지만, 제갈미미는 단유강을 볼 수 없을 정도의 거리였다.

그렇게 앉아 있으니 어느새 제갈무군이 슬며시 나타났다.

"대주님, 제 동생은 잘하고 있습니까?"

　제갈무군은 그렇게 말하며 제갈미미를 바라봤다. 제갈무군도 충분히 그녀의 모습을 확인할 수 있었다.

　"히야, 정말로 많이 컸네. 이젠 시집을 가도 되겠구나."

　제갈무군은 그렇게 중얼거리며 슬쩍 옆에 있는 단유강을 바라봤다. 단유강은 바위 위에 비스듬하게 누워 제갈미미를 바라보고 있었다.

　"철판."

　"대주님, 언제까지 절 철판이라고 부르실 생각이십니까?"

　단유강은 제갈무군의 항의를 무시하고 할 말을 마저 했다.

　"마을에 도박장이 하나 생긴 것 같던데, 확인은 해봤어?"

　"예?"

　"쯧쯧, 딴 데 신경을 쓰니 그런 것도 모르지. 설영이한테 물어봐. 딱 절반만 있으면 좋겠는데 말이야."

　단유강의 말에 제갈무군의 얼굴이 환해졌다.

　"정말입니까? 지금 하신 말씀 절대 무르기 없깁니다!"

　단유강이 얼른 가라는 듯이 손을 휘휘 저었다. 제갈무군은 희희낙락한 얼굴로 재빨리 사라졌다.

　단유강은 사라져 가는 제갈무군을 슬쩍 쳐다봤다가 다시 제갈미미에게로 눈을 돌렸다.

　"거참, 확실히 남매는 남매란 말이야. 어찌 저렇게 닮았을까."

제갈미미는 황당한 얼굴로 앞을 바라봤다. 분명히 계속 걸어갔는데 제자리였다. 아무리 걸어도 앞으로 갈 수가 없었다. 그녀는 금세 알 수 있었다, 이곳에 절진이 펼쳐져 있다는 사실을 말이다.

"좋아, 이걸 풀고 말겠어!"

제갈미미는 주먹을 꼭 쥐며 그렇게 외쳤다. 진법의 대가를 만나기 위한 시험이라고 생각하니 의지가 불끈 솟아났다.

그때부터 제갈미미는 온갖 방법을 동원해 진을 파악하기 시작했다. 일단 진의 영향력이 미치는 범위를 확인한 후, 그 근처에 기운을 흘려 진이 반응하나 살폈다. 그리고 지형지물을 확인해 어떤 방식으로 진을 펼쳤는지 확인했다.

하지만 아무런 소득을 얻을 수 없었다. 그녀는 점점 초조해졌다. 마음 한편에서는 단유강에게 사정을 하라는 속삭임이 들려왔다. 무림맹의 명령이라고 우기면 단유강도 어쩔 수 없을 거란 생각이 들었다. 하지만 다른 한편으로는 묘하게 자존심이 상했다.

"이익! 내가 풀고 말 거야!"

제갈미미는 그렇게 외친 후, 다시 진을 살피고 연구하기 시작했다. 이번 진은 지난번과 차원이 달랐다. 정말 아무것도 알 수 없었다. 어떤 방식으로 진을 펼쳤는지조차 알아내지 못했다.

그렇게 밤이 깊어갔다.

"…부탁드려요."

제갈미미는 결국 단유강 앞에서 고개를 숙였다. 자신의 능력이 고작 이것밖에 안 되니 어쩌겠는가. 진법의 대가를 만나고 싶었다. 임무도 수행하고 싶었다. 이제 남은 답은 단유강뿐이었다.

단유강은 아주 흔쾌히 고개를 끄덕였다.

"가서 물어보는 것쯤은 해줄 수 있지. 뭐, 결정은 내가 내리는 게 아니니까."

단유강은 그렇게 말하며 진이 설치된 곳으로 걸어갔다. 제갈미미는 눈을 부릅뜨고 그 광경을 하나도 놓치지 않으려 애썼다.

단유강은 진을 그냥 통과해서 앞으로 나아갔다. 그 순간 단유강의 모습이 사라져 버렸다. 제갈미미는 경악에 찬 눈으로 그 광경을 지켜봤다.

"어, 어떻게… 어떻게 이럴 수가 있지?"

아무것도 보지 못했고 전혀 느끼지도 못했다. 기의 흔들림이나 흐름조차 알 수 없었다. 단유강은 그저 걸어갔을 뿐이고, 진으로 들어갔다.

제갈미미는 방금 전 단유강이 사라진 곳으로 다가갔다. 정확히 그곳을 지나가려 걸어갔다. 하지만 아까와 똑같았다. 걸음은 걷고 있는데 언제까지나 제자리였다.

"하아, 대체 아무것도 알 수가 없으니……."

제갈미미는 그곳에 쪼그리고 앉았다. 왠지 자괴감이 밀려왔다. 그 순간, 단유강이 모습을 드러냈다, 그녀 바로 앞에서.

"꺄악!"

제갈미미는 깜짝 놀라 엉덩방아를 찧고 말았다. 눈앞에 갑자기 사람이 생겨났으니 놀라는 게 당연했다.

"싫대."

단유강의 간단한 대답에 제갈미미가 바닥에 주저앉은 채로 멍한 표정을 지었다.

"싫다니요?"

"아무도 만나기 싫고 무림맹에 가기도 싫대."

"저, 정말인가요?"

"돈을 주면 가줄 수도 있다고 하네."

"드리겠어요! 당연히 대가를 지불해야죠!"

제갈미미의 말에 단유강이 빙긋 웃었다.

"조금 많아."

"괜찮아요. 무림맹은 꽤 대단한 힘을 가지고 있답니다."

"천만 냥인데?"

"예?"

제갈미미의 안색이 살짝 변했다. 천만 냥이라니. 하지만 이내 고개를 끄덕였다. 이 정도 실력이라면 충분히 그 정도 요구는 할 수 있다고 생각했다. 물론 당연히 그녀의 주관적인 판단이었다. 순전히 진법의 대가라는 이유 하나만으로 관대하게 내린 결론이었다.

하지만 이어지는 단유강의 말에 제갈미미는 그냥 돌아서 버렸다.

"황금으로."

제갈미미는 돌아서서 피식 웃었다. 이건 돈에 미친 자였다. 황금 천만 냥이면 은으로 이억 냥이다. 천하의 모든 돈을 끌어모아도 그 정도는 안 될 것 같았다.

'절대 가지 않겠다는 뜻이로구나.'

제갈미미는 씁쓸하게 웃으며 걸음을 옮겼다. 허탈했다.

단유강은 어깨를 구부린 채 걸어가는 제갈미미의 뒷모습을 묘한 표정으로 바라보고 있었다.

第九章
미고현의 도박장

태룡전

제갈무군은 백설영이 얘기해 준 곳으로 찾아갔다.

"듣던 대로 허름한 곳이군."

건물 자체가 상당히 낡았다. 벽은 금방이라도 무너질 것 같았지만 들어가는 문은 정말로 튼튼해 보였다. 마치 건물을 사서 문짝만 새로 맞춘 것 같았다. 게다가 철문이다.

"문짝 만드는 데 돈 좀 들었겠군."

제갈무군은 그렇게 중얼거리며 그곳으로 다가갔다. 문 앞에는 덩치가 우람한 사내 두 명이 서성이고 있었다. 그들은 제갈무군이 다가가자, 날카로운 눈으로 그를 한 번 훑었다.

'어라, 이놈들 봐라? 처음 보는 놈들인데?

미고현에는 꽤 많은 사람들이 산다. 하지만 처음부터 그랬던 것은 아니었다. 사람이 늘기 시작한 것은 정확히 이 년 전부터였다. 당연히 제갈무군은 그 이전부터 이곳에 있었기에 웬만한 사람들은 다 알고 있었다.

그냥 사람들만 아는 게 아니라, 뒷골목 파락호나 하오배들도 줄줄이 꿰고 있었다. 아니, 오히려 그들을 더 잘 알았다. 한데 문을 지키는 두 사내는 처음 보는 얼굴이었다. 즉, 외부에서 왔다는 뜻이다.

제갈무군은 내심 고개를 끄덕였다.

'하긴, 외부에서 오지 않았다면 감히 도박장을 차릴 엄두도 못 냈겠지.'

미고현 사람들은 천망칠십오대의 도움도 많이 받았고, 그들 덕분에 현이 이만큼 발전했다는 걸 잘 알고 있다. 그리고 그들이 한 번 화나면 얼마나 무서운지도 안다. 몇 년 동안 봐온 것이 있으니 당연했다.

그런 미고현 사람들이 감히 도박장을 운영한다는 건 있을 수 없는 일이었다.

"무슨 일로 오셨습니까?"

사내 중 한 명이 묻자 제갈무군이 아무렇지도 않게 대답했다.

"문이나 열어."

제갈무군의 손에는 어느새 은전이 잘그락거렸다. 두 사내는 재빨리 제갈무군의 행색을 읽고는 서로 마주 보며 고개를 끄덕였다. 그리고는 둘이 힘을 합해 문을 열기 시작했다.

끼기기기기긱!

기름칠을 안 했는지 쇠 긁히는 소리가 요란하게 울렸다. 문이 반쯤 열리자, 두 사내는 숨을 헐떡이며 말했다.

"헉헉! 드, 들어가시지요."

제갈무군은 손을 한 번 번쩍 들어 흔들어주고는 문 안으로 들어갔다. 그러자, 문이 닫히며 또 요란한 소리가 울렸다.

"쯧쯧, 왜 저러는지는 알겠지만 고생이군."

문을 저렇게 만들어놓은 것은 만일의 사태에 대비하기 위함일 것이다. 저렇게 덩치가 큰 사내 둘이서도 간신히 움직일 수 있을 정도로 무거운 철문이다. 그것은 충분히 시간을 벌어줄 것이다.

건물은 역시 위장이었다. 안으로 들어가니 지하로 내려가는 계단이 보였다. 제갈무군은 망설이지 않고 아래로 내려갔다. 제갈무군의 손이 얼굴을 몇 번 쓰다듬었다. 그러자 어느새 수염이 생겼고, 광대뼈가 툭 튀어나오고 턱이 길어졌다. 그것만으로도 완전히 다른 사람이 되어버렸다.

"호오, 꽤 잘 만들었는데?"

아래로 내려간 제갈무군은 감탄할 수밖에 없었다. 내부는 상당히 깔끔했다. 수많은 사람들이 와글거렸고, 곳곳에서 도박이 벌어지고 있었다. 그리고 은밀한 장소들도 보였다.

"호호! 대협, 어서 오세요. 어떤 놀이를 즐기시나요? 제가 안내해 드리겠어요."

반라에 가까운 아름다운 여인이 제갈무군에게 다가와 교태 어린 몸짓과 말투로 그를 반겼다. 제갈무군은 헤벌쭉 웃으며 그녀의 뒤를 따랐다.

"일단 주사위부터 시작해 볼까? 헤헤헤."

제갈무군의 입에서 흐르는 침을 확인한 여인이 눈가에 살짝 비웃음을 만들었다. 하지만 그것은 나타난 것보다 훨씬 빠르게 사라졌다.

"호호! 저도 주사위 놀이를 참 좋아하는데. 주사위는 저쪽이에요. 자, 이리로."

제갈무군은 여인의 안내에 따라 사람들이 주사위를 열심히 굴리고 있는 쪽으로 걸어갔다. 여인은 제갈무군을 투자(骰子)판에 앉혔다. 투자(骰子)는 주사위 두 개를 굴려 가장 작은 수가 나오는 사람이 이기는 도박이었다.

"내가 이 주사위판의 돈을 다 따거든 네게 절반을 주마. 그러니 여기서 기다리거라. 으헤헤헷!"

제갈무군의 경박한 웃음에 여인은 가볍게 고개를 저었다.

"말씀은 감사하지만, 제가 어찌 감히 대협의 돈에 욕심을 낼 수 있겠습니까."

여인은 그렇게 말하고는 조심스럽게 돌아서서 다시 입구 쪽으로 향했다. 돌아서는 그녀의 입가에 비웃음이 가득했다.

'나중에 돈 돌려달라고 울지나 마렴.'

여인은 다시 교태스러운 웃음을 머금으며 입구 쪽으로 향했다. 막 새로운 사내 한 명이 두리번거리며 안으로 들어서고 있었다.

"일일(一一)이 나오면 되는 건가?"

제갈무군은 그렇게 중얼거리며 통을 흔들었다. 달그락거리는 소리가 요란하게 울렸다. 주위에 잔뜩 몰려든 사람들이 침도 못 삼키고 바라보고 있었다. 하지만 가장 긴장한 사람은 제갈무군 앞에 앉은 사내였다.

텅!

주사위가 든 통이 탁자 위에 세워졌다. 제갈무군은 씨익 웃으며 통을 살짝 치웠다. 주사위 두 개가 나란히 일(一)을 보여주고 있었다.

"우와아!"

사방에서 탄성이 터져 나왔다.

"그럼 대체 저게 얼마야?"

"얼마긴 삼천 냥이지."

"삼천 냥!"

사람들이 표정이 복잡해졌다. 놀라움과 부러움, 그리고 질투와 욕망이 어우러졌다. 도박장의 분위기가 후끈 달아올랐다.

제갈무군은 기분 좋은 표정으로 탁자 위에 있는 은자와 전
표를 쓸어 담았다.

"슬슬 주사위는 판이 끝난 것 같고……."

제갈무군의 고개가 이리저리 움직이다가 한 여인과 눈이
마주쳤다. 자신을 여기까지 안내한 여인이다. 제갈무군이 빙
긋 웃어주자 여인은 안타까운 눈으로 그를 바라봤다.

제갈무군이 주사위 판을 휩쓰는 데는 불과 반 시진도 걸리
지 않았다. 조금만 참고 기다렸으면 무려 천오백 냥을 받을
수 있었을 것이다. 도박에서 돈을 딴 사람이 그런 약속을 지
킬지는 알 수 없지만 대체적으로는 기분 좋게 돈을 던지는 편
이다. 이겼으니 말이다.

"자, 그럼 이번에는 저쪽으로 가볼까?"

제갈무군은 다른 도박판으로 끼어들었다. 제갈무군이 돈
뭉치를 잔뜩 들고 움직이자, 사람들의 눈이 탐욕으로 번들거
렸다. 그 돈이 마치 자신의 것이 될 것 같은 기분이 들었다.
제갈무군은 사람들의 눈빛을 확인하며 속으로 고개를 저었
다.

'역시 도박은 패가망신의 지름길이라니까.'

"각주님! 큰일입니다!"

미고현 도박장을 관리하는 양현백은 난리법석을 피우며
들어서는 금자방을 보며 눈살을 찌푸렸다. 지금 막 새로 들인

여인과 거하게 일을 치르려는 찰나였다.

양현백은 벗으려던 옷을 다시 추스르며 금자방을 노려봤다. 양현백과 일을 치르기 위해 기다리던 여인은 옷을 모두 벗고 있었기에 근처에 있던 이불로 황급히 몸을 가렸다.

"내가 아무도 들어오지 말라고 했던 말을 벌써 잊은 거냐?"

"아, 아닙니다! 하지만 급한 일이……!"

"닥쳐라!"

양현백은 눈을 부라리며 말을 이었다.

"허튼소리를 하면 네놈 물건을 잘라 버릴 테니 그리 알아라."

금자방은 헉! 소리를 내며 사타구니를 두 손으로 가렸다. 하지만 이내 그것이 급한 게 아니라는 걸 깨닫고는 황급히 입을 열었다.

"지금 도박장이 다 털리기 일보 직전입니다!"

금자방의 말에 양현백의 눈에서 불똥이 튀었다.

"뭣이! 그 말을 왜 이제야 하는 거냐!"

양현백의 말에 금자방은 속으로 구시렁거렸다. 하지만 그것을 입 밖으로 내는 실수는 저지르지 않았다. 대신 재빨리 상황을 설명했다.

"어떤 놈이 들이닥쳐 투자(骰子)판부터 시작해 모든 도박판의 돈이란 돈은 싹 쓸어가고 있습니다! 이놈 실력이 완전히 도신(賭神)입니다! 벌써 우리 쪽 도박사들이 줄줄이 패해서 이제 더 이상 남은 놈도 없습니다!"

양현백의 얼굴이 시뻘겋게 달아올랐다.

"일단 애들 다 모아!"

양현백은 그렇게 외친 후 성큼성큼 밖으로 나갔다. 금자방은 잠시 그런 양현백의 모습을 바라보다가 퍼뜩 정신을 차리고 무사들을 모으기 위해 밖으로 나갔다.

방 안에는 이불로 몸을 가린 여인만 홀로 남아 멍하니 앉아 있었다.

제갈무군은 주사위 통을 흔들었다. 도박판을 돌고 돌아 결국 마지막으로 다시 투자판에 앉았다. 도박장 안에는 지금 도박을 하는 사람이 한 명도 없었다. 그들도 제갈무군에게 모두 돈을 잃었다. 더 이상 도박을 하고 싶어도 할 수가 없었다. 제갈무군은 그들의 의욕 자체를 아예 꺾어버렸다.

백 번 해서 백 번을 모두 지면 사람은 절망하기 마련이다. 도박에 빠지기 위해서는 승리라는 달콤한 보상이 반드시 필요하다. 한데 제갈무군은 그런 것 자체를 아예 용납하지 않았다.

'이들이 다 도박을 끊을 수는 없겠지만, 그건 자기가 알아서 해야 할 일이고……'

제갈무군은 통을 흔들며 앞에 앉은 날카로운 눈의 사내를 바라봤다. 그리고는 씨익 웃어 주었다.

"어디 보자……. 삼삼(三三)만 나와도 판이 완전히 끝나나?"

제갈무군의 말에 사내의 얼굴이 일그러졌다.

쾅!

주사위가 든 통이 탁자를 세차게 때렸다. 제갈무군은 입가에 미소를 지우지 않은 채 통을 치웠다.

삼삼(三三).

"우와아아!"

탄성이 도박장을 가득 메웠다. 제갈무군은 당연하다는 듯 돈을 모조리 쓸어 담았다.

"이제 더 할 사람이 없는 것 같군. 그럼 오늘은 이만하고 내일 또 오지."

제갈무군의 말에 도박장 안에 있던 사람들이 멍한 표정으로 그를 바라봤다. 오늘 같은 날이 매일 지속된다면 더 이상 도박장에 올 의미가 없어진다.

"자, 그럼 난 이만."

제갈무군은 손까지 흔들고는 당당하게 계단으로 향했다. 그가 막 계단 앞에 도착했을 때, 계단 위에서 양현백이 나타났다.

"잠깐! 어딜 그리 급하게 가시나. 놀이는 마저 즐겨야지."

양현백의 말에 제갈무군의 눈이 살짝 빛났다.

"나랑 한판해 보게? 돈은 있고?"

제갈무군의 말에 양현백이 품에서 주머니 하나를 꺼냈다. 작지 않은 주머니였다. 그 안에 은자가 들어 있어도 꽤 큰돈이었겠지만 그 안에 든 것은 모두 금자였다.

양현백은 주머니를 열어 제갈무군에게 안을 슬쩍 보여줬다.

"오호, 그것도 나한테 주고 싶은가 보지?"

제갈무군은 그렇게 말하며 돌아섰다. 제갈무군이 앉은 곳은 투자판이었다. 양현백은 의미심장한 미소를 띠고는 그 앞에 앉았다.

양현백은 자리에 앉은 후, 근처에 있는 도박사들에게 눈짓을 보냈다. 도박사들은 황급히 움직여 안에 있는 사람들을 모두 내보냈다. 처음에는 사람들이 나가지 않으려 반항을 했지만 도박사들의 힘을 당해낼 수가 없었다.

사람들이 모두 강제로 쫓겨나는데도 제갈무군은 눈빛 하나 변하지 않고 그 광경을 고스란히 지켜봤다.

"왜 중간에 나가지 않았나? 적당히 땄으면 일어설 줄도 알아야지."

양현백이 섬뜩한 눈빛으로 제갈무군을 노려보며 말하자, 제갈무군이 귀를 후비적거리며 대답했다.

"내가 왜? 이렇게 돈을 알아서 갖다 바치는데 어떻게 그냥 나가?"

"큭큭큭, 아무도 네게 나가라고 하지 않았나?"

제갈무군이 고개를 갸웃거리다 뭔가가 떠올랐다는 듯한 표정을 지으며 주먹으로 손바닥을 탁, 쳤다.

"아하, 아까 그 말이 나가란 뜻이었어?"

뒤에 있는 도박사들이 얼굴을 한껏 일그러뜨렸다. 그들은 정말로 몇 번이나 좋은 말로 나가라고 했다. 그리고 나중에는 은밀히 협박까지 했다. 하지만 제갈무군은 콧방귀도 뀌지 않았다.

"잔말 말고 주사위나 굴리시지?"

제갈무군의 말에 양현백이 이를 으드득 갈았다. 그리고 주사위가 든 통을 집었다.

"한 판에 전부 거는 건 어때?"

양현백의 말에 제갈무군이 이를 드러내며 웃었다. 원하던 바다. 제갈무군이 고개를 끄덕이자 양현백이 굳은 표정으로 통을 흔들기 시작했다.

달그락달그락.

통 안에서 주사위 굴러가는 소리가 울려 퍼졌다. 도박장 안이 순식간에 긴장감에 휩싸였다.

쿵!

양현백은 자신만만한 표정으로 세차게 통을 내려놓았다. 그가 도박장 관리를 맡은 것은 머리가 잘 돌아가고 무공이 뛰어나기 때문이기도 했지만, 가장 큰 이유는 도박 실력이었다.

그는 주사위 정도는 자유자재로 원하는 숫자를 나오게 할 수 있었다.

'일일(一一)이다. 이걸 이길 패는 없어.'

상대도 일일(一一)이 나온다면 비기는 게 되지만, 양현백은 우길 생각이었다. 비기면 도박장 측이 이기는 게 관례다.

양현백은 그런 생각을 하며 입가에 의미심장한 미소를 지었다. 그리고 천천히 통을 치웠다.

"헉!"

양현백의 눈이 찢어질 듯 커졌다. 그는 부릅뜬 눈으로 탁자 위에 놓인 주사위를 노려봤다. 이건 절대 있을 수 없는 일이었다.

육오(六五).

이보다 낮은 패는 육육(六六)밖에 없다. 양현백은 무서운 눈으로 제갈무군을 노려봤다.

일일을 이길 패가 없다 했다가 육오? 육육?

"어라? 이건 너무 쉽게 됐는데? 육육만 안 나오면 되는 거 아냐?"

제갈무군은 얄밉게 웃으며 주사위를 통에 넣었다. 그리고 천천히 통을 흔들기 시작했다. 달그락거리는 소리가 양현백의 기분을 계속해서 건드렸다.

"그만 흔들고 어서 내려놔!"

쿵!

양현백의 외침에 놀라기라도 한 듯 제갈무군이 통을 탁자에 내려쳤다.

"깜짝이야! 왜 소리를 지르고 난리야?"

제갈무군은 가슴을 한 번 쓸어내렸다. 그리고 천천히 통을 치웠다. 주사위 하나가 보였다.

육(六).

양현백의 얼굴에 기대감이 어렸다. 이제 남은 하나가 육(六)이기만 하면 자신이 이긴다. 아니, 오(五)라도 괜찮다. 무조건 이긴다.

제갈무군은 잠시 머뭇거리다가 통을 완전히 치웠다.

사(四).

양현백이 허탈한 표정으로 의자에 늘어졌다. 정말로 힘이 빠졌다.

"이야, 이거참, 아슬아슬하네."

제갈무군은 그렇게 말하며 탁자 위에 있던 돈주머니를 잽싸게 집었다. 그리고 자리에서 벌떡 일어났다. 모든 돈을 다 딴 이상 더 이상의 볼일은 없었다.

양현백의 눈빛이 사나워졌다. 늘어졌던 몸이 꼿꼿이 섰고, 눈에서 섬뜩한 살기가 흘렀다.

"어딜 가려는 건가?"

"어딜 가긴, 돈 다 땄으니 집에 가야지."

제갈무군이 너무도 당당하게 말하자, 양현백이 헛웃음을

지었다.

"허, 이거, 겁이 없는 건지, 아니면 머리가 모자란 건지 모르겠군. 넌 우리가 왜 도박장을 열었다고 생각하는 거냐?"

"당연히 나 같은 좋은 사람한테 돈을 주기 위해서지. 아니냐?"

제갈무군이 뻔뻔한 얼굴을 들이밀며 이죽거리자, 양현백의 얼굴이 시뻘겋게 변했다.

"이놈의 팔다리를 일단 분질러라!"

양현백의 명령에 계단에서 검을 찬 사내들이 우르르 몰려왔다. 제갈무군의 눈이 반짝 빛났다.

"호오, 이거 도박장 따위를 보호하기 위해 모은 무사치고는 너무 대단한데?"

"알았으면 순순히 무릎을 꿇고 돈을 내놔라. 그럼 팔만 분지르는 걸로 끝내주마."

양현백은 그렇게 말하며 제갈무군을 향해 비웃음을 날렸다.

'물론 그 이후에는 죽여주마.'

"싫은데? 능력있으면 해보든가."

제갈무군의 너무도 당당한 말에 양현백은 잠시 할 말을 잃었다. 하지만 이내 고개를 저으며 손을 휘저었다. 어서 공격을 하라는 뜻이었다. 그 순간, 십여 명의 무사가 검을 뽑아 들고 일제히 몸을 날렸다.

제갈무군은 돈이 가득 든 자루를 어깨에 걸머지고 걸음을 옮겼다.

쉬쉬쉬쉭!

공기를 가르는 소리와 함께 검이 짓쳐들었다. 제갈무군은 마치 산책이라도 하듯 유유히 검과 검 사이를 빠져나가며 걸었다. 십여 명의 무사가 거의 동시에 내지른 검을 순식간에 빠져나간 제갈무군은 느긋하게 계단을 오르기 시작했다.

양현백은 찢어져라 눈을 부릅떴다. 도저히 믿을 수 없었다. 제갈무군의 움직임은 웬만한 고수들도 보여주기 힘들 정도로 대단했다.

"마, 막아라! 저놈을 놓치면 안 돼!"

양현백은 그렇게 외치며 몸을 날렸다. 그의 손에서 거센 장력이 소나기처럼 쏟아져 나갔다. 그 순간, 제갈무군이 계단 위로 훌쩍 뛰어올랐다.

퍼버버버벙!

나무로 만든 계단이 산산이 부서졌다. 양현백과 무사들은 계단 위의 공간으로 몸을 날렸다. 어느새 제갈무군은 철문 앞이었다. 양현백은 다소 안심했다. 아무리 고수라도 저런 육중한 철문을 여는 건 쉽지 않았다.

꽝!

제갈무군은 양현백이 안심한 순간 발을 날려 문짝을 완전히 뜯어냈다. 날아간 문짝에 덩치가 큰 사내 두 명이 깔리는 모습이 보였다.

제갈무군은 경악을 금치 못하는 눈으로 자신을 바라보는 양현백을 향해 한 번 씨익 웃어주고는 밖으로 나가 버렸다.

양현백과 무사들은 더 이상 이곳에서 도박장을 열 수 없다는 걸 깨달았다. 그들은 그대로 밖으로 몸을 날렸다. 그리고 제갈무군을 뒤쫓았다.

"서라!"

제갈무군은 뒤를 힐끗 돌아보고는 냅다 도망쳤다.

"너 같으면 서겠냐?"

제갈무군의 신법은 가공할 정도였다. 양현백이 젖 먹던 힘까지 뽑아서 쫓아가는데도 점점 거리가 벌어지기만 했다.

제갈무군은 도망가면서 얼굴을 다시 원래대로 되돌렸다. 처음 도박장에 들어갈 때는 안에 있는 사람들이 자신을 되도록 알아보지 못하도록 변장을 했지만, 이렇게 쫓기는 입장에서는 자신을 쉽게 알아보는 편이 좋았다. 혹시 동료도 자신을 몰라보면 곤란하지 않은가. 물론 그럴 리는 없겠지만 말이다.

'가장 중요한 이유는 대주님이 그렇게 하라고 지시를 내렸기 때문이지만 말이지.'

제갈무군은 조금 의아하긴 했지만 깊이 생각하지 않았다. 단유강은 쓸데없는 명령을 내리는 일이 상당히 드물기 때문이다.

아무튼 그렇게 쫓고 쫓기는 추격전이 시작되었다.

단유강은 힘없이 앉아 있는 제갈미미를 가만히 바라봤다. 제갈미미는 의자에 축 늘어진 채 고개를 푹 숙이고 있었다.

"하아아!"

체갈미미의 입에서 긴 한숨이 흘러나왔다. 임무를 완수하지 못했다는 자괴감에서부터 고대하던 일이 실패한 데 오는 무력감이 그녀를 뒤덮었다.

단유강은 그런 제갈미미의 모습을 보며 눈살을 찌푸렸다.

"땅 꺼지겠다."

"하아아아아!"

단유강의 말에도 제갈미미의 한숨은 더욱 길어졌다. 단유강은 피식 웃으며 침상에서 몸을 일으켰다.

"다 큰 처자가 이렇게 사내가 침상에 누워 있는 방에 앉아 있어도 되는 거야?"

제갈미미는 그 말에도 아무런 반응을 보이지 않았다.

"하아아아아!"

그저 한숨만 내뱉을 뿐.

단유강의 눈빛이 깊어졌다. 제갈미미를 잠시 살피니 그녀가 무슨 생각으로 이러는 건지 알 수 있었다. 단유강의 입가에 슬쩍 미소가 걸렸다.

"아무리 그런다고 해도 안 되는 건 안 되는 거야."

"하아아아아!"

"진법의 대가가 중요해, 아니면 네 오라버니가 중요해?"

한숨만 내쉬던 제갈미미는 그 말에 몸을 움찔 떨더니 고개를 들었다. 어느새 그녀의 눈에 생기가 돌아왔다. 하지만 쉽게 대답하지는 못했다. 그녀의 눈에 생기와 더불어 갈등이 어렸다.

"으으윽! 너무 어려워요! 왜 그런 걸 물으시는 거죠?"

제갈미미의 솔직한 반응에 단유강이 유쾌하게 웃었다.

"하하하핫!"

단유강은 잠시 웃다가 고개를 끄덕이며 입을 열었다.

"일단 네 오라버니를 만나게 해주지. 대신, 약속을 하나 해줘야겠다."

"약속이요?"

제갈미미의 눈이 빛났다. 무슨 일이 있어도 약속을 지키겠다는 눈빛이었다. 하지만 단유강은 그녀의 눈빛을 쉽게 믿지 않았다.

"가만있자, 그러고 보니 얼마 전에도 약속을 어겼구나. 이거, 믿어도 되나 모르겠네?"

"무, 무, 무, 무, 무슨 말씀을 하시는 거예요! 전 절대로 약속을 어기지 않는 사람이라고요! 이, 이번에 있었던 일은 그러니까… 불가항력이었다고요."

"흐음, 그러니까, 또 불가항력적인 일이 발생하면 약속을 어기겠다는 말로 들리네?"

제갈미미가 강력하게 고개를 저었다.

"저얼대! 절대로 그런 일은 없을 거예요. 제 진법가의 인생을 걸고 약속드리죠."

"흐음, 그럼 한 번만 믿어볼까?"

"그럼요! 믿으셔야죠! 저 같은 사람을 안 믿으면 세상에 누굴 믿겠어요?"

단유강은 제갈미미의 호들갑에 피식 웃고는 말을 이었다.

"철판, 아니, 제갈무군을 봤다는 얘기를 어디에 가서도 하지 말 것. 즉, 제갈무군의 존재 자체를 비밀로 할 것. 어때? 지킬 수 있겠어?"

제갈미미는 잠시 머뭇거렸다. 설마 이런 조건을 내걸 줄은 몰랐다. 자기만 알면 뭐 하는가. 제갈무군을 끌고 세가로 돌아가야지.

"왜? 곤란해?"

단유강의 눈빛이 더욱 깊어졌다. 제갈미미는 그 눈을 바라보고는 흠칫 놀랐다. 얼마 전에도 본 적이 있는 눈빛이었다. 갑자기 숨이 가빠왔다.

"아, 알았어요. 지켜요. 비밀 꼭 지킨다고요."

단유강은 빙긋 웃으며 종이 하나를 건넸다.

"이게 뭐죠?"

"약도. 미고현에 새로 생긴 도박장으로 가는 길이야."

제갈미미의 얼굴이 살짝 일그러졌다.

"도박장이요?"

"철판, 아니, 무군이가 오늘 도박장에 가기로 했거든. 아마 지금쯤 거의 끝나가고 있을 텐데……."

제갈미미가 벌떡 일어났다. 그녀는 분하다는 표정으로 씩씩거렸다. 자신은 그를 찾기 위해 이렇게 동분서주하고 있는데 정작 당사자는 도박에 빠져서 허송세월을 보내고 있다니, 절대로 용서할 수가 없었다.

"참고로 그 약도에 표시된 길을 따라가는 게 좋을 거야. 철판, 아니, 무군이가 지나갈 확률이 가장 높은 길을 표시해 놓은 거니까. 본능적으로 움직이면 반드시 그리로 가게 되어 있달까?"

단유강의 말에 제갈미미는 약도를 확인하며 고개를 끄덕였다. 그리고 몸을 돌려 나가려다가 멈칫하고는 고개를 돌려 단유강을 바라봤다.

"그런데 왜 자꾸 아까부터 우리 오라버니를 철판이라고 부르는 거죠?"

제갈미미의 표정은 불쾌한 기색이 역력했다. 단유강은 심드렁한 표정으로 그녀의 눈을 바라보며 입을 열었다.

"알면서 뭘 물어?"

단유강의 말에 제갈미미는 입을 다물었다. 생각해 보니 그보다 더 적당한 별명을 찾기는 쉽지 않을 듯했다.

"아무튼! 기분 나쁘니까 앞으로는 그런 식으로 부르지 마요!"

제갈미미는 그 말을 남기고 밖으로 나갔다. 급히 경공을 전

개했기에 순식간에 시야에서 사라져 버렸다.

"일단 하나는 해결했고."

단유강은 재미있다는 듯 짓궂은 미소를 지었다.

제갈무군은 신속하게 경공을 펼쳤다. 도박장 무사들과는 빠르게 거리가 벌어지고 있었다. 이대로 마을 밖으로 나갈 때까지 달리면 따돌리는 건 시간 문제였다.

"훗, 다른 건 몰라도 경공이랑 보법만큼은 날 따라올 자가 없지."

그렇게 안심을 하고 있던 제갈무군은 갑자기 눈을 부릅떴다. 저 멀리 앞쪽에서 자신을 향해 달려오는 사람을 발견했기 때문이다.

"허어억!"

제갈미미였다. 제갈미미는 단유강이 알려준 길을 따라서 빠르게 달렸을 뿐이다. 한데 그대로 제갈무군과 마주쳐 버렸다.

한 사람은 청룡단의 부단주이고, 다른 한 사람은 경공이 특기인 제갈무군이다. 그런 두 사람이 경공을 펼쳐 마주 달려갔으니, 순식간에 마주치는 게 당연했다.

끼기기기긱!

제갈무군은 억지로 경공을 멈췄다. 발바닥에서 불이 나는 것 같았지만, 지금은 그런 사소한 것에 신경을 쓸 때가 아니었다. 그렇게 멈춘 제갈무군은 제갈미미와 얼굴이 마주치기 직전에 몸을 돌렸다.

"미미야, 나중에 보자!"

"오라버니!"

제갈미미는 앙칼진 목소리로 외치며 제갈무군의 뒤를 쫓았다. 그리고 채 몇 발을 떼기도 전에 도박장 무사들과 마주쳐 버렸다.

"쳐라!"

도박장 무사들은 양현백의 명령에 충실히 따랐다. 그들은 제갈무군과 제갈미미를 동시에 공격했다.

쐐애애액!

검이 바람을 가르는 소리가 귓가에 울렸다. 제갈미미는 황급히 몸을 비틀며 검을 피했다. 그리고 허리춤에 있는 자신의 검을 뽑았다.

스릉!

"웬 놈들이냐!"

제갈미미가 외쳤지만 무사들은 아무도 대답하지 않았다. 그저 검을 휘둘렀다.

채채채채채채챙!

검과 검이 부딪치는 날카로운 소리가 연달아 울렸다.

제갈미미는 당황스런 표정으로 다급히 검을 움직였다.

채채챙!

무사들의 무공 실력은 상당했다. 셋이 한꺼번에 달려들자, 제갈미미도 간신히 균형을 유지할 정도였다. 이대로 시간이 흐르면 수가 많은 저쪽이 당연히 유리했다.

"이런 젠장!"

제갈미미는 제갈무군의 외침을 들었다.

쉬아악!

어느새 제갈무군이 그녀의 지척에 다가와 있었다. 제갈무군은 소검(小劍) 두 개를 꺼내 날렵하게 휘둘렀다.

쩌저저저정!

제갈미미는 순간 너무나 편안한 느낌을 받았다. 자신을 향해 날아오던 검들이 모조리 튕겨 나갔기 때문이다. 제갈미미의 놀란 눈이 제갈무군에게 향했다.

"난 공격은 젬병이야! 알아서 해!"

제갈무군의 말에 제갈미미가 황당한 표정을 지었다. 그녀가 황당한 표정을 짓든 말든 제갈무군은 온 힘을 다해 소검을 휘둘렀다. 그와 제갈미미의 반경 일 장 안에는 아무런 검도 다가오지 못하고 튕겨 나갔다.

제갈미미는 그제야 눈을 빛내며 검을 쥔 손에 힘을 실었다.

"다 죽었어!"

제갈미미의 검이 날카롭게 앞으로 쏘아져 나갔다.

第十章
뒤에 숨은 사람들

태룡전

단유강은 침상에 누워서 발을 까딱이고 있다가 갑자기
자리에서 벌떡 일어났다. 단유강이 일어나자 어느새 문노가
나타나 단유강 옆에 섰다.

"공자님, 무슨 일이십니까?"

"아무래도 보통 놈들이 아닌 거 같아서."

"누구를 말씀하시는 건지……."

"도박장 놈들."

단유강은 문노를 바라보며 말을 이었다.

"철판 혼자서는 힘들 것 같아. 가서 쌍칼을 보내. 백철이는
아직 많이 모자라니까 이번 일에서는 빼고."

문노가 고개를 숙이며 대답했다.

"말씀대로 하겠습니다."

고개를 드는 순간, 문노의 몸이 그대로 사라졌다. 단유강은 문노가 몸을 날린 쪽을 바라보며 심각한 표정을 지었다.

"마기를 가진 놈들이 마을에 들어왔는데도 내가 알아차리지 못하다니. 아무리 마음을 놓고 있었다지만……."

사실 더 정확히 말하자면 마기를 가진 게 아니라 마기가 묻은 거였다. 그래서 쉽게 알아차리지 못했다. 마인들과 오랫동안 함께 지내면 그들이 뿜어내는 마기에 노출되어 알게 모르게 몸에 마기가 깃든다.

단유강은 얼마 전에 본맹으로부터 내려온 공문이 떠올랐다. 오백 명이나 되는 마인이 신강과 청해를 넘었다고 했다. 청해를 넘으면 바로 감숙이나 사천으로 들어갈 수 있다. 그렇기에 사천과 감숙에는 특히 천망단이 많다.

만일 그들이 사천으로 왔다면 이곳에 그 흔적이 남는 것도 무리는 아니다. 미고현은 사천에 있었으니까.

"끄응, 그놈들이 사천으로 온 모양이군."

마인들이 한꺼번에 오백 명이나 몰려다니면 금세 사람들의 눈에 띈다. 더구나 이번에 온 마인들은 정순한 마공을 익힌 게 아니라, 피에 미친 놈들이었다. 마기를 감추지도 못할 게 분명했다.

도박장에 있는 자들의 몸에 마기가 깃들었다는 게 그 증거다. 정순한 마공을 익힌 자들은 마기가 외부로 잘 드러나지 않는다. 그렇기에 꽤 오랜 시간을 함께 있어도 마기가 묻는 경우가 상당히 드물다. 혹 묻는 경우가 있어도 너무나 미량이라 안 묻은 거나 진배없다.

그런데도 그 어떤 정보도 알려지지 않았다. 천망단의 눈에 띄지 않았다는 뜻이다.

“흐음, 직접 알아봐야 하는 건가?”

단유강은 백설영을 통해 상당한 정보망을 갖추고 있었다. 하오문과 몇몇 정보 단체와 연계를 해서 얻는 정보였다. 물론 지속적으로 정보가 들어오지는 않는다. 하지만 원하는 것이 있다면 누구보다 빨리 알아낼 수는 있었다.

단유강은 이번 마인에 대한 건은 아무리 그들이라도 쉽게 알아내지 못할 것 같은 예감이 들었다.

“아무래도 좋지 않은 예감이 드는군.”

단유강이 나직이 중얼거렸다.

“더 이상 침상에서 뒹구는 걸 못하게 될 것 같아.”

단유강의 눈이 진한 아쉬움을 담아 침상으로 향했다.

“아아, 조금 더 쉬어야 하는데…….”

“하악! 하악!”

제갈미미는 숨을 헐떡이며 자신과 제갈무군을 포위한 자들을 노려봤다. 이들의 실력은 정말로 상당했다. 처음에는 세

명 정도는 상대할 수 있으리라 여겼는데, 조금 더 싸워보니 둘도 버거웠다. 만일 제갈무군이 없었다면 벌써 목숨을 내놔야 했을 것이다.

'그런데 대체 어떻게 저런 강한 무공을 익힌 걸까?'

제갈미미의 눈이 힐끗 제갈무군에게로 향했다. 제갈무군은 무공에는 전혀 재능이 없었다. 한데 그런 제갈무군이 지금은 저 대단한 자들의 협공을 혼자서 모조리 막아내고 있다.

'하지만……'

이제 더 이상 힘이 없었다. 너무 오랫동안 저들을 상대했다. 간신히 셋을 처리했지만 아직도 열 명이나 남아 있었다.

'게다가 저 사람……'

제갈미미는 검을 세우며 양현백을 노려봤다. 양현백은 아직도 싸움에 끼어들지 않았다. 하지만 그가 뿌리는 기세가 가장 강렬했다. 왜 끼어들지 않는지 모르지만 그가 끼어드는 순간 제갈무군도 더 이상 공격을 막기 어려울 듯했다.

"미미야, 내가 길을 열 테니까 도망가라."

제갈무군이 소검을 휘두르며 말했다. 제갈미미는 그 말에 인상을 썼다.

"말도 안 되는 소리 하지 말아요! 오라버니를 어떻게 찾았는데!"

"그렇게 어렵게 찾은 오라비를 죽일 셈이냐?"

제갈무군의 말에 제갈미미는 입을 다물었다. 그리고 적들을 노려봤다. 싸움은 잠시 소강상태였다. 도박장 무사들도 전열을 재정비하고 포위망을 더 굳건히 만들고 있었다.

"제가 도망간다고 뭐가 달라지겠어요?"

"달라지지. 너만 없으면 나도 도망칠 수 있거든."

제갈미미는 할 말이 없었다. 제갈무군의 실력은 정말로 놀라웠다. 하지만 혼자서 저들을 막을 수 있을 것 같지는 않았다. 자신의 공격이 없었다면 벌써 파탄을 드러냈을 것이다.

"제가 도망갈 시간을 벌 수는 있으세요?"

제갈무군이 고개를 끄덕였다.

"숨겨둔 한 수는 있거든. 도망가거든 우리 대주님을 찾아가라. 당장에 해결해 주실 거다."

'우리 대주님?'

제갈미미가 의아한 표정으로 제갈무군을 바라봤다. 그러다가 이내 그 의미를 깨닫고는 눈을 화등잔만 하게 떴다.

"설마 칠십오대의 대주님을 말하는 건가요? 단 대주님?"

"맞아, 바로 그분이지."

제갈미미의 입이 멍하니 벌어졌다. 제갈무군은 그 모습을 보고는 소리쳤다.

"정신 차려! 대주님은 반드시 답을 내려주실 거다! 그러니 믿어!"

제갈무군의 말에 제갈미미가 무거운 표정으로 고개를 끄덕였다. 어쨌든 지금은 그것 외에는 방법이 없었다.

뒤에 숨은 사람들   317

“자, 그럼 어디 한번 해볼까? 오랜만이라 될지 모르겠지만.”

제갈무군은 그렇게 말하며 소검을 천천히 회전시켰다. 제갈미미는 긴장감 넘치는 표정으로 검을 들고 그 광경을 지켜봤다. 언제라도 뛰어나갈 수 있게 다리 쪽에 공력을 모으는 것도 잊지 않았다.

'과연 오라버니가 나 없는 동안 저들을 막을 수 있을까? 아니, 도망치실 수 있을까?'

제갈미미가 속으로 걱정하고 있을 때, 제갈무군이 움직이기 시작했다.

“자아! 가라!”

제갈무군의 신호가 떨어지자, 제갈미미는 그대로 앞으로 뛰었다. 검을 휘두를 생각도 하지 않았다. 은밀히 약속했던 대로 무작정 앞으로 뛰었다.

스파앗!

그녀의 앞으로 눈부신 빛이 쏟아져 나갔다. 제갈미미의 눈이 놀람으로 얼룩졌다.

“크아악!”

“막아라!”

제갈미미는 사방으로 흩어지는 핏방울과 육편을 바라보며 무작정 앞으로 달려갔다. 아무도 그녀를 가로막지 못했다. 그녀의 신형이 순식간에 십여 장을 나아갔다. 그때까지 누구도 그녀를 쫓지 못했다.

제갈미미는 문득 고개를 돌려 뒤를 바라봤다. 그리고 그 자리에서 멈춰 설 수밖에 없었다.

"오라버니!"

제갈무군은 힘이 다했다는 듯 바닥에 주저앉아 있었다. 그런 그의 목으로 양현백의 검이 날아가고 있었다.

"안 돼!"

제갈미미의 외침이 공허하게 허공을 갈랐다.

파직!

제갈미미는 자신의 옆으로 바람이 스쳐 가는 걸 느꼈다. 그리고 제갈무군 앞에 갑자기 생겨난 한 사내를 발견했다.

쩡!

사내의 검이 막 제갈무군의 목을 자르려는 양현백의 검을 쳐냈다. 양현백의 얼굴에 경악이 어렸다.

제갈미미는 그 자리에서 그대로 풀썩 주저앉았다. 안도의 한숨과 함께 의미 모를 눈물이 흘러내렸다.

"기력이 많이 상했군. 좀 쉬고 있게."

제갈미미는 들려오는 목소리에 뒤를 바라봤다. 그곳에는 문노가 인자한 미소를 지은 채 서 있었다. 그 미소를 보고 있으니 왠지 마음이 차분하게 가라앉았다. 제갈미미는 다시 고개를 돌려 제갈무군이 있는 쪽을 바라봤다.

"믿을 수 없어……"

그곳에는 검을 든 사내 둘이 있었다. 그 두 사람은 순식간에 십여 명의 무사를 처리했다. 그리고 마지막으로 양현백을 제압해 버렸다.

"싸움은 능숙한 사람이 해야 하는 법이지."

문노의 말에 제갈미미는 고개를 끄덕였다. 확실히 제갈무군은 싸움에는 어울리지 않는다. 하지만 그래도 이건 뭔가 자존심이 상했다.

"쌍둥이?"

다가오는 두 사내의 얼굴이 똑같다는 걸 지금 발견한 제갈미미가 놀란 음성으로 중얼거렸다.

하후량, 하후령 형제는 양현백을 질질 끌고 와 문노 앞에 던졌다. 문노는 바닥에 쓰러진 양현백을 바라보며 고개를 끄덕였다.

"호오, 이것 봐라? 수련을 시작했잖아?"

문노의 말에 모두가 영문을 모르겠다는 표정을 지었다. 문노는 손가락을 튕겨 양현백의 아혈(啞穴)을 풀어주었다.

"한 이틀쯤 되었느냐?"

문노의 물음에 양현백은 영문을 모르겠다는 표정으로 이리저리 눈동자를 굴렸다.

"마공을 익힌 지 그쯤 되지 않았느냐?"

문노의 말에 양현백은 소스라치게 놀랐다. 찢어질 듯 부릅뜬 눈으로 문노를 바라보던 양현백은 불안감에 몸을 떨었다.

"무, 무, 무, 무슨 말씀인지 저는 잘……."

"쯧쯧, 도박을 한다는 놈이 그렇게 담이 작아서야, 원. 그러니 다 털리지. 확실히 도박은 얼굴에 철판을 깐 놈이 잘한다니까? 안 그러냐?"

문노가 제갈무군을 바라보며 말하자, 제갈무군이 뒷머리를 긁적이며 제갈미미의 눈치를 살폈다.

제갈미미는 지금 상황을 보며 정신을 차릴 수가 없었다. 지금 보니 이곳에 있는 사람들은 분명히 천망칠십오대의 대원들이었다. 한데 어찌 천망단의 무사가 청룡단의 부단주인 자신보다 훨씬 강할 수가 있단 말인가. 게다가 마공을 익힌 자가 나타나다니, 이건 또 무슨 일인가.

"대체 어떻게 된 거죠?"

제갈미미는 고개를 돌려 제갈무군을 똑바로 바라봤다. 제갈무군도 더 이상은 어쩔 수 없다는 듯 고개를 저었다. 하지만 표정만은 당당했다.

"난 천망단원이 되었다. 정확히는 천망칠십오대의 대원이 된 거지만. 너도 봤다시피 우리 대주님이 꽤 대단하신 분이거든. 충분히 미래를 걸 만하다고 느꼈다. 끝."

제갈무군의 말에 제갈미미가 멍한 표정으로 그를 바라봤다.

"그럼 세가에서는 왜 가출하셨나요?"

"응? 가출? 내가 그랬던가?"

제갈무군은 고개를 갸웃거렸다. 하지만 이내 피식 웃고 말았다.

"그런 걸 아직도 기억할 필요는 없잖아? 으하핫! 아무튼 난 아주 행복하게 잘살고 있다. 그러니 너도 이젠 이 오라비의 그늘에서 벗어나 저 하늘로 날아오르렴."

제갈무군이 하늘을 손가락으로 가리키며 말하자 제갈미미가 골치 아프다는 표정으로 이마를 짚었다.

"하아! 오라버니, 제발……."

문노와 쌍칼 형제는 그 마음을 충분히 이해한다는 표정으로 크게 고개를 끄덕였다.

"자자, 여기서 이럴 게 아니라, 일단 돌아갑시다. 이놈에게 알아볼 것도 좀 있고."

문노의 말에 모두 고개를 끄덕였다.

하후령이 나서서 양현백의 아혈을 다시 점하고 그의 다리를 잡았다. 문노가 앞장서자 쌍칼 형제가 그 뒤를 따랐고, 제갈무군이 황급히 나란히 섰다.

제갈미미는 그들의 뒷모습을 물끄러미 바라보다가 이내 걸음을 옮겼다.

'아, 그러고 보니 시체는…….'

제갈미미는 걸음을 멈추고 도박장 무사들이 쓰러진 곳을 바라봤다. 그곳에는 어느새 나타났는지, 뒷골목의 파락호처럼 생긴 자들이 우르르 몰려와 시체를 알아서 처리하고 있었다.

'이상한 곳이야, 정말.'

그녀는 다시 걸음을 옮겼다. 그녀의 눈에 제갈무군이 보였다. 아직도 아까 그가 했던 말들이 뇌리에서 사라지지 않았다. 그리고 자신의 길을 열어주기 위해 무리하던 모습도 잊히지 않았다.

'오라버니……'

제갈미미는 가슴에 살며시 손을 올렸다. 참으로 따뜻했다.

단유강은 침상에 걸터앉아 방 안에 모인 대원들을 둘러봤다. 그들은 각자 의자를 하나씩 차지하고 앉아 있었다. 단유강은 그렇게 대원들을 둘러보다가 고개를 돌려 한쪽에 서 있는 제갈미미를 바라봤다. 제갈미미는 가만히 서서 제갈무군을 바라보고 있었다.

"이제 슬슬 무림맹으로 돌아가야 하지 않아?"

단유강의 말에 제갈미미가 단호히 고개를 저었다.

"안 가요."

제갈미미의 말에 가장 먼저 반응을 보인 사람은 당연히 제갈무군이었다.

"미미야, 그게 무슨 말이냐. 안 가다니. 설마 너마저 가출을 하겠다는 건 아니겠지? 아서라, 어머니 몸져누우신다."

제갈미미가 날카로운 눈으로 제갈무군을 노려봤다.

"그걸 아는 분이 가출을 하셨어요?"

"어머니는 나 하나 없어지는 걸로 누우실 분이 아니지 않느냐."

제갈미미는 입을 다물고 제갈무군을 노려봤다. 딱히 틀린 말도 아니니 뭐라 반박하기도 애매했다. 예전에도 그랬지만 지금도 말로는 절대 이길 수가 없었다.

제갈무군은 유들유들한 표정으로 자신을 노려보는 제갈미미를 향해 싱긋 미소를 날려주었다. 제갈미미는 그 미소를 받고 속이 터진다는 듯 가슴을 주먹으로 퍽퍽 두드렸다.

단유강은 두 남매의 대화를 지켜보며 빙긋 웃었다. 하지만 이어지는 제갈미미의 말에 더 이상 웃을 수가 없었다.

"저도 청룡단 때려치우고 이리로 올 거예요."

"헉! 그, 그게 무슨 소리냐!"

"저도 천망단으로 간다고요. 바로 여기 칠십오대 말이에요."

제갈무군의 입에서 그야말로 헉! 소리가 나왔다. 제갈무군은 애처로운 눈으로 단유강을 바라봤다. 이런 일을 해결할 수 있는 사람은 단유강이 유일했다.

단유강 역시 표정이 살짝 굳었다. 제갈미미가 이리로 오는 것은 별문제가 안 된다. 하지만 제갈미미는 청룡단의 부단주다. 청룡단의 부단주씩이나 되는 사람이 갑자기 천망단으로 오게 되면 상당히 많은 사람들의 주목을 받게 된다.

‘그건 곤란하지.’

아직은 주목을 받아선 안 된다. 단유강은 좀 더 이 여유를 즐기고 싶었다. 지금도 아슬아슬하다. 아무리 조용히 있어도 그분들이 마음먹고 찾으면 못 찾을 리 없다. 하물며 세상의 주목을 받으면 저절로 귀에 들어가지 않겠는가. 모른 척하고 싶어도 그게 안 되는 것이다.

단유강은 제갈미미를 바라봤다. 마침 제갈미미도 단유강을 보고 있어서 두 사람은 눈이 딱 마주쳤다.

“대주님도 절 말리실 생각인가요?”

단유강은 곰곰이 생각했다. 아무리 말려봐야 제갈미미가 말을 들을 리가 없다. 제갈무군과 같은 성격이라면 일단 저지르고 볼 것이 분명하다.

‘그렇다면 차라리 내가 제어를 하는 게 편하지.’

“과연 위에서 허락을 해줄까?”

단유강의 말에 제갈미미가 잠시 머뭇거렸다. 그런 생각은 해보지도 않았다. 무림맹의 중추에서 바라보는 천망단은 상당히 단순했다. 그런 곳에 청룡단의 부단주가 간다고 하면 일단 많은 사람들이 의심부터 할 것이다.

제갈미미가 자신의 오라버니를 살짝 바라봤다. 그리고 고개를 돌려 단유강을 바라봤다. 제갈무군이 했던 말이 자꾸 뇌리에 맴돌았다.

제갈미미가 결연한 표정으로 고개를 들어 단유강을 똑바

로 바라봤다.

"무림맹에서 나올 거예요."

그 말에 제갈무군이 입을 떡 벌렸다.

"미미야! 그게 무슨 말이냐! 네가 청룡단의 부단주가 되기 위해 얼마나 애썼는데! 청룡단의 단주가 되겠다는 게 네 꿈 아니었느냐!"

제갈미미가 제갈무군을 노려봤다.

"여기서 지내면서 똑똑히 지켜보겠어요. 과연 오라버니가 선택한 이곳이 어떤 곳인지, 또 저 사람이 어떤 사람인지."

"그게 청룡단의 단주 자리보다 중요하단 말이냐?"

제갈미미가 제갈무군을 똑바로 쳐다봤다. 그녀의 눈은 굳은 의지로 가득했다. 마치 산을 타기 전에 산 정상을 바라보는 산지기의 눈 같았다.

"제게는 오라버니가 훨씬 중요해요."

제갈무군은 더 이상 말을 할 수 없었다. 정말로 골치가 아파왔다. 말로는 이겨먹어도 고집을 꺾을 수는 없었다. 가만히 생각하던 제갈무군은 이게 꼭 나쁘지만은 않다는 걸 깨달았다.

제갈무군은 벌떡 일어나 제갈미미 앞으로 다가갔다. 제갈미미는 갑자기 그가 다가오자 몸을 움찔 떨었다. 하지만 제갈무군은 그녀의 반응에도 아랑곳하지 않고 두 손을 그녀의 어깨에 턱 올렸다.

"그래, 그렇게 결심했다니, 이 오라버니가 더 이상 막을 수 없지. 앞으로 잘 지내도록 하자. 그리고 네게 특별히 하달할 명이 있다."

제갈무군의 말에 제갈미미가 얼떨떨한 표정을 지었다. 이건 뭔가 좀 이상하게 돌아가고 있었다.

"여기서 지내는 동안 우리 대주님을 유혹해서 꼭 합방을… 꾸엑!"

제갈미미는 배를 부여잡고 바닥에서 부들부들 떠는 제갈무군을 차가운 눈으로 노려봤다. 그녀의 얼굴이 붉게 상기되었다.

'어디서 그런 저급한 농담을……'

아무리 오라버니라도 용서할 수가 없었다. 그래서 부득불 주먹을 썼다. 제갈무군이 과연 정말로 그것을 피하지 못했는지는 알 수 없었지만.

제갈미미가 단유강을 힐끗 쳐다봤다. 갑자기 그런 말을 들으니 신경이 쓰였다. 단유강은 그저 빙긋 웃고 있었다. 그게 더 부끄러웠다.

'아이, 정말……!'

제갈미미가 다시 한 번 제갈무군을 노려봤다. 제갈무군은 어느새 일어나서 제갈미미와 단유강을 번갈아 쳐다보며 싱글벙글 웃고 있었다.

제갈미미의 입에서 한숨이 새 나왔다.

단유강은 바닥에 널브러진 두 사람을 가만히 바라봤다.

그들은 제갈무군과 싸우던 걸 잡아온 양현백과, 문노가 직접 도박장으로 가서 잡아온 금자방이었다. 금자방은 양현백이 그렇게 당했다는 것도 모른 채 무작정 문노에게 잡혀와 고초를 겪어야 했다.

"아무리 무림맹이라지만 이래도 되는 것이오!"

양현백의 외침에 단유강이 묘한 표정으로 그를 쳐다봤다. 양현백은 지지 않고 단유강을 노려봤다.

'젠장! 설마 천망단이었을 줄이야.'

양현백은 단유강을 노려보며 이리저리 머리를 굴렸다. 단유강의 실력이 어떤지는 모른다. 하지만 자신을 잡은 두 사람의 무공은 정말로 놀라울 정도였다. 게다가 그들이 오기 전까지 자신과 수하들의 공격을 막아낸 자 역시 마찬가지로 대단했다.

'과연 이들이 천망단이란 말인가?'

양현백은 미미하게 고개를 저었다. 그건 말도 안 되는 이야기였다. 그런 자들이 뭐가 아쉬워 천망단에 남아 있단 말인가. 그 정도 실력이라면 청룡단이나 백호단의 단주도 충분히 해먹을 수 있을 정도였다.

"그저 도박장을 열었다는 이유로 날 핍박하다니, 대체 뭘 원하는 거요? 돈이요? 상납금을 원한다면 내겠소. 그러니 이

만 날 풀어주시오. 지금까지의 일은 더 이상 문제 삼지 않겠
소.”

　양현백의 당당한 말에 단유강은 내심 감탄했다. 만일 자신
이 아무것도 모르고 있었다면 그 말을 그냥 믿을 정도로 표정
이나 말투가 자연스러웠다.

　“그냥 도박장을 열었을 뿐인데 들이닥쳐서 잡아왔다, 이건
가?”

　단유강은 고개를 갸웃거렸다.

　“이상하군. 무림맹 청룡단의 부단주가 그렇게 함부로 행동
했을 리가 없는데…….”

　단유강의 말에 그제야 양현백도 수긍할 수 있었다. 그들은
청룡단의 부단주였다. 청룡단의 부단주가 되려면 적어도 절
정은 넘어서야 한다. 그런 자들이 넷이나 몰려왔다면 지금과
같은 상황도 충분히 이해할 수 있었다.

　‘그리고 저놈은 아직 자세한 사정을 모르는군.’

　양현백은 그렇게 확신하며 눈을 빛냈다. 일단 이곳에서 벗
어날 수만 있다면 어떻게든 그들이 있는 곳으로 찾아갈 작정
이었다.

　‘그러면 어떻게든 되겠지. 그들이 가진 힘은 절대 청룡단
따위에 비할 바가 아니니까.’

　양현백은 슬슬 눈치를 살폈다. 그저 손목과 발목을 끈으로
묶어놨을 뿐, 혈도를 제압하지도 않은 상태였다. 끈을 끊는

건 일도 아니었다. 문제는 밖에 누가 지키고 있는지 모른다는
사실이었다. 만일 그들이 모두 있다면 절대 탈출은 불가능했
다.

　양현백과 금자방이 서로 전음을 주고받았다. 두 사람의 눈
이 잠시 마주쳤고, 그 순간 눈빛이 통했다.

　뚜둑!

　두 사람을 묶고 있던 끈이 거의 동시에 끊어졌다. 양현백은
그대로 몸을 날려 단유강을 덮쳤고, 금자방은 문을 박살 냈
다.

　콰광!

　문밖에 있던 사람들이 동그래진 눈으로 그들을 바라봤다.
밖에서 기다리던 사람들은 단유강을 제외한 나머지 대원 모
두와 제갈미미였다.

　양현백은 속으로 안도의 한숨을 내쉬었다. 일단 인질을 잡
았으니 잠시의 안전은 도모한 셈이다. 양현백은 단유강의 목
을 한 팔로 휘감고 다른 손으로 목젖을 겨눴다. 그의 손끝에
서 기(氣)가 넘실거렸다. 금방이라도 쏟아져 나가 목젖을 꿰
뚫을 것만 같았다.

　"모두 물러나 주시오. 그리고 우리를 쫓지 마시오. 안전한
곳에 도착하면 풀어주겠소."

　양현백의 말에 칠십오대원 모두가 어이없다는 눈으로 바

라봤다. 다만 제갈미미만이 안타까운 눈으로 단유강과 양현백을 번갈아 쳐다봤을 뿐이다.

"허튼 행동은 하지 않는 게 좋을 거요. 내 뒤에 있는 자도 나만큼은 되는 고수니까."

금자방은 어디서 구했는지 비수 하나를 꺼내 단유강을 겨눴다. 그의 비수에서 검기(劍氣)가 아지랑이처럼 솟아나왔다.

아무도 움직이지 않자 양현백이 만족스런 미소를 지었다. 그는 너무나 흥분한 나머지 상황이 조금 이상하다는 것을 전혀 느끼지 못했다.

"그렇게만 하면 별일 없을 거요. 아무리 고작 천망단의 대주라지만 사람의 목숨은 소중한 법 아니겠소? 조금이라도 움직이면 이 허약한 목에 구멍이 뚫릴 테니 조심하는 게 좋을 거요."

양현백의 말이 끝나기가 무섭게 단유강이 자신의 목을 겨누고 있는 양현백의 손을 움켜쥐었다. 양현백은 너무나 갑작스러운 상황에 눈을 크게 뜨고 자신의 손을 바라봤다.

"누가 허약하다는 거야?"

단유강의 말에 양현백이 놀란 눈으로 정신을 차렸다. 단유강은 기가 뿜어져 나오는 손을 그대로 움켜쥐었다. 손에 기를 두른 것도 아니었다. 그냥 맨손이었다.

"부, 불가능해……."

살상을 목적으로 내뿜은 기를 맨손으로 움켜쥐면 손이 뭉

개진다. 한데 단유강은 그런 상식을 그대로 무시했다.

　양현백과 금자방의 얼굴이 점점 짙은 경악으로 물들어갔
고, 단유강의 입가에 맺힌 미소가 점점 진해졌다.

『태룡전』 2권에 계속…

성진 게임 판타지 소설
The LORD
더 로드

간절한 갈망은 기적을 만들고
기적은 결코 만들어질 수 없는
연결 고리를 만든다.

그렇게 이어진 연결 고리.
그것은 새로운 시작이었다.

자, 일인군단(一人軍團)의
독보천하(獨步天下)가 지금부터 시작된다.

유행이 아닌 자유추구 -
WWW.chungeoram.com
Book Publishing CHUNGEORAM

共同傳人
공동전인

설경구 新무협 판타지 소설

마교를 재건하라.

혈마옥에 갇히면 마교 장로들의 공동전인이 된 사무진에게 주어진 과제.
역사상 가장 착한 마교의 교주.
하지만 역사상 가장 강한 마교의 교주가 되고 싶다.

고정관념을 버려요.

마교도라고 해서 꼭 나쁜 놈일 필요는 없잖아요.

지금까지와는 다른 마교.

이제 사무진이 만들어가는 새로운 마교가 모습을 드러낸다.

유행이 아닌 자유추구 -
WWW.chungeoram.com

Book Publishing CHUNGEORAM

설봉 新 무협 판타지 소설

환희밀공

무유칠덕(武有七德), 금폭(禁暴), 집병(戢兵), 보대(保大),
정공(定功), 안민(安民), 화중(和衆), 풍재(豊財), 자야(著也).
〈좌전(左傳), 선공 십이년(宣公 十二年)〉

무에는 일곱 가지 덕이 있다.
첫째, 난폭을 금지한다. 둘째, 무기를 거두어들인다. 셋째, 큰 나라를 보전한다.
넷째, 공적을 정한다. 다섯째, 백성을 편안하게 한다. 여섯째, 대중을 화합하게 한다.
일곱째, 물자를 풍부하게 한다.

섬서성(陝西省) 육반산(六盤山)에 신력(神力)을 바탕으로
패공(覇功)을 구사하는 가문(家門), 육반루가(六盤婁家).
세상에게 외면받고 멸시당하는 환희교(歡喜敎).
육반루가의 후손과 환희교 교주의 운명적인 만남.

"넌 환희교를 지키는 수문장(守門將)이 될 거야.
강하게, 아주 강하게 키워주마."
'아버지처럼 죽지 않을 거야. 아무도 날 죽일 수 없어.
세상에서 최고로 강한 사람이 될 거야.'

태룡전

김강현
新무협 판타지 소설

『마신』, 『뇌신』에 이은
작가 김강현의 또 하나의 대작!!
『태룡전』

내가 이곳 미고현에 위치한 천망칠십오대에
온 지도 벌써 두 달이 넘었거든.
그런데 아직도 이해하지 못한 일이 하나 있어.
그게 뭐냐고? 우리 대주 말이야.
우리 대주님이 가장 좋아하는 게 뭔지 아나?
바로 침상에서 좌우로 데굴데굴 굴러다니는 거야.
그다음으로 좋아하는 게 그렇게 뒹굴다 잠드는 거고…….
나려타곤(懶驢打滾)!
더도 덜도 아닌 딱 우리 대주님을 지칭하는 말일세.

천망칠십오대 대주 단유강!!
격동의 무림은 그에게 휴식을 허락하지 않는다.
단유강, 그의 일보가 천하를 떨쳐 울린다!